De mannenfluisteraar

Van dezelfde auteur

Alle mannen willen maar een ding
Alles went behalve een vent
Kan ik hem nog ruilen?
Zij houdt van hem. Hij ook
Nog een man om het af te leren
Het zit op de bank en het zapt
Nee, dan die van mij
Meneer als ik u zie heb ik zo'n zin in ruzie
Wat rijmt er op huwelijk?
Een ster aan het stuur
Monogamie voor beginners

Yvonne Kroonenberg

De mannenfluisteraar

De beste verhalen

PANDORA

Pandora pockets maakt deel uit van Contact BV

Omslagontwerp Annemarie van Pruyssen
Omslagillustraties Ronald Houben

ISBN 978 90 467 0039 6
NUR 301

www.pandorapockets.nl

Inhoud

Een lekke band

Vergeleken met mijn zus was ik vroeger een tutje. Toen zij allang wist dat je je haar kon touperen en lippenstift opdoen en dat je dan sjans kreeg, liet ik een rattenkop knippen, omdat mijn moeder dat leuk vond staan. Terwijl zij op basketbal ging, om bij de wedstrijden van de jongens het scorebord bij te mogen houden, knutselde ik van een schoenendoos een groentewinkel en knipte sinaasappels uit oranje karton.

Ik kwam pas veel later achter de macht van vrouwen.

Ik ontdekte dat je de bus vlak voor je neus kon laten stoppen door de busmijnchauffeur aan te kijken terwijl hij de halte naderde. Ik merkte dat je in een menigte kon voordringen alleen door zachtjes 'pardon' te zeggen, en dat mannen vrijwel alles voor je doen als je lief naar ze kijkt.

Het mocht alleen niet. De vrouwenstrijd was in volle gang en het laatste waar een feministe zich schuldig aan maakte was onderdanig geflikflooi met mannen.

Ik weet niet of ik wel een goede feministe ben. Ik laat nogal wat steken vallen.

Laatst werd er gebeld, terwijl ik stond te strijken. Ik deed open en hoorde mijn zuster de trap op komen. In de deuropening bleef ze stokstijf staan en stak een beschuldigende vinger uit naar het overhemd dat klaarlag op de strijkplank.

'Wat doe jij nou!' riep ze uit.

'Ik strijk een overhemd,' antwoordde ik schaapachtig.

'Waarom doet die vent van jou dat niet zelf?' vroeg ze.

Ik legde haar uit dat hij dat niet kan. Een enkele keer doet hij het. Over een klein wasmandje doet hij vierenhalf uur. Het levert een keurige stapel gestreken sokken, zakdoeken en onderbroeken op. En ruzie, omdat ik zeg dat hij geen onderbroeken hoeft te strijken en hij zweert bij zijn Eigen Methode.

Ik ken vrijwel geen mannen, behalve Wim Kok, die kunnen strijken of willen kunnen strijken. Het zou een mooie overwinning zijn als daar eens verandering in kwam, maar ik raak al buiten adem als ik denk aan de oorlog die je ervoor moet voeren.

Ik hoorde een verhaal over een vrouw die stewardess is. Zij kwam eens terug van een lange vlucht en trof haar man in de woonkamer bij de televisie aan, terwijl in de keuken op het aanrecht een reusachtige berg afwas stond. Ze aarzelde niet en kieperde de hele vaat op straat. Ik moest daar erg om lachen, maar ik denk niet dat haar man of haar huwelijk door haar kordate optreden is veranderd. Mannen zijn nogal standvastig in hun eigenaardigheden.

Soms is dat een voordeel. Ik reed laatst met een vriendin mee in haar auto. We hadden boodschappen gedaan en wilden wegrijden, toen we iets akeligs hoorden: een lekke band. Zij ging meteen op zoek naar de krik en de moersleutel, maar ik tuurde de straat af. Er zou toch zeker wel een man zijn die ons kon helpen? Voor geen prijs ga ik onder een auto liggen, ik ben zelfs niet bereid een vieze reserveband uit het reservebandenvak te tillen, als ik dat ding al kan vinden. Maar een man vond ik binnen een minuut. Hij kwam uit het huis tegenover onze auto. Hij had brede schouders en lichtblauwe ogen. Een jaar of dertig schatte ik hem. Hij had ons al gezien, zei hij. Mijn vriendin maakte nog een paar geëmancipeerde bewegingen met de krik, maar hij schoof haar opzij en ging aan het werk.

Het was een zwaar karwei. De moeren wilden niet meegeven en het zweet van de man druppelde op de grond.

'Tjee, wat ben jij sterk!' prees ik.

Mijn vriendin keek me met walging aan, maar ik deed net of ik haar niet zag.

'Ik had die moeren nooit losgekregen,' zei ik.

De man glimlachte en wees in de richting van de bestuurdersplaats.

'Kunnen jullie even op de rem trappen?'

Ik dartelde er meteen op af.

'Zo goed?' vroeg ik.

'Ja hoor!' riep hij.

Toen de lekke band was vervangen en de jongeman verdwenen, luchtte mijn vriendin haar hart.

'Je was weerzinwekkend!' zei ze.

Ik knikte instemmend. 'Ik hou niet van vieze handen,' antwoordde ik, 'en die man vond het niet erg. Hij werd als het ware naar de krik toe getrokken. Hij kon ons onmogelijk laten staan.'

'Je probeerde het niet eens!' verweet mijn vriendin.

'Nee,' zei ik, 'ik strijk liever overhemden.'

We reden de straat uit en sloegen bij het stoplicht rechtsaf. Ze zweeg grimmig. Pas toen we op de grote weg waren, wilde ze weer met me praten.

'Weet je wel dat het heel ongeëmancipeerd is wat jij daarnet zei?' vroeg ze bestraffend.

'Jawel,' gaf ik toe, 'maar ik wil ook wel eens plezier van de ongelijkheid hebben. Mannen helpen nu eenmaal liever met een kapotte auto dan met een schone dekbedhoes. Daar sta ik altijd in mijn eentje mee te hannesen. Maar als ik het oliepeil van mijn auto wil nakijken, duwt hij me opzij. Het mannelijk hormoon werkt op wielen.'

Ze knikte: 'Ik heb eens langs de grote weg gestaan met een oververhitte motor,' zei ze. 'Er was onmiddellijk een man bij. Hij sprong uit de auto en voor ik het wist hing ik aan een sleepkabel. Hij reed keihard met me weg en ik kon er niets tegen doen. Sindsdien wil ik alles zelf kunnen. Ik heb een hekel aan vrouwen die hulpeloos doen.'

Ze vertelde dat ze eens een vrouw had gezien die op een kruispunt pech kreeg: 'Ze bleef gewoon in de auto zitten. Ze deed niet eens moeite om hulp te zoeken of te kijken wat er aan de hand was.'

Zo'n verhaal had ik al eerder gehoord, van een politieagent. Die vertelde dat vrouwen bij aanrijdingen ook vaak in hun auto blijven zitten tot er iemand komt. Daar hoeven ze meestal niet lang op te wachten. Nog voor de politie of de ziekenauto ter plaatse is, zwaait het portier al open: een man.

Ik weet dat het niet deugt, maar ik kan het niet laten gebruik te maken van de hulpvaardigheid van mannen. Laatst kwam ik thuis met een grote zak potgrond. Mijn buurjongetje is pas negen, maar ik probeerde het toch: 'Ach Robbie, ik krijg die zware zak nooit naar boven gesjouwd. Zou jij me misschien even kunnen helpen?'

Hij griste de zak onmiddellijk uit mijn handen, hees hem op zijn tengere schouders en klom ermee de trap op. Ik keek hem bewonderend na. Je kunt er niet vroeg genoeg mee beginnen.

De getrouwde man

Op mijn zestiende kreeg ik voor het eerst vaste verkering. Daarna was er altijd wel een dienstdoende verloofde, tot ik, na alweer een afscheid, vrijgezel werd.

In het begin verbaasde ik mij voortdurend over mijn nieuwe omstandigheden. Ik kon eten wanneer ik dat wilde, vroeg opstaan, uitgaan of thuisblijven. Met niemand hoefde ik rekening te houden, nooit meer hoefde ik te wachten tot hij terugkwam van zijn rondje hardlopen.

Als ik met vakantie wilde, kon ik een reis boeken zonder te overleggen wanneer we zouden vertrekken, waarheen en of hij daar wel kon fietsen. Geen verloofde die klaagde over mijn volle agenda of over de rinkelende telefoon. Het leven zonder man leek op de periode na mijn rijexamen. Doordat er geen commentaar meer kwam van de passagiersplaats leek het ineens of ik veel beter reed.

Ik ken veel vrouwen van mijn leeftijd die vrijgezel zijn. Ze noemen het alleen niet zo. Ze zeggen dat ze alleen staan, geen man hebben, gescheiden zijn. In hun woorden klinkt gemis, alsof ze onderweg iets verloren hebben, een dierbaar deel van zichzelf of tenminste de illusie dat ze onverbrekelijk met een ander verbonden waren.

Ze zouden het liefst zo spoedig mogelijk hun hart opnieuw verpanden, maar ze zien geen geschikte kandidaat. De een is te ijdel, de ander te kinderachtig en niet één man schijnt zich te willen binden. 'Ik wil geen relatie, hoor!' roepen de mannen, wanneer ze de eerste tongzoen hebben gegeven. Er zijn nogal wat vrouwen die daar nijdig over worden.

'Dan rot je maar op,' zeggen ze en daarmee is alweer een huwelijkskans verkeken. Een beetje jammer is het wel, want zo'n opmerking van een man betekent niet veel. Hij zegt het meer voor de zekerheid. Mocht hij tegenvallen, telt het niet.

Ik heb zelf nooit gezocht naar vaste verbintenissen, al draaide het daar op den duur soms op uit. Ik vond een terloopse romance ook al heel mooi. Eigenlijk ging het me in de liefde, behalve om de vertedering en de saamhorigheid, vooral om de seks. Naar de bioscoop kan ik ook met mijn buurvrouw en met niemand kan ik zo goed praten als met mijn vriendin.

Maar zoenen lukt niet in je eentje en voor de rest is het behelpen. Masturbatie verveelt snel als je er niets anders bij doet, zoiets als mosterd zonder maaltijd en in weerwil van wat je zou verwachten, is het niet zo gemakkelijk om aan liefde voor één nacht te komen. Het gebeurde soms dat ik wekenlang niemand zoende en daar leed ik onder.

De enige troost was dat mijn leven in dat opzicht niet eens zoveel verschilde van dat van liefdesparen. Die zoenen ook niet veel. Na een paar hartstochtelijke jaren neemt de aandrang tot gretig kussen af. Mensen die lang met elkaar verkeren, doen het nog maar een beetje. Bij het komen en gaan omhelzen ze elkaar of ze geven een achteloze kus, als afronding van een vrijage. Van vrijen komt het trouwens ook niet zo vaak als ze wel zouden willen. Ze hebben het te druk met overleggen hoe laat ze zullen eten, wat ze in het weekend gaan doen, wie de kinderen van blokfluitles haalt en uit de manege, en wie op de terugweg langs de stomerij gaat en de boodschappen meeneemt. Dat komt de liefde niet ten goede en allengs treedt er een verwijdering op.

Zelf hebben ze het aanvankelijk niet in de gaten. Hij heeft spanningen op z'n werk, haar vader is een paar maanden geleden gestorven, daar is ze nog niet overheen, in ieder huwelijk schort wel eens wat. Zo vergoelijken echtgenoten elkanders mankeren, tot het te laat is. Dan gaapt er inmiddels een ravijn tussen hun werelden en wanneer er iemand langszij komt die lief is, in plaats van wrevelig, gaat het mis. Het was heus niet de bedoeling om vreemd te gaan, maar op een dag treft de gebeukte echtgenoot zich met zijn broek op zijn enkels aan, in de armen van een ander. Mijn armen.

Zo moeilijk als het was om een man te vinden die, net als ik, vrijgezel was en, net als ik, op zoek naar vertier, zo eenvoudig bleek het een getrouwde man te verschalken. Je hoefde maar heel zacht aan de boom te schudden en de rijpe appeltjes rolden over de grond. Ze waren gul en vlijtig in bed, ze waren onderhoudend. Alsof ze in geen jaren de gelegenheid hadden gehad te laten zien wat ze konden, alsof er nooit iemand naar ze luisterde, kwebbelden ze honderduit. Ze wilden van gedachten wisselen over boeken, over godsdienst, over politiek en wetenschap. Ze luisterden aandachtig naar het antwoord.

'Zo kan ik met mijn vrouw niet praten!' zeiden ze, 'wij communiceren niet.'

'Wat jammer,' riep ik dan meelevend en nestelde me tegen hun gastvrije lichaam, 'hoe komt dat?'

Vanaf dat moment hadden we het niet meer over de wetenschap en over boeken, maar over zijn vrouw. Doorgaans hadden de mannen nogal wat klachten.

'Ze kent me niet eens!' riep een van mijn minnaars uit. Ik betwijfelde of dat zo was. De meeste vrouwen kennen hun man maar al te goed, maar ze verdiepen zich niet meer in hem. Dat schrijnt. In het begin heeft ze nog wel naar hem geluisterd. Hij wist zoveel en kon zo aardig vertellen. Ze leerde van hem, vond ze, maar op een dag besloot ze dat de cursus afgelopen was. Ze ging weer boeken naar haar eigen smaak lezen, er zelf een mening op na houden en het viel haar op dat haar man daar maar weinig belangstelling voor wist op te brengen. Hij begon in de loop der tijd steeds nadrukkelijker met de krant te ritselen wanneer zij haar mond opendeed, in bed sloeg hij de moeilijke stukken over en op een dag bleek er in huis een gemelijk zwijgen te heersen tussen beiden.

Daarom is het zo gemakkelijk een getrouwde man te stelen. Als je lief voor hem bent, gaat hij meteen door de knieën. Het goed gedijt alleen niet.

Ook al gaat een getrouwde man vreemd en vindt hij troost bij een andere vrouw, hij wil geen andere, hij wil zijn eigen vrouw. Dat weet hij zelf ook wel. Hij klaagt over zijn echtgenote omdat hij naar haar verlangt, niet naar de misprijzende augurk die ze nu is, maar naar de vrouw die ooit verliefd op hem was.

Hielden we nog maar net zoveel van mij als vroeger, denkt hij.

Omdat echtparen wel van hun huwelijk houden, ook al houden ze niet meer hartstochtelijk van elkaar, doen ze hun best er nog iets van te maken. Ze gaan in therapie en leren aan hun relatie te werken.

Ik heb dat zelf nooit gedaan. Ik zie er altijd als een berg tegen op om over de verhouding te praten. Relatiegesprekken zijn zo ontmoedigend. Ze gaan over wederzijdse ontoereikendheid en onveranderlijk luidt de uitkomst dat je elkaar moet nemen zoals je bent. Na die magere conclusie gaat het meestal wel wat beter met de liefde, maar het blijft toch een uitgedeukte auto.

Ik werk liever aan de relatie van een ander. In ruil voor het plezier dat de man van een ander me verschaft, luister ik aandachtig naar de verhalen over zijn huwelijk. Ik denk na over de problemen en verzin mogelijke oplossingen. Soms helpt het nog ook. Dan heeft het clandestiene uitstapje met mij iets in werking gezet.

Ik heb een poosje met een tekenleraar gevrijd. Hij had eigenlijk kunstenaar willen worden, maar toen hij een gezin kreeg, ging hij het onderwijs in, anders hadden zijn drie kinderen niks te eten. Zijn leven pakte heel wat minder opwindend uit dan hij van plan was geweest, bovendien keek hij in het geniep op zijn vrouw neer, die de *Libelle* las en op yoga zat.

'Zou je met mij getrouwd willen zijn?' vroeg ik op een middag toen we lagen uit te rusten van wat hij thuis een lerarenvergadering had genoemd. Hij keek me geschrokken aan.

'Nou nee...' antwoordde hij aarzelend.

'Waarom niet?' vroeg ik.

Hij bloosde jongensachtig. 'Omdat jij mijn overhemden niet zou strijken,' grinnikte hij, 'en ik vind het toch wel erg plezierig als er voor me gezorgd wordt.'

Hij zag ineens een goede reden om getrouwd te zijn en te blijven. Dat leek mij een inzicht van belang. Het getuigt van een lage moraal als je je aan de man van een ander te goed doet, maar als hun verhouding ervan opknapt, is het minder laakbaar.

Ik heb inmiddels veel liefdesverhoudingen de revue zien passeren en ik zie de optocht hoofdschuddend aan. De ene vrouw snauwt tegen haar man, de andere spreekt uitsluitend in commando's. Er zijn vrouwen die onmiddellijk gaan huilen als ze hun zin niet krijgen, er zijn er die onophoudelijk praten. Hun mannen kunnen er ook wat van. Ze zwijgen thuis als het graf of ze zitten urenlang achter de computer. Ze gaan zuchtend mee naar een verjaardag of een feest en staan dan als wrokkige totempalen in een hoek. Er lijkt geen eind te komen aan de variaties waarin geliefden elkaar tot wanhoop weten te brengen.

Ik had mij eigenlijk voorgenomen nooit meer verliefd te worden en me tevreden te stellen met verdwaalde echtgenoten. Maar mijn wilskracht duurde niet lang. Na anderhalf jaar werd ik verliefd, tegen beter weten in.

Kees de Jongen

Ik heb Proust nooit uitgelezen. Ik was erin begonnen, maar al heel gauw stuitte ik op de passage waarin Proust een madeleinekoekje eet en zijn hele verleden voor zich ziet oprijzen. In literaire gesprekken waar Proust in voorkomt, wordt altijd over die madeleine gemeierd, net of de rest van het boek nooit geschreven is, dus als het erom gaat mee te kunnen praten was ik klaar met de temps perdu. De rest lees ik later, nam ik me voor. Er zijn meer meesterwerken waarvan je maar één regel hoeft te onthouden of één woord. 'L'enfer, c'est les autres!' en je kunt Sartre in de kast laten staan.

Met sommige boeken gaat het heel anders. Ze worden niet alleen gespeld, ze worden nagespeeld. Kees de Jongen van Theo Thijssen heeft duizenden volgelingen. Het boek verdient natuurlijk niet minder, maar de rolbezetting van de moderne Kees de Jongens is niet goed, ze zijn te oud: een jaar of veertig in plaats van tien en ik heb altijd ruzie met ze.

Met de meeste mannen kan ik goed opschieten. Als ze vastgesteld hebben dat ik het niet op hun bestaansrecht heb voorzien of op politieke gronden tegen seksuele omgang ben, kunnen we het best met elkaar vinden. Ik zou niet iedere man voor eigen gebruik willen, maar dat zal wel wederzijds zijn.

Er is maar één soort man met wie ik niet overweg kan en dat is zo'n Kees de Jongen.

Kees de Jongen leeft in een eigen wereld, waar uitsluitend

andere jongens wonen. Ze hebben het druk met elkaar, want er is een grote competitie. Als ze jong zijn gaat het om simpele dingen: wie wint er met voetballen, drinken en wakker blijven. Later, als ze ouder worden en niet zelf meer uitblinken op het sportveld, wedijveren ze om iets anders: interessante bezigheden, verstand van zaken.

'Jij hebt toch een bootje?' vraagt de ene Kees de Jongen aan de andere.

'Een bootje? Drie bootjes zul je bedoelen.'

'Motorboten?' vraagt de eerste man voorzichtig. Hij heeft geen bal verstand van boten, dus weet hij niet hoe hij de vraag precies moet stellen. Maar hij heeft het goed gedaan want de boten-Kees knikt verheugd en begint uit te leggen dat hij sleepboten heeft, kleine slepertjes met oude motoren erin uit 1910. Even later zijn ze in een geanimeerd gesprek gewikkeld.

Ik zit ernaast. Ik heb ook geen verstand van boten, maar ook al had ik het, dan was het onmogelijk deel te nemen aan de conversatie want dat mag niet van de Kees de Jongens. 'We zijn even met een mannengesprek bezig,' zegt de ene en kijkt me bestraffend aan. Hij is kennelijk van de ene minuut op de andere tot botenkenner bevorderd.

Vroeger werd ik soms verliefd op een Kees de Jongen. Ze waren onbereikbaar en daarom verrukkelijk en ik fantaseerde over de triomf van de verovering van zo'n jongenshart. Als een eenhoorn zou hij zijn overwonnen hoofd in mijn schoot leggen en bekennen dat hij al heel lang van mij hield. Maar Kees de Jongen is niet zo. Hij houdt niet erg van vrouwen. Vrouwen zijn niet leuk, vrouwen kunnen niet biljarten, niet over voetbal bazelen, niet drinken en niet schateren en zeker niet om de grappen die Kees de Jongens leuk vinden. Daarom trekken ze liever met elkaar op. Ze sporten samen of praten over sport, ze scheppen op of doen goedmoedig of ze elkanders opschepperijen geloven en als ze een dolle bui hebben, gaan ze samen een meid versieren. Dat doen ze om elkaar te vermaken, het is geen moment de bedoeling dat het meisje dat door een duet Kees de Jongens wordt benaderd zich verbeeldt, dat ze haar leuk vinden.

Een vrouw die in een gezelschap van Kees de Jongens verzeild raakt, voelt zich oplossen in een nevel. Ze bestaat niet. Niemand richt het woord tot haar, als ze zelf iets wil zeggen, moet ze schreeuwen om gehoord te worden en het antwoord is maar al te vaak een bevreemd schouderophalen, waarna de Kees de Jongens weer verder gaan met hun eigen gesprek.

'Ben ik dom?' vraagt de vrouw zich af, 'doe ik iets verkeerd?' En uit onbehaaglijkheid gaat ze aan één stuk door filtersigaretten roken, om zich een houding te geven.

Het beste dat een vrouw kan doen als ze een Kees de Jongen op haar pad treft, is maken dat ze wegkomt. Dat kost de minste tijd. Maar vrouwen zijn onverstandig, ze denken dat hij wel verandert als hij eenmaal in haar armen ligt, ze denken dat ze geëmancipeerd genoeg zijn om hem lik op stuk te geven. Misschien leert ze zelfs biljarten of meeschateren, maar het is allemaal vergeefse moeite.

Ik ken een vrouw die met een Kees de Jongen getrouwd is. Hij werkt op een reclamebureau waar hij een schitterende carrière maakt. Thuis zit zijn vrouw met de twee kinderen te wachten met het eten.

Zij begrijpt best dat hij niet altijd precies om zes uur thuis kan zijn, maar waarom belt hij niet even op? Het antwoord is, dat hij daar niet aan denkt. Hij staat in een café een conference voor twee heren op te voeren of hij is met een klant aan het overleggen, in ieder geval is hij allang vergeten dat hij een gezin heeft. Zijn vrouw foetert op hem, alles komt op haar neer, het huishouden, de kinderen, alle verantwoordelijkheid. Zij heeft toch ook een parttimebaan? Af en toe geeft hij haar gelijk, dan koopt hij een bos bloemen voor haar en een liter ijs voor de kinderen en komt hij een week lang thuis eten, maar de brave bui duurt niet lang. Op een vrijdagmiddag is er een borrel op kantoor, die uitloopt en als hij om een uur of zes 's ochtends in zwembadpas de trap op komt vallen, is zijn vrouw woedend. Waar heeft hij verdomme gezeten, bij een of andere slet misschien? Maar dat is beslist niet het geval, een Kees de Jongen gaat heus niet een hele nacht met een meid liggen kroelen, daar heeft hij niet langer dan een uurtje voor nodig. Hij heeft bij een vriend naar de snookerkampioenschappen op de Engelse televisie gekeken.

Het heeft geen zin dat zijn vrouw zich zo opwindt, ze had kunnen weten hoe haar leven zou zijn toen ze met hem trouwde. Toen vond ze dat jongensachtige in hem immers zo leuk? Hij is niet veranderd. Ze kan er maar beter aan wennen dat ze drie kinderen heeft. Eén wordt nooit volwassen.

Breken

Henk en Annemarie zijn uit elkaar en dat verbaast me niets, want ze zijn pas verhuisd. Dat hadden ze nooit moeten doen. Verhuizingen zijn niet goed voor liefdesrelaties. De boeken, de lampen, de oude theemuts, de inhoud van een keukenla, de fles badschuim die niemand ooit gebruikt, alles moet in dozen worden gepakt en bij ieder voorwerp dat door de handen gaat, rijst de vraag: moet dit ook mee naar het nieuwe huis? Annemarie vertelde dat ze naar een mand stond te kijken met allemaal losse spulletjes die haar nooit in de weg hadden gezeten maar nu alle bestaansrecht leken te hebben verloren. Haar man riep iets uit de slaapkamer wat ze niet verstond, maar aan de prikkelbare toon kon ze horen dat hij vond dat het haar schuld was en ineens dacht ze: moet Henk wel mee naar het nieuwe huis?

Verhuizingen zijn een grote aanslag op het liefdesgeluk, alle veranderingen aan de woning trouwens. Dat weten de mensen niet, anders zouden ze er niet zo lichtvaardig aan beginnen. Ze denken dat ze een feestelijk besluit hebben genomen: ze gaan de badkamer verbouwen, hun huis zal een paleis worden en hun leven nog gelukkiger. Maar bij de eerste hamerslagen begint de relatie al in haar voegen te kraken.

'Het was niet eens een grote verbouwing,' klaagde een kennis van me, 'ik wilde alleen de slaapkamer wat opknappen. Er moest nieuw behang komen en de sponningen konden een verfje gebruiken. Mijn vrouw zou nieuwe gordijnen naaien. Maar toen ik eenmaal begon, vielen er steeds meer dingen op die niet deugden: het plafond bladderde, het bed was eigenlijk te smal, de linnenkasten te klein en ineens vond ik mijn vrouw ook niet meer zo mooi. Je kunt beter niet te kritisch kijken als je wilt verbouwen, want voor je het weet ben je je huwelijk aan het doormeten in plaats van de betimmering.'

'Het lag aan hém dat we ruzie kregen,' zei zijn vrouw, 'hij wil altijd zoveel. Dat bed kon best blijven zoals het was en de kasten ook. Het plafond had bijgewerkt kunnen worden, maar hij wilde het helemaal gaan afsteken. De stukken kalk vlogen in het rond en toen besloot hij dat het er helemaal uit moest. Hij had zichzelf weer eens overschat, want toen hij de hele boel had gesloopt, wist hij niet hoe het verder moest. We hebben wekenlang op de overloop geslapen.'

Dat viel me nog mee. Ik ken mensen die al dertig jaar in een bouwput leven. Meestal zijn dat gezinnen van bouwvakkers. Ik heb zelf drie jaar samengewoond met een stukadoor. In ons huis zat een gat in de keukenvloer. Daar moest een balk worden vervangen, maar hij kwam er nooit aan toe. Er was altijd een ander klusje dat eerst moest.

Onder onze woning was een souterrain waar een drukkerijtje gevestigd was. Als ik koffie zette, kreeg de drukker ook een kopje en ik hoefde niet naar beneden te lopen om hem te laten weten dat het koffietijd was. Ik stak mijn hoofd in de vloer en riep: 'Koffie!!' Even later kwam de drukker tevoorschijn en stak zijn hand door het gat om het kopje aan te nemen. In het begin klaagde ik nog wel dat het zo koud optrok vanuit het souterrain, maar later legde ik me bij de situatie neer. Van andere bouwvakkersvrouwen hoorde ik dat het bij hen net zo ging. Zij zaten ook altijd tussen de houtkrullen en de cementbrokken. Daar bleven ze onverstoorbaar onder, want het hielp toch niks als je zeurde.

Bij beunhazen en doe-het-zelvers gaat dat anders. Die lopen het risico dat ze met hun koevoet hun hele huwelijk ontwrichten. Mijn zuster had destijds een verloofde die voortdurend wat op haar keuken aan te merken had. Het aanrecht was te laag, de kranen ouderwets, de keukenkastjes vond hij ondoelmatig en waarom had ze maar één gootsteen? In een modern huishouden hoorden er twee, een voor de afwas en een om te spoelen. Bij het schoonmaken van de groente was het ook handig om twee gootsteenbakken te hebben. Als ze hem nu eens zijn gang liet gaan, drong hij aan, dan zou ze een droomkeuken krijgen, keukens waren zijn specialiteit. Mijn zuster trapte erin. De man ging aan het werk en sloeg haar hele aanrecht eruit.

'Wat heb je nou gedaan!' riep mijn zuster geschrokken. Dat had ze niet moeten zeggen.

'Als je geen vertrouwen in mij hebt, zoek je het zelf maar uit,' zei de man, 'zo kan ik niet werken.'

Hij liep kwaad weg en kwam de eerste vijf weken niet terug.

Uiteindelijk heeft hij het karwei toch nog min of meer voltooid. Het werd alleen geen droomkeuken. De kranen zaten verkeerd gemonteerd. Je moest ze naar rechts draaien om ze open te doen en naar links om ze dicht te krijgen en ze loosden hun water niet in de gootsteen, maar er net naast, op het aanrecht. Dat was niet helemaal zoals het hoorde, gaf de verloofde toe, maar hij was evengoed diep beledigd toen mijn zuster een loodgieter bestelde om de ergste schade ongedaan te maken.

Achteraf denk ik dat hij het expres zo heeft gedaan. Je hebt mannen die drinken, je hebt mannen die slaan en je hebt mannen die verbouwen. Ze leven in onvrede en in plaats van een goed gesprek aan te kaarten, kijken ze peinzend naar een muur en vragen zich hardop af of dat nou een dragend muurtje is.

Een vrouw die met een verbouwingsman getrouwd is, begrijpt hem doorgaans niet. Ze ziet aan zijn zorgelijke gezicht dat er wat is, ze voelt dat er iets aan zijn ziel vreet, maar ze weet niet wat er nou precies aan schort, dus wil ze praten.

'Is er iets?' vraagt ze.

'Grmpf,' antwoordt de man.

'Wat is er?'

'Nihiks!' roept hij korzelig.

'Jawel, er is wat, ik zie het aan je gezicht,' zegt de vrouw, 'zeg het maar. Ligt het aan mij?'

'Welnee mens, wat zeur je nou?'

'Waarom zeg je nou nooit wat!' klaagt zijn vrouw.

'Ik zei net wat,' zegt de man verwonderd, 'ik vroeg me af of dat nou een dragend...'

'Dat is niet iets zeggen, dat is onzin!' schreeuwt zijn vrouw. Ze is wanhopig. Ze wil een goed gesprek. Hij niet. Hij heeft slechte ervaringen met goede gesprekken. Wat een vrouw een goed gesprek noemt, vindt hij gezeur, want het gaat over hem. Over zijn tekortkomingen welteverstaan, en daar heeft hij het liever niet over. Als hij het gevoel heeft dat hij iets verkeerd doet, wil hij niet praten. Hij gaat het goedmaken, hij gaat naar de badkamer om dat raampje dat al maandenlang kiert eindelijk sluitend te maken, hij hangt een boekenplank op in de kinderkamer. Ik ken iemand die op die manier een heel nieuw wandmeubel in de woonkamer heeft gekregen. Haar man is handig met hout. Telkens wanneer ze ruzie hebben, gaat hij iets moois voor haar timmeren. Zij ziet dat niet. Zij denkt dat hij zich terugtrekt op zijn hobbyzolder om haar te ontlopen. Daarom loopt ze hem schreeuwend achterna met haar argumenten. Daar gaat de goeie man alleen maar harder van timmeren. Vrouwen vertonen nog wel eens een gebrekkig psychologisch inzicht.

'Waarom wil je toch met jouw man praten?' heb ik haar gevraagd.

'Omdat het goed voor hem is,' zei ze, 'en hij kan het best. Als hij maar wil.'

Ik zuchtte. Mannen verbouwen hun huis, vrouwen verbouwen hun man. Kort na de kennismaking maken ze een inventaris op, een lijst van eigenschappen die ze willen veranderen. Dat zouden ze beter kunnen laten. De meeste mannen knappen er niet van op. Je kunt een man een kunstje leren. Dan doet hij min of meer wat zijn vrouw van hem verwacht. Hij doet bijvoorbeeld beleefd tegen de vriendinnen van zijn vrouw of hij pakt niet onmiddellijk de krant als er bezoek is, maar het gaat niet van harte. Als hij van nature niet mededeelzaam is, leert hij nooit vaardig communiceren. Met zo'n man praten lijkt op fietsen op een bromfiets. Het kan wel, maar het trapt erg zwaar.

Ik heb op de televisie een wetenschappelijk programma gezien dat over moeilijk communicerende mannen ging. Ze werden vergeleken met autisten. Een autist ziet geen uitdrukkingen op het menselijk gelaat, hij kan geen emoties van gezichten aflezen. Daarom begrijpt hij niet wat er in een ander omgaat. Sommige mannen hebben een vergelijkbaar gebrek. Ze hebben geen idee waar gevoelens vandaan komen, ze kunnen ze niet benoemen en er al helemaal niet over bespiegelen. Vaak gaat hun onvermogen samen met een groot technisch talent of een hang naar computerkunde.

Vrouwen die een verbouwingsman hebben, doen er goed aan niet te veel druk op hem uit te oefenen. Zolang zij blijft klagen over zijn gedrag, blijft hij verbouwen.

Hij breekt alle kamers door tot ze in een grote zaal wonen en dan gaat hij bij het raam staan kijken of er geen erker aan de woning kan worden gebouwd, of het balkon misschien geschikt is als serre. En tegen de tijd dat alles is verbouwd en er evengoed niets is veranderd, wil hij verhuizen. Niet naar het huis dat zijn vrouw in haar hoofd heeft, met mooie nieuwe spullen, voldoende kastruimte en een aparte ruimte voor de wasdroger. Dit soort mannen wil helemaal geen huis dat af is. Ze willen een bouwval waar ze lekker lang over kunnen doen, ze willen een ruïne op een bergtop. In het diepst van hun gedachten zijn ze indiaan, een Wilde Woudloper of Tarzan in het oerwoud.

Zo'n man kun je beter niet zenuwachtig maken. Zodra hij die blik weer in zijn ogen krijgt, moet een vrouw hem met zijn gereedschapskist naar buiten sturen: bouw maar een boomhut.

Droomman

Ik heb een nieuwe verloofde, een man met werkzaamheden in het buitenland, precies zoals de Roemeense waarzegster die ik had geraadpleegd mij had voorspeld. Zij is een vriendin van de vroegere buurvrouw van weer een andere vriendin en in onze kennissenkring gaat haar adres van hand tot hand. Ze schijnt bijzonder goed te zijn, vrijwel al haar voorspellingen komen uit. Tegen mij had ze gezegd dat ik een rusteloos liefdeleven had, doordat er een vloek over mij was uitgesproken bij mijn geboorte. Binnenkort zou er weer een man in mijn leven komen, iemand die ik al kende.

Tegen die geboortevloek kon ik niet veel uitrichten, maar op de nieuwe liefde kon ik mij voorbereiden. Ik pakte mijn adressenboek en begon een zoektocht naar iemand die aan de omschrijving voldeed. Hij zou twee kinderen hebben, had de waarzegster gezegd, hij was klein van stuk, er was iets met het buitenland en we hadden al eerder met elkaar te maken gehad. Ik stikte zowat van de nieuwsgierigheid en al mijn vriendinnen ook.

'Heb je het Kleine Mannetje al ontmoet?' vroegen ze, wanneer ze mij spraken.

'Nee nog niet,' antwoordde ik dan mismoedig.

Tot ik hem tegenkwam. Hij werkte inderdaad in het buitenland en ik kende hem van een paar jaar tevoren, maar hij had geen kinderen en hij was bijna twee meter lang. Misschien dat ik hem daarom over het hoofd had gezien.

Wanneer iemand mij vraagt of ik in reïncarnatie geloof, in

helderziendheid of in astrologie, trek ik een zuinig gezicht en geef een bedachtzaam antwoord dat zowel ja als nee kan betekenen. Zo probeer ik de religieuze opvattingen waarmee ik ben grootgebracht te rijmen met mijn dromen.

Ik ben streng atheïstisch opgevoed. Mijn vader duldde geen godsdienst onder zijn dak en mijn moeder vond het ook maar beter zonder. Haar familie was vroom joods. In het huis van haar ouders werden de voorschriften van de thora strikt nageleefd en werd volgens de spijswetten gekookt. Dat is in een modern huishouden geen doen.

Mijn ouders waren zo gekant tegen de religie dat wij nooit ergens aan deden, niet aan de joodse feestdagen, niet aan de christelijke, niet eens aan sinterklaas. Wij waren wel jarig, maar niet meer dan strikt noodzakelijk. In ons huis hingen nooit slingers, wij hadden geen kerstboom. Misschien heb ik aan die kale jeugd een hang naar een opgetuigd hiernamaals overgehouden, maar het kan ook een algemeen vrouwelijke eigenschap zijn. Vrouwen zijn gek op hekserij.

Vrijwel mijn voltallige vrouwelijke kennissenkring ziet spoken. De een bezoekt iriscopisten, healers en waarzeggers, de ander druppelt homeopathische middelen en snuift aroma's, de derde doet aan reiki, en allemaal geloven ze in astrologie, in reïncarnatie en in het Lot.

Wanneer vrouwen een poosje met elkaar aan het praten zijn, komt het gesprek al gauw op een werkelijkheid die de zintuigen te boven gaat. Onder mannen zie je dat veel minder. Ik denk niet dat het komt doordat mannen verstandiger zijn, het ligt aan de vraagstelling.

Waarzegsters vertellen je niet welke aandelen het aardig gaan doen in de komende tijd, ze geven geen voorspelling van de voetbaluitslagen. Eigenlijk geven waarzegsters voornamelijk antwoord op één vraag: of het nog wat wordt met de liefde.

Rijkdom, reizen en of je gaat verhuizen staan ook op het

repertoire, maar de belangrijkste voorspellingen gaan over de liefde van je leven.

Alle klachten over mannen ten spijt, verlangen vrouwen hartstochtelijk naar de liefde. Als ze bij machte waren, zouden ze hun droomman eigenhandig tevoorschijn toveren, maar omdat ze dat niet kunnen, nemen ze genoegen met een voorschot op het geluk: de aankondiging van Zijn komst. Ze hebben al bedacht hoe hij moet zijn.

'Intelligent, belezen, geestig en onderhoudend,' somde een collega van mij op, 'het kan me niet zoveel schelen hoe hij eruitziet, maar hij moet natuurlijk wel schoon zijn op zijn lichaam en niet echt iets mankeren. Ik heb geen zin om voor verpleegster te spelen. Voor huishoudster trouwens ook niet. Hij moet zijn eigen overhemden strijken en lekker kunnen koken.'

'Moet hij ook nog goed zijn in bed?' informeerde ik.

'Ja, natuurlijk! En trouw.'

Het was nogal een bestelling. Mijn collega is een interessante vrouw, maar ze is al flink in de vijftig en ze heeft danig geleefd. Dat zie je aan haar gezicht en aan haar vormen. Ik kan me voorstellen dat haar droomman misschien de voorkeur geeft aan iemand die ook veel gelezen heeft, maar vijftien jaar jonger is en bij wie de alcohol en de nicotine wat minder hebben huisgehouden.

Zij vindt dat onzin. 'Als het een volwassen man is, kijkt hij niet naar dat soort onbelangrijke dingen. Het probleem met de meeste mannen is dat ze geen innige band aan durven te gaan. Er is geen commitment.'

Als ik een man was, zou ik meteen op de vlucht slaan bij het woord commitment. Bij de meeste andere woorden die onvrijwillig alleenstaande vrouwen uitspreken trouwens ook. Ze hebben het over een investering, over inleveren en aanpassen. Het lijkt wel of ze op het punt staan te gaan hamsteren voor een langdurige en grimmige overwintering.

Het is jammer te moeten vaststellen dat de meeste vrouwen niet erg bedreven zijn in het aanlokken van een man. Integendeel, ze jagen ze weg.

Ik ken een mooie vrouw die nooit gelukkig is geweest en het vermoedelijk nooit zal worden. Er zijn mannen te over die het met haar aanleggen, maar na een week of twee trekken ze zich geschrokken terug op hun stellingen. Ze willen een poosje bedenktijd.

'Wat is er nou weer misgegaan?' vraag ik zuchtend als ze er weer een de boom in heeft weten te drijven.

'Hij was nog niet klaar met zijn vorige relatie, hij dacht nog na over zijn ex-vriendin.'

'Goeie help, wat wil je, hij is nog geen halfjaar van dat mens af. Mág hij even?'

Maar deze vrouw kent geen genade, ze wil dat iedere man die een romance met haar begint een openbare verklaring aflegt, dat hij zijn hoofd in haar schoot legt en het daar de eerstvolgende veertig jaar zal laten liggen.

Daar houden mannen niet van. Ze zien de liefde graag als een veroveringstocht, met zichzelf in de rol van de veldheer. Ze laten zich liever niet gevangennemen. Zelfs mannen die huiselijker zijn dan een cavia voelen zich in het nauw gedreven als hun nieuwe vriendin op vakantie zomaar voor de gezelligheid samen vriendschapsringen wil gaan uitzoeken.

Vrouwen zijn juist dol op zulke dingen. Ze willen een leuke trui voor hem kopen of een geinig dingetje voor in zijn huis. Bijna alle mannen bij wie ik heb gelogeerd hadden in hun slaapkamer teddyberen staan of aandoenlijke pluchen aapjes, gekregen van hun vorige vriendin.

Vrouwen hebben geen idee van de blunders die ze maken. Ze leren in april iemand kennen, geven hem een zoen, vegen hun mond af en vragen wat hij van plan is te gaan doen met de kerstdagen.

Mijn zuster had twee weken verkering met een man toen

ze al ruzie kregen over het huishouden. 'Het was zíjn beurt voor de boodschappen,' mokte ze.

Ik heb nooit huishoudruzies gemaakt, maar ik heb me geregeld bezondigd aan teddyberen, aan nieuwe truien en ook erg aan bedilzucht. Toen ik een keer op het huis van een verloofde moest passen, heb ik als verrassing nieuwe gordijnen gekocht. Ze waren helemaal in zijn stijl, met oranje en bruine figuurtjes op een ecru achtergrond. De man was woedend. 'Je hebt van mijn interieur af te blijven!' schreeuwde hij.

Eigenlijk kun je je maar beter helemaal niet bemoeien met de levensinrichting van een man. Hij wordt er schichtig van. Maar vrouwen kunnen het niet laten. Ze doen een voorstel hoe zijn haar leuker zou kunnen zitten, ze kopen een bos bloemen voor op zijn eettafel, mét een vaas. Vanaf de eerste keer dat ze met hem naar bed zijn geweest, laten ze sporen van hun aanwezigheid in zijn huis achter. Ze morsen oorbellen tussen de lakens, ze laten hun mascara liggen op het plankje boven de wasbak.

Nestdrang is het, onvervalste broedzucht en territoriumdrift. Daarom is het zo moeilijk te beteugelen. Hormonen bestrijd je niet met nette omgangsregels.

Vrouwen doen hun best lichtvoetig te zijn in de liefde, maar je kunt zien dat het niet van harte gaat: het blijft het Zwanenmeer, gedanst op kaplaarzen.

Ik ken een vrouw die maatschappelijk werkster is. Zij zet af en toe een kennismakingsadvertentie. Op die manier heeft ze al heel wat geschikte kandidaten leren kennen, mannen die interessant waren, vriendelijk in de omgang en bereidwillig om een liefdesrelatie te beginnen. Maar steeds weer liepen ze na een maand of twee weg. 'Ze hebben allemaal bindingsangst,' was haar onverbiddelijke diagnose.

Ik geloof dat niet. Het ligt aan haar, niet aan die kerels. Ik heb ook wel eens met haar zitten praten, over iets onnozels, maar het leek wel een hulpverleningsgesprek. Ze stelde indringende vragen en in plaats van te knikken als ze iets begreep of ergens mee instemde, gaf ze een uitvoerige verhandeling over de psychologische achtergrond van mijn woorden. Na afloop van de visite lag ik helemaal op een rijtje, gewassen, gestreken en gesorteerd. Ik ken niet veel mannen die romantisch reageren op die aanpak. Bovendien schrikken ze van haar kordate opstelling inzake hun bedoeling op langere termijn.

'Een man moet weten wat hij wil,' zegt ze resoluut. Maar een man weet doorgaans helemaal niet wat hij wil. In de advertenties die mannen opstellen om een vriendin te vinden, hebben ze het over het theater, de natuur, een goed glas wijn en een haardvuur dat ze vermoedelijk nog nooit van dichtbij hebben gezien, maar wat ze eigenlijk zoeken is iemand die er aardig uitziet, niet kijft en die ergens woont waar ze zijn auto kwijt kunnen. Over de ontwikkeling van de relatie en een uiteindelijke bestemming hebben ze geen flauwe notie. Dat staat de meeste vrouwen niet aan. Vooral als ze wat ouder zijn en al een paar keer teleurgesteld in de liefde, hebben ze een groot wantrouwen. Niemand voldoet aan hun wensen.

'Er zijn geen leuke mannen!' klagen ze.

De moeilijkheid met mannen is dat ze leuk zijn niet zo belangrijk vinden. Ze hébben het liever leuk. Om dat te bewerkstelligen trekken ze kleren aan die vrouwen afschuwelijk vinden, afgedragen lorren en oude schoenen. Ze gaan ergens heen waar vrouwen geen plezier hebben, naar een rokerig café met een biljart of naar een voetbalveld. Of ze gaan iets doen waar vrouwen een hekel aan hebben: hun boot schuren of een vriend helpen met een verbouwing.

Thuis trekken ze een oude spijkerbroek aan, zetten hun broekriem drie gaatjes losser en pakken de afstandsbediening. Ze zappen naar een film met Richard Gere en Hugh Grant, mannen waar vrouwen van dromen, maar die ze nooit kunnen vinden. Leuke mannen zie je óp de televisie, zelden ervoor.

Pijpen

Mijn collega is een knappe man. Hij is niet voor eigen gebruik want ik heb geen vacature, maar ik beleef evengoed een hoop plezier aan zijn liefdesleven, want hij houdt mij nauwgezet op de hoogte. Hij valt op vrouwen die ten enenmale ongeschikt voor hem zijn. Ze zijn te jong of te dom of ze zijn er binnen drie dagen achter waar de zwakke plekken in zijn ziel zitten en gaan daar dan gretig misbruik van maken. Die zwakheden zijn er eigenlijk maar twee, maar ze maken hem volstrekt weerloos ten opzichte van zijn vriendinnen: hij kan niet tegen tranen en hij gaat altijd door de knieën voor seks. Meer hoeft een vrouw niet in handen te hebben om van een geduchte kerel een smekend schoothondje te maken.

'Hoe gaat het, Arnout?' vraag ik als ik hem tegenkom op het werk of in de stad. Bijna altijd heeft hij dan een nieuwe aflevering in het vervolgverhaal van zijn zoektocht naar het geluk.

De laatste tijd heeft hij verkering met een vrouw die zeventien jaar jonger is dan hij. Dat hoeft geen probleem te zijn, maar deze vrouw heeft zo'n onbedorven beeld van de werkelijkheid, dat ze nog veel jonger lijkt dan de achtendertig jaar die ze is. Ze denkt dat Arnout en zij samen oud gaan worden, dat ze lief en leed zullen delen en zo nog een paar gemeenplaatsen waar Arnout al sinds zijn tweede scheiding niet meer in gelooft.

Zijn liefde is heel wat minder diepgaand, vijftien centimeter om precies te zijn. Hij vindt deze vriendin vooral onweerstaanbaar lekker. Ze kan goed pijpen.

Verder doet ze alles verkeerd. Daar kan Arnout boeiend over vertellen. Ze zit op pianoles en oefent in het weekend onbekommerd haar etudes en toonladders, terwijl hij zich in een leunstoel op een boek probeert te concentreren.

'Zonder muziek zou ik niet kunnen leven,' zucht de vriendin, 'muziek betekent alles voor mij.' Het is de bedoeling dat hij daar iets op antwoordt, maar hij zou bij god niet weten wat, dus maakt hij een instemmend geluid.

Dat vindt de vriendin niet goed genoeg. 'Aárnout,' begint ze, 'waarom zeg je niets?'

Hij legt zijn boek neer. 'Ik zei: ja.' Hij hoort zelf dat het een beetje mager is vergeleken bij de betekenis van de muziek in een vrouwenleven. 'Ja, schat,' verbetert hij, 'ik vind Mozart ook heel mooi.'

Vaak loopt zo'n gesprek uit op ruzie en dan is Arnout weer een paar weken vrijgezel.

'Ik moet er ook mee uitscheiden,' neemt hij zich voor. 'Ze kan beter een leuke man van haar eigen leeftijd gaan zoeken.' Maar na een poosje belt zij weer op. Ze mist hem. 'Mis jij mij ook?' Op zo'n moment zou hij nee moeten zeggen, naar waarheid, maar dan denkt hij aan haar zachte lippen en zegt ja, ook naar waarheid.

Vrouwen hebben doorgaans geen idee hoeveel pijpen betekent in het leven van een man, anders zouden ze het misschien niet zo achteloos van het programma schrappen. Ze doen het in het begin van een romance om een grote hartstocht tot uitdrukking te brengen of om een man te veroveren, maar zodra het niet meer hoeft, houden ze ermee op. En daarmee leggen ze een van de machtigste middelen waarmee je een man op zijn knieën kunt dwingen terzijde. Het getuigt natuurlijk van een zeer laag allooi als je de seksualiteit als hefboom gebruikt om je zin te krijgen, maar ik vind het ook een beetje onnozel dat vrouwen niet eens beseffen dat ze die macht bezitten.

Ik heb ergens gelezen dat de geslachtsdaad voor een man als een triomftocht is, maar dat hij de fellatio beleeft als een overgave. Zonder verzet levert hij zich aan de ander uit.

'Als een vrouw goed kan pijpen, hoeft ze niet mooi te zijn, niet intelligent en niet eens lief,' verklaarde een man die bij het woord alleen al week wordt.

Maar wat is goed pijpen, vroeg ik mij af. Omdat de meeste heteromannen al blij mogen zijn als het ze overkomt, leken zij mij niet geschikt om een objectief oordeel te geven over de techniek. In homokringen is het een gangbare methode om een ander tot zijn gerief te brengen, dus stelde ik de vraag aan een homoseksuele man, die in het verleden ook met vrouwen heeft verkeerd.

'Er is wel een zeker verschil tussen mannen en vrouwen,' vertelde hij nadenkend. 'Vrouwen doen het vaak te zacht. En als je vraagt of het iets steviger kan, zetten ze hun tanden in je eikel. Mannen kunnen het ook verkeerd doen. Dan zuigen ze te hard. Maar mannen zijn wel beter op de hoogte van de juiste plekken. Ze weten dat de rand van de eikel het gevoeligst is.'

Ik luisterde aandachtig, want zo heel vaak wordt deze cursus niet gegeven.

'Hoe is het als iemand je heel diep in zijn mond laat komen?' vroeg ik.

Hij zuchtte verrukt.

'Maar dan voel je toch helemaal geen druk meer?' weerlegde ik.

'Je moet je tong erbij houden, als een soort bedje waar de penis op ligt. En hem dan heel diep tot bij je keel laten komen.'

Ik schudde mismoedig mijn hoofd. 'Dat kan ik niet,' zei ik, 'dan krijg ik protest van de slokdarm. Ik ga ervan kokhalzen en niet eens uit weerzin. Ik heb het al als ik mijn achterste kiezen moet poetsen.'

'Weet je wat ook fantastisch is?' zei de man geanimeerd. Hij begon plezier in ons gesprek te krijgen. 'Als de ander je ballen in zijn mond neemt. Maar dat kunnen vrouwen ook niet goed. Die beginnen meteen met hun tong te porren. Dat doet zeer.'

Ik dacht aan de haren die op het scrotum groeien. 'Nee, dat is niks voor vrouwen,' beaamde ik.

We zwegen een poosje, ieder met zijn eigen gedachten.

'Slikken mannen het zaad door na gedane zaken?' vroeg ik.

'Nee,' antwoordde de man ernstig, 'dat wordt met klem afgeraden. Pijpen wordt nogal eens zonder condoom uitgevoerd. Er kunnen aidsvirussen in het zaadvocht zitten. Wij spugen het uit.'

Ik weet van verschillende heteromannen, dat ze het als een teken van grote aanvaarding beschouwen, als een vrouw het zaad doorslikt. Ze denken dat een vrouw die dat doet, pijpen zo lekker vindt, dat ze er geen druppeltje van wil verspillen. Ik betwijfel of dat de reden is. Ik denk eerder dat ze niet weet wat ze moet doen met het kwakje. Zomaar in de lakens spugen is niet beleefd en meteen opspringen en naar de badkamer rennen maakt ook geen romantische indruk. Ik heb het om die reden vaak doorgeslikt. Later poetste ik dan mijn tanden en als ik de neiging had om een beetje te kokhalzen, gaf ik de tandenborstel de schuld, niet de liefde.

Een echte man

Mijn collega belde: 'Ik heb kanker, geloof ik,' zei ze.

'Alweer?' vroeg ik meelevend. De week ervoor had ze een rare bult op haar been, die ze had aangezien voor een gruwelijke botuitstulping, veroorzaakt door een vergevorderde woekering van weefsel, en een poosje geleden dacht ze dat haar teen aan het afsterven was.

'Misschien moet je naar de dokter,' raadde ik aan. Ze heeft een begrijpende huisarts, die weet dat deze patiënt gebukt gaat onder haar eigen morbide fantasie. Wanneer ze weer eens kanker of lepra onder de leden denkt te hebben, stelt hij haar gerust en lacht haar niet uit, wat fijngevoelig van hem is. Zelf schiet ik nog wel eens in de lach om haar gezwellen. Dat mag gelukkig, aan haar gevoel voor humor mankeert niets. Dat heb ik wel eens anders meegemaakt.

Ik had ooit een verloofde die kwijnde. Als hij verkouden was kroop hij in bed, legde een zakdoek op zijn hoofd om de parelende zweetdruppels te betten, nam een theedoek om zijn neus in te snuiten en zette het op een zuchten.

'Wat is er?' vroeg ik dan korzelig, 'ben je ziek?'

'Een griepje,' zuchtte hij.

'Heb je koorts?'

'Ik denk het wel.'

'Hoeveel?' eiste ik, want ik wilde getallen zien, bewijzen. Maar hij weigerde zijn temperatuur te meten, de thermometer was zijn vijand. Die toonde niet aan wat hij zo duidelijk voelde: dat hij een zieke was, die verzorgd moest worden.

Versgetrokken bouillon, lichtverteerbare kaneelbeschuitjes, geperste citroen met heet water en honing, hij wist precies wat helpen zou. Behalve wanneer ik iets scheelde. Dan was hij het recept voor ziekenkost vergeten.

Hij heeft eens babi pangang voor me meegebracht toen ik rillend van de koorts in bed lag. Toen ik me vol afkeer van het plastic bakje afwendde, haalde hij zijn schouders op, schoof een stoel aan en begon het zelf maar op te smikkelen.

Misschien had hij het verkeerde voorbeeld gekregen: moeders van vroeger waren nooit ziek. Al reutelde de adem des doods door hun keel, ze gingen gewoon stofzuigen, ze haalden de kinderen van school en kookten het eten.

Moderne jonge vrouwen doen vast niet zo idioot, maar het schijnt nog steeds zo te zijn dat mannen kleinzeriger zijn dan vrouwen. Uit een Amerikaans onderzoek naar pijnbeleving bleek dat vrouwen gevoeliger zijn voor pijnprikkels, maar toch minder klagen. Vrouwen laten niet toe dat de pijn bezit neemt van hun leven, schreef de onderzoeker. Hij vergeleek mannelijke en vrouwelijke artritispatiënten met elkaar en noteerde dat mannen op pijn reageerden met een slecht humeur en een klaagzang, terwijl vrouwen meteen begonnen met de pijn te leren leven.

In de spreekkamer van de dokter schijnen mannen ook geen best figuur te slaan. Ze zijn bang. Een verpleegster die op een laboratorium werkt, vertelde me dat ze mannen die voor een bloedonderzoek komen maar vast bij voorbaat plat laat liggen, omdat de meeste toch flauwvallen na het eerste buisje.

Van een arts die sterilisaties verricht bij mannen hoorde ik dat het een ingreep van niks is, die gemakkelijk poliklinisch uitgevoerd zou kunnen worden. Toch draait het doorgaans uit op een opname en een korte narcose, omdat de patiënten bij de eerste blik op het mes dat het op hun zaadbuisjes heeft voorzien, al gestrekt gaan.

'Mannen willen nog wel eens collaberen,' zei de arts.

Ik zou me erg vrolijk kunnen maken over de collaberende mannen, maar ik ben zelf geen haar beter. Ik collabeer ook nogal gauw. Bij een onderhuids prikje ga ik al wankelen en toen een oogarts belladonna in mijn ogen druppelde, verloor ik onmiddellijk het bewustzijn. Ik raak in ademnood als de mondhygiënist mijn tandvlees onderzoekt en toen ik ingeënt moest worden tegen hepatitis, heb ik gehuild.

Ik zou een goeie kerel zijn geweest. Ik lust ook wel beschuitjes op bed.

Het is niet zo dat ik een geslachtsverandering overweeg, maar soms denk ik na over hoe het zou zijn. Ik zie wel voordelen in het bestaan als man.

Onopvallend gaat hij over straat. Niemand neemt hem schattend op als hij op het perron staat te wachten of wanneer hij een café binnenstapt. Zijn aanwezigheid is vanzelfsprekend. Het lijkt wel of voor mannen bij voorbaat een plaats is ingeruimd. Voor een vrouw moet iedereen even inschikken. Misschien wordt daarom van haar verwacht dat ze altijd dankbaar kijkt. Als zij niet voortdurend een welwillende uitdrukking op haar gezicht ronddraagt, krijgt ze commentaar: 'Wat kijk je chagrijnig!' Een man kan zijn kop gewoon laten zoals die is.

Van die vrijheid zou ik zeker gebruik maken als ik een vent was. Met gefronste wenkbrauwen zou ik de mensen aankijken.

Laten we die meneer maar gauw helpen, denken winkelbedienden en ambtenaren achter een loket, hij kijkt zo boos.

Ik was misschien niet zo'n aardige man, maar dat is ook nergens voor nodig. Andere mannen hebben geen respect voor een schat van een jongen, en vrouwen hebben ook liever iets om hun tanden op stuk te bijten.

Waarom dat zo is, weet ik niet. Het lijkt wel of ik meteen niks meer van vrouwen begrijp, zodra ik alleen al fantaseer dat ik een man was. Dat geeft wel te denken.

Een vriendin van mij zegt dat ze juist een perfecte man zou willen zijn, een voorbeeld voor alle anderen. Ze zou champagne meebrengen voor haar geliefde en bloemen, ze zou even helpen met de afwas. In bed was ze een en al dienstvaardigheid.

Ik niet. Ik was nog net geen klootzak, maar ik was wel een beetje stug. Ik zou bang zijn dat vrouwen te veel van me verwachtten. Als vrouwen zich verlieven, vergalopperen ze zich nogal eens. Ze beginnen meteen te bellen, te e-mailen en sturen schattige kaartjes, waar een man leuk op moet reageren. Ze willen dat hij betekenisvolle dingen tegen ze zegt. Als ik een man was, zou ik hard weglopen van zo'n enthousiaste molensteen.

In bed was ik ook niet de ideale minnaar, vrees ik. Voor een vrouw die ik lief en leuk vind, zou ik erg mijn best doen, maar het duurde misschien wel een poos voor ik haar had gevonden of zij mij. Intussen had ik dan al heel wat vrouwen in mijn armen gesloten van wie ik helemaal niet zeker wist of ik er wat aan vond. Je kunt maar beter niet zonder zitten, als man.

Mannen worden, meer dan vrouwen, gedreven door lust. Ik heb wel een voorstelling van dat gevoel: een groot bord macaroni en een hoop honger. Dan ga je niet zitten wachten tot de chef-kok klaar is met het fijnproeversdiner.

Als ik een man was, zou ik geen zin hebben om elke keer, met iedere vrouw, de geweldige minnaar uit te hangen. Ik was al blij als ik zonder al te veel poespas met iemand naar bed kon.

Het is maar goed dat ik geen vent ben, want ik was geen grote toevoeging aan het bestaande bestand. Van mij zou de wereld niet beter worden.

Van de meeste vrouwen niet, als ze als man door het leven zouden gaan.

De vriendin die een droomprins zou willen zijn, heeft eens navraag gedaan in haar kennissenkring, hoe die vrouwen zich voorstelden dat zij het ervan af zouden brengen. Hun antwoord was weinig opmerkelijk: ze zouden net zo zijn als hun eigen verloofde, dat was hun ideaal. Ze wilden dus met zichzelf naar bed. Dat willen wel meer mannen.

De enige die met een aardig idee kwam, was Annie M.G. Schmidt. Toen haar werd gevraagd hoe ze zich het leven als man voorstelde, zei ze dat ze een ouwe nicht zou willen zijn. Zij moest er niet aan denken dat ze met een vrouw naar bed zou moeten. De droomprins lijkt me daar trouwens ook niet zo geschikt voor, al denkt zij zelf van wel. Zij wil niet eens met een vrouw naar de bioscoop.

'Een vrouw wordt meteen een soort blok aan je been,' heb ik haar wel eens horen zeggen, 'als ik een vriendin uitnodig voor het theater, verwacht ze dat ik de kaartjes haal. Ze wil dat ik de jassen naar de garderobe breng, dat ik in de pauze in de rij ga staan om een flesje Spa Blauw voor haar te halen en dat ik er dan mee in mijn handen blijf staan wachten, terwijl zij naar de wc gaat. En dan blijft ze ook nog eens heel lang weg omdat al die andere vrouwen ook naar de wc wilden.'

Misschien is het mannenleven toch niet zo leuk.

Ik ben eens met twee vrouwen met vakantie gegaan, naar Frankrijk. We hadden een huisje in de bossen gehuurd. Het was een primitief onderkomen met een houtkachel, die geregeld bijgevuld moest worden. Dat was mijn werk.

'Ga jij maar hout halen,' zeiden de twee andere vrouwen. Ik liep fluitend het bos in en toen ik terugkwam, bleek ik ineens geen vrouw meer te zijn. Het lag niet aan mij, ik was niet veranderd, maar mijn positie wel. Het gesprek viel stil toen ik met de takken binnenkwam. 'Kijk nou wat je doet, ik heb net geveegd!' zei de ene vrouw en de andere draaide zich zuchtend van mij af.

‘Moet je koffie?’ vroeg ze.

‘Ik wil wel een glas wijn,’ zei ik voorzichtig. Ze keken elkaar aan.

‘Daar hadden we het net over,’ zei de een, ‘we vinden eigenlijk dat je te veel drinkt.’

Veertien dagen duurde onze vakantie. Ik werd allengs zwijgzamer en houthaleriger, terwijl mijn reisgezellen, die tevoren nog vriendinnen van mij waren geweest, hun intieme gesprekken voerden. Pas toen ik thuis was, kon ik weer gewoon doen.

Ik was weer vrouw van lijf en leden. Dat laat ik voortaan zo.

Oud

'De hoed is weer helemaal terug in het modebeeld,' las ik in een tijdschrift. Ik keek naar de foto bij het artikel. Een model blikte mysterieus in de camera. Hij stond haar goed, die hoed. Wanneer zou ze hem opzetten?

Ik geloof helemaal niet dat de hoed terug gaat komen in het modebeeld, al was het maar om praktische redenen. Op de fiets waait hij af, in de regen verfomfaait hij en als je hem afzet, zit je haar plat. Het enige dat de hoed toevoegt aan het modebeeld is dat hij allure geeft aan de draagster. Als je een oude kop hebt, lijk je toch nog heel vrouwelijk.

Ik denk veel na over oude koppen, daar heb ik de leeftijd voor.

'Ga jij een facelift nemen?' vroeg een vrouw van vijftig mij laatst. Daar schrok ik erg van.

'Moet dat al?' vroeg ik.

Zij is erg rimpelbewust. Ze laat geregeld collageen in de groeven bij haar bovenlip spuiten en ze smeert driemaal daags crème op haar gezicht, maar ze wil geen facelift.

'Je krijgt er een brede neus van,' zegt zij, 'je kunt aan iemand zien of ze gelift is, het gezicht wordt strak. Alsof de uitdrukking eraf is. Het zal me niet gebeuren dat ze van mij zeggen wat ik van anderen zeg: moet je haar zien met d'r gelifte kop.'

Ik neem ook geen facelift. Ik geloof niet dat ik er echt van zou opknappen en je kunt wel aan de gang blijven: spataderen, rimpels, grijze haren, vervallen boezem – uiteindelijk word je toch gewoon oud.

Ik geloof trouwens niet dat die rimpels er zo vreselijk veel toe doen. Tanden zijn veel belangrijker. Mensen met lange gele tanden of een kaak die geslonken is door het kunstgebit, vallen meteen in de seniorencategorie. Ik zie soms jonge mensen met een kunstgebit. Door die valse tanden zie je de toekomstige bejaarde al helemaal op hun gezicht afgetekend.

Een oude kop krijg je niet van de ene dag op de andere. Het gaat geleidelijk.

'Ik kijk soms in de spiegel,' vertelde een vrouw van middelbare leeftijd, 'en dan zie ik hem ineens: een ouwe vent! Ik zou dat ouder worden niet zo erg vinden als je gelaatstrekken liever en zachter zouden worden zoals die van een lief omaatje. Maar zo is het niet, ze verharden juist. De grove dingen in je gezicht komen naar voren. Het is soms net of er een ouwe vent in mijn gezicht zit, onder mijn huid als het ware. Maar hij is er niet altijd, hij is ook wel eens weg.'

Op een dag is die ouwe vent niet meer weg te schminken of te camoufleren. Een vrouw is dan niet meer jong, hooguit jeugdig. De mensen beginnen tegen haar te liegen, ze raden haar leeftijd zeven jaar te gunstig en ze benadrukken het belang van de uitstraling. 'Je bent zo jong als je je voelt,' troosten ze, maar eigenlijk bedoelen ze: 'Je bent een ouwe taart en iedereen ziet het behalve jij.'

Mij hoeft niemand wat wijs te maken. Ik let op de signalen.

Op een dag leunde ik voorover om in een spiegeltje te kijken. Wat ik daar te zoeken had, weet ik niet meer, de herinnering is weggevaagd door de schrik. Mijn wangen, die tevoren nooit klachten hadden gegeven, zakten mee naar voren, alsof ze loskwamen van hun bevestiging. Ik durfde de akelige ervaring aan niemand te vertellen, maar inmiddels heb ik begrepen dat ik niet de enige ben die lager gelegen spiegels ontloopt.

'Je moet ook nooit bovenliggen als je vrijt,' raadde een oudere vriendin aan.

Hoe doen mannen dat, vroeg ik me af, want als niemand meer boven wil liggen wordt de coïtus wel erg ingewikkeld.

Inderdaad blijken er ook mannen te zijn die lijden onder het verlies van hun jeugd. Die turen zorgelijk naar hun terugtredende haarlijn en houden spiegeltjes achter hun hoofd om te kijken of er al een kaal pleintje schemert. Ze voelen aan hun kont of die nog strak is. Maar ze verbinden er geen consequenties aan.

Een poosje geleden had ik een ex op bezoek. Ik had hem lang niet gezien, want hij woont in het buitenland.

'Vind je me niet oud geworden?' vroeg hij.

'Welnee!' loog ik vriendelijk.

'Ach kom nou!' riep hij. 'Ik ben helemaal grijs, en kijk eens hoe erg!' Hij strekte zijn handen naar voren, met gespreide vingers. 'Oude handen heb ik gekregen, rimpelhanden. En dit!' Hij pakte een stukje keelvel tussen vinger en duim en kneep. 'Ik ben een ouwe kalkoen aan het worden. Vreselijk!'

Hij leed, dat kon je zien, maar toen we een uurtje later op een terras gingen zitten, zag ik hem begerig naar de jonge meiden kijken. 'Wat een lekker ding,' mompelde hij wanneer er een voorbijliep.

'Die blieven geen kalkoen,' hielp ik hem herinneren, maar hij begreep niet wat ik bedoelde. Hij was weer een jonge god in het diepst van zijn gedachten.

Naar mij wordt tegenwoordig nooit meer gefloten. Dat is ook iets wat langzaam wegsterft. In het begin merkte ik niet dat het stiller werd om me heen, ik dacht dat ik minder verlegen was geworden, maar ineens besefte ik dat niemand meer naar me floot. Laatst was er een man die een paar tonen inzette, maar die had zich vergist. Hij keek nog eens goed en hield toen geschrokken zijn mond.

'Mannen hebben een hekel aan oudere vrouwen,' zei een

vrouw van een jaar of zestig, 'ze doen vijandig. Ze negeren je heel nadrukkelijk of ze fronsen geërgerd hun voorhoofd en kijken een andere kant op als je iets tegen ze zegt. En ik ben heus niet onvriendelijk of kattig tegen ze.'

Het was een opmerking die ik eerder had gehoord. Mannen schijnen echt raar te doen. De zwier en hoffelijkheid die ze voor jonge vrouwen aan de dag leggen, slaan om in prikkelbare onverdraagzaamheid en horkerige manieren wanneer een vrouw de vijftig is gepasseerd. Buschauffeurs wachten niet meer bij de halte wanneer ze aan komt rennen. Politieagenten knijpen geen oogje toe en als een oudere vrouw even staat te hannesen, zie je de mannen denken: stom wijf!

Er bestaan verklaringen voor. Een psychiater wist te vertellen dat oudere vrouwen ze aan hun moeder doen denken, aan de vroege zindelijkheidstraining en aan de onmacht van kleine jongens.

Een sociobioloog schreef dat vrouwen na de overgang niet meer de juiste lokstoffen produceren om de aandacht van mannen op zich te vestigen. Onvruchtbare vrouwen zijn biologisch opgeheven, dus als een man ze negeert, is dat heel natuurlijk.

Ik denk dat oudere mannen voor leeftijdgenoten terugdeinzen omdat ze beseffen dat ze dáár eigenlijk mee naar bed zouden moeten en niet met de groene blaadjes die ze liever lusten.

Er schijnt zelfs een wiskundige formule te bestaan die van toepassing is op de partnerkeus van de man: de helft van zijn leeftijd, plus zeven. Dat is zijn ideaal.

Als je die rekensom toepast op de liefdesverwachting voor vrouwen, veroordeel je iedere vrouw van achtenveertig en ouder tot de necrofilie. Zo wreed is de werkelijkheid niet.

Uiteindelijk zijn het de vrouwen die winnen. Tegen de tijd dat de echte oude dag aanbreekt, verwelken mannen razendsnel, terwijl de vrouwen opbloeien. Ze vechten niet meer tegen rimpels en verval. Ze hebben belangrijker zaken aan hun hoofd. Ze hebben kaartclubs en toneelverenigingen, ze bezoeken theaters en sportscholen. Als je een groep bejaarden tegenkomt, hoor je de vrouwen opgewekt schateren. Ze hebben lol, meestal ten koste van dat ene mannetje dat ertussen loopt. Die kijkt sip en lacht zo'n beetje mee. Hij mag blij zijn dat hij nog leeft.

Ouder

Op het kampeerterrein stond een Frans echtpaar met twee jonge kinderen. Ze hadden vakantie, maar van uitrusten kwam niet veel, want de vader en moeder moesten opvoeden.

'Michel! Arrête!' klonk het de hele dag, 'Marie-Claude! Reste ici!'

Vooral het 'reste ici' schalde steeds over de camping, want de ouders wilden niet dat hun kinderen er in hun eentje op uittrokken. Dat deden Michel en Marie-Claude ook niet, ze scharrelden braaf om de tent heen, maar zelfs dat ging de ouders te ver.

'Reste ici!' riepen ze en plantten de kinderen tussen hun knieën. Daar was ici.

Ik zat naast de tent ertegenover en sloeg de gebeurtenissen belangstellend gade. Ik kijk graag naar gezinnen. Kampeerterreinen bieden een schitterende blik op het intieme leven van het gezin. Je hoeft er niet voor te gluren. Op geen enkele manier hoef je de grenzen van de beleefdheid te overschrijden, gezinnen trekken zich nergens wat van aan. Alsof ze achter een bakstenen muur zitten, onzichtbaar voor de omgeving, gaan ze hun dagelijkse gang.

Vooral de Nederlanders leken zich volstrekt niet bewust van mijn belangstelling.

'Waar is papa?'

'Op de wc!'

'Waar?'

'Op de weecééhéé!'

Even later kwam de vader op zijn vakantieslippers het zandpad af. Inderdaad, die was naar de wc geweest. Hij jongleerde met de closetrol op zijn rechterwijsvinger terwijl hij zijn toilettas onder zijn linkerarm geklemd hield.

'Jongens, waar is mama?'

Gezinsleden zijn elkaar altijd kwijt. Al wonen ze op twee vierkante meter zoals in een caravan of een tent, iedereen informeert de hele dag waar de anderen zijn.

De Nederlanders gunden me een onbelemmerde blik op alles wat ze deden en zelfs hun gedachten zeiden ze hardop, als gedachtewolkjes in een stripverhaal:

'Ik wacht wel even met douchen. Het is nu zo druk in het washok,' deelde de zoon mee, zonder dat iemand luisterde.

'Ik vind het hier beter dan vorig jaar in Canobbio,' praatte de moeder voor zich uit.

'Mmm,' bromde haar man zonder op te kijken uit zijn tijdschrift.

Even later rekte hij zich uit.

'Nou, we zitten hier toch maar best,' zei hij tegen niemand in het bijzonder.

Misschien waren dergelijke opmerkingen niet bedoeld als boodschap en waren het gewoon geluiden die ze maakten, zoiets als knorren bij de trog. Af en toe vlogen ze elkaar in de haren. Meestal ging dat over de lompheid van iemand die opstond om wat te gaan halen. Die struikelde daarbij steevast over de scheerlijnen, wat dan geprikkeld commentaar opleverde: 'Hè, kijk nou toch uit!' Maar ze keken niet uit. Ze stootten zich talloze keren per dag aan de haringen, ze liepen de tentstokken onder de luifel omver, ze namen de bochten te kort zodat er hele stukken doek meegesleurd werden, en iedere keer scholden ze elkaar verontwaardigd uit.

In een caravan verderop woonde een Duitse familie. Ik had de indruk dat die niet gelukkig waren. De kinderen verveelden zich en hadden het te warm. De moeder was de hele dag in touw met plastic emmers voor de was en voor de vaat, en als ze even op een stoel ging zitten, zocht ze ruzie. De vader hing de schone was op. Dat deed hij nauwgezet, met een mond vol knijpers, zoals hij het misschien in een Italiaanse film had gezien of vroeger bij zijn oma. Hij leek me wel een aardige man, maar hij werd niet erg gewaardeerd. De dochter van een jaar of veertien sprak het woord 'Vati' uit op een toon alsof ze hem voortdurend moest vermanen en haar jongere zusje wimpelde al zijn vriendelijk bedoelde liefkozingen af.

Ik ben met de studie naar het gezinsleven begonnen toen ik het besluit nam geen kinderen te krijgen. Zo'n belangrijke beslissing neem je niet lichtvaardig en ik wilde mijzelf er goed van doordringen welke beker ik aan mij liet voorbijgaan.

Vrijwel iedereen vond het een bedenkelijke keus. Als je oud was, zou niemand naar je omzien en je miste het mooiste dat een mens kan overkomen: een kind van jezelf te zien opgroeien. Ik nam die waarschuwingen ernstig, al was ik het niet met alle argumenten eens. Ik denk niet dat kinderen vanzelfsprekend troost bieden voor een eenzame oude dag. Ik zou er niet aan moeten denken dat een kind of een kleinkind, door schuld en plichtsgevoel gedreven, bij mij langskomt in de verzorgingsflat om monter tegen me te doen.

Ouders beweren ook altijd dat ze jong blijven door hun kinderen. Ik neem aan dat ze bedoelen dat er thuis popmuziek schalt en cola in de ijskast ligt. Meer kan ik eigenlijk niet bedenken.

Ik vind vaders en moeders helemaal niet jong, integendeel.

Hun leven draait om de kinderen, zelf komen ze op de tweede plaats. Sommige moeders cijferen zichzelf zo doeltreffend weg, dat ze alleen nog tot leven te wekken zijn als het gesprek over kinderen gaat. Dat hebben ze met oma's gemeen. Daardoor doen ze misschien zo ouwelijk aan.

De moeder van een achttienjarige vertelde vertederd dat haar dochter altijd met haar ging winkelen in de stad: 'Ze is heel streng. Als ik een pakje aantrek dat ze niet mooi vindt, roept ze: "Hè bah, mam! Dat maakt oud!"'

Het leek warempel wel of ze een bejaarde was, die maar met moeite van de polyester bloemetjesjurken af gehouden kon worden. Ze is tweeënveertig!

In zomervakanties kan ik mijn ogen niet van ze af houden: echtparen van middelbare leeftijd die in een restaurant zitten te eten met hun bijna volwassen kinderen. De vader is afwezig zijn soep aan het lepelen, de zoon van negentien vertelt iets, terwijl zijn moeder aanbiddend naar hem opkijkt. Ze houdt zoveel van hem, daar kan geen vriendinnetje tegenop.

Op pa let niemand. Die zit vermoedelijk uit te rekenen of hij op de terugweg beter via Reims kan rijden of via Parijs.

's Avonds op de camping, tegen de tijd dat de kleine kinderen in bed liggen en de grotere naar de discotheek zijn vertrokken, zitten de ouders bij hun gedempt verlichte tenten en caravans. Ze hebben al gewandeld en eigenlijk kunnen ze net zo goed naar bed. Verbazend, zoveel als je slaapt wanneer je met vakantie bent, zeggen ze tegen elkaar.

Op weg naar het washok sprak ik een Nederlandse man uit Franeker. Zijn kinderen waren volwassen, die gingen al jaren niet meer mee kamperen. Dat was jammer, vond hij.

Was het dan niet plezierig dat hij vrij was, vroeg ik; nu kon hij immers gaan en staan waar hij wilde? Hij haalde zijn schouders op en streek de handdoek die hij over zijn toilettas gevouwen meedroeg glad. Ach, zei hij, zo heel veel deed hij niet met die vrijheid. Toen de jongens nog meegingen naar de camping had hij zo zijn eigen pleziertjes. Zij gingen naar het dorp, daar was van alles te doen voor jonge mensen. Hij bleef op tot ze thuiskwamen. In de uren dat hij bij de tent op ze wachtte, dronk hij wijn en zat wat te mijmeren. Nu niet meer. Er viel niets te wachten, dus ging hij maar naar bed.

Hij haalde zijn schouders op en wenste me goedenacht. Ik keek hem na terwijl hij naar zijn tent slofte. De oude portier van een verlaten gebouw.

Fluiten

Op een dag werd er niet meer naar mij gefloten. De stratenmakers die ik onderweg passeerde, gingen rustig door met hun werk, de glazenwassers lapten hun ramen en zelfs de bouwvakkers aten in de schaftpauze onverstoorbaar hun boterhammen, al hadden ze soms een peinzende blik: moesten we niet eens fluiten? Maar nee, die tijd bleek voorbij te zijn.

Ik weet nog goed hoe het begon. Ik was vijftien en liep met mijn iets oudere zuster over de boulevard van Scheveningen. Mijn zuster siste: 'Kijk, jongens!' En ja hoor, op de muur rond een parkeerterrein zat een rijtje jongens. Ze grinnikten en floten. Mijn zuster kneep mijn arm blauw en ik struikelde. Alle begin is moeilijk.

Het jaar daarop gingen we al in februari de boulevard op. Het was een mooie voorjaarsdag en je wist maar nooit. Er was niemand te bekennen, we waren de enigen die kwamen flaneren en we liepen voor lul. Pronken vereist publiek.

Sommige vrouwen vinden het afschuwelijk als er naar ze gefloten wordt. Ze voelen zich gereduceerd tot lustobject, ze zien het als een uiting van minachting en dat is het natuurlijk ook, maar ik vind dat je een man niet zo serieus moet nemen. Het maakt mij niet veel uit hoe hij zich gedraagt, zolang hij zijn handen thuishoudt en me niet stoort als ik de krant lees. Twintig jaar duurde het fluiten, toen liep het af. Als er tegenwoordig nog naar me wordt gefloten, ga ik de stratenmaker, glazenwasser of bouwvakker in kwestie persoonlijk bedanken.

In de jaren negentig was ik op wereldreis. Ik reisde in opdracht van een sigarettenmerk en het was de bedoeling dat ik in dertig dagen de hele wereld rondging. Ik had dus haast en helemaal geen tijd voor kerels. Ze waren er wel, en af en toe lieten ze dat merken. Niet in westers georiënteerde landen, daar was ik even onopvallend als ik in Nederland ben, maar in China had ik sjans en niet van een amateur.

Het was een jongen van een jaar of twintig en hij reed op een fiets. Dat doen heel veel Chinezen, maar hij maakte er wat van. Zwierig cirkelde hij over straat en liet met zijn wielen weten dat hij verkering zocht. Die had ik niet nodig, maar ik wilde wel een stukje meerijden op de bagagedrager. Chinezen doen toch niks, dacht ik, daar zijn ze veel te verlegen voor en de wetten op kuisheid zijn streng.

Ik sprong achterop en de jongen zette het op een rijden. Hij was heel wat van plan, dat was wel duidelijk, maar ik besloot het nog even aan te kijken. Veel kon hij niet beginnen in het centrum van Peking. Toen voelde ik ineens een kneepje in mijn linkerborst. Verbaasd keek ik naar de slanke rug van de flink doortrappende jongen. Die zat keurig recht op zijn fiets. Het duurde zeker een paar seconden voor ik doorhad dat hij, heel bedreven, met een achterwaartse beweging van zijn linkerhand, in mijn borst kon knijpen. Hij deed het weer!

'Hé hé!' riep ik, 'dat gaat zomaar niet!' en sprong van de bagagedrager. Schuldbewust keek de Chinese fietskunstenaar nog een keer om en verdween in de menigte.

In Japan maakte ik ook furore. Japanse vrouwen zijn nogal plat en een Playboy-maat borstomvang is iets bijzonders. De beleefdheid gebiedt de Japanner niets te laten merken van zijn belangstelling, maar als hij dronken is, hoeft hij zich niet aan de regels te houden.

Ik zat aan een sushibar in Kyoto en de heer van middelbare leeftijd naast mij was dronken. Telkens als zijn blik op mijn boezem viel, liet hij zich schaterlachend tegen mijn schouder vallen. Dat waren nog eens tieten! Ik knikte vriendelijk en besloot van de gelegenheid gebruik te maken. De man was kleermaker, hij maakte kimono's. Die wilde ik wel zien. In het handboek voor Japan staat dat de Japanner nooit mensen mee naar huis neemt, maar dronken telt niet dus liet ik hem nog eens lachen en wandelde met hem mee naar huis. De kimono's waren schitterend.

De reis ging verder en het fluiten nam toe. In Brunei was het net als vroeger: onderweg riepen de mannen me na, de automobilisten floten in het voorbijgaan of toeterden. De meeste vrouwen in Brunei dragen sluiers en van een buitenlandse in een T-shirt gaan de mannen spontaan fluiten, ook al is ze boven de dertig. Er zijn vrouwen die het erom doen. Ze hoeven niet eens zo ver te reizen. In Europese landen waar vrouwen kuis en thuis worden gehouden is volop emplooi voor behaagzieke buitenlanders.

Ik ken een vrouw van vijfenveertig die ieder najaar naar Griekenland gaat. Ze ziet er fraai uit, dat vinden haar kennissen in Nederland trouwens ook, maar ze houdt van vertoon. Dat lukt niet in een regenjas. Daarom gaat ze ieder jaar naar Kos of Rhodos of een ander Grieks eiland en voelt zich vier weken het stralend middelpunt. In december komt ze terug en zit vredig onder de kerstboom bij haar man en tienerkinderen.

'Vind jij dat niet vervelend?' vroeg ik aan haar man. 'Nee hoor,' zei hij goedig, 'ik weet toch hoe ze is, ze is wat dat betreft net als ik. Als ik op de bouw een grietje voorbij zie lopen, fluit ik ook.'

'Fluit jij nog?' vroeg ik hem geschrokken.

'Wat dacht je dan?' zei hij. 'Als ik gewoon doorwerk, denken de collega's allemaal dat ik een ouwe lul ben geworden.'

Autoruzie

Als ik aan mijn verloofde vraag: waar ligt Amsterdam? tuurt hij even naar de lucht en wijst een richting aan. Al staan we in Bangkok, dan nog weet hij zich te oriënteren. Ik kan dat niet. Als ik in een winkelstraat een winkel binnenloop, daar vijf minuten rondkijk en weer naar buiten ga, weet ik niet meer van welke kant ik was gekomen. Toen ik nog in de Jordaan woonde waar alle straten scheef lopen, moest ik geregeld de weg naar mijn eigen huis vragen, anders liep ik uren te dwalen.

Oriëntatievermogen schijnt een talent te zijn dat vooral bij mannen voorkomt. Vrouwen hebben het zelden, dus hoef ik me niet te verontschuldigen voor mijn onvermogen. Mannen die steeds de weg kwijtraken, schamen zich ervoor.

Een beetje man is postduif. Daar komt veel narigheid van.

Mijn zwager ligt vaak overhoop met zijn gezin omdat hij steeds verdwaalt en niet wil dat zijn vrouw de weg gaat vragen.

'Ik weet precies waar we heen moeten,' zegt hij, 'daar is het westen.'

Maar er klopt iets niet met het westen of niet met de kaart en het is de familie zelfs gebeurd dat ze met z'n vieren op een zandweg in Turkije, ver voorbij de bewoonde wereld in de brandende zon hun mond zaten te houden, terwijl papa de kaart las. Ten slotte moesten ze hun eigen bandensporen terugvolgen en was hij nog boos ook, omdat zijn vrouw vroeg of zij even op de kaart mocht kijken.

In Nederland raakt hij verstrikt in nieuwbouwwijken en vloekt dan op de planologen. Laatst moest hij zijn dochter naar een verjaarspartijtje brengen. Om twee uur zouden de kinderen bij de jarige thuis verzamelen om naar het zwembad te gaan, maar mijn zwager kon de straat niet vinden.

'Geeft niet, schat, dan rijden we direct naar het zwembad,' zei hij tegen het huilende kind, 'dan ben je ruimschoots op tijd.' Maar ze kwamen niet op tijd, want er was een omleiding en een straat met eenrichtingsverkeer en toen kon hij het zwembad niet meer vinden.

'Laten we het aan die mevrouw vragen!' jammerde zijn dochter.

'Dat is nergens voor nodig, ik weet het al,' zei mijn zwager en inderdaad arriveerde hij na nog een halfuurtje verdwalen bij het zwembad. De feestvierders begonnen net genoeg te krijgen van het koude water.

Zolang hij niet in een auto zit, is mijn zwager een schat van een man, maar achter het stuur drijft hij iedereen tot zelfmoord. Dat klinkt misschien een beetje overdreven, maar laatst las ik een bericht in de krant over een vrouw die in de auto zo kwaad was geworden op haar man, dat ze was uitgestapt. Niet bij een stoplicht, maar op de snelweg, bij een vaart van honderd kilometer per uur. Ze was niet dood, ze had alleen het een en ander gebroken.

Ik krijg ook steeds ruzie met mijn verloofde als we in de auto ergens heen gaan. Hij wil niet dat ik me met de gang van zaken bemoei en als ik maar even iets zeg, roept hij: ksst!

Zo wens ik niet aangesproken te worden en dan ga ik een uur lang beledigd zitten zwijgen en is de lol van het uitstapje bedorven.

Een paar jaar geleden waren we in Siena, een oude Italiaanse stad met middeleeuwse muren. De auto stond op een parkeerplaats en hij wist nog precies waar: bij de middeleeuwse muur. Uren hebben we langs de stadsmuren gesukkeld, op zoek naar de auto. 'Hij moet hier ergens staan,' zei hij, 'we zijn er zó.'

Toen hij even niet oplette, heb ik gauw een politieagent aangehouden en raad gevraagd. De man nam de toestand in ogenschouw, schudde meewarig het hoofd en nodigde ons uit in de patrouillewagen. Binnen vijf minuten waren we bij de auto, maar mijn verloofde was niet dankbaar. 'Ik zei toch dat we er vlakbij waren,' zei hij, 'ik had hem heus wel gevonden.'

Autoruzie komt veel voor, je ziet maar zelden een echtpaar opgewekt converseren in de auto. Meestal kijken ze kwaad voor zich uit. Hij rijdt te hard en te wild, zij zit op een imaginair rempedaal te trappen en roept steeds 'kijk uit!' waar hij zich dan weer rot van schrikt. Als zij rijdt, maakt hij afkeurende geluiden omdat ze volgens hem ruw doet met de versnellingspook.

Sommige mensen,hebben al autoruzie als ze nog thuis zijn, over wie de baas van de auto is. Mannen hebben het over 'mijn' auto, vrouwen zeggen 'de'auto of 'onze' auto. Het ergert haar als hij mijn auto zegt. 'Ik zeg toch ook niet mijn huis of mijn prullenmand!'

'Je zegt wel mijn wasmachine,' zegt de man dan.

'Ik zeg mijn wasmachine omdat jij nooit de was doet,' zegt de vrouw.

'Ik zeg mijn auto omdat ik de enige ben die kan rijden. Jij rijdt als een bejaarde met pleinvrees.'

Ik ken vredelievende mensen die in alle opzichten bij elkaar passen. Ze stemmen op dezelfde partij, ze houden van dezelfde films en dezelfde muziek. Alleen in de auto voeren ze oorlog. Rammel met de autosleutels en ze worden wild. Met verbeten gezichten stappen ze in, vastberaden iedere verkeersfout die de ander maakt op te merken. Waarom remt hij bij ieder stoplicht zo abrupt? Moet die fietser per se van de weg af gedrukt worden? Hoe bestaat het, ze remt midden op een kruispunt af om te kijken of er verkeer aankomt!

Ze zouden een voorbeeld moeten nemen aan gehuwde openbaarvervoerreizigers, die zijn bijna onnatuurlijk braaf. Ze kijken zoet naar het landschap, ze laten elkaar voorgaan bij het instappen, ze gunnen elkaar een plaatsje bij het raam. 'Wil je achteruit rijden of vooruit?' vraagt de man aan de vrouw.

'Vooruit!' zegt ze dankbaar. Hem maakt het niet uit, maar haar wel. Dat ligt aan haar richtinggevoel. Als ze achteruit rijdt, raakt ze de kluts kwijt.

Trouwangst

Mijn broer was achttien toen hij voor het eerst serieus verkering kreeg. Het meisje van wie hij hield was ouder dan hij en ze had haast. Ze was drieëntwintig en klaar met haar opleiding. Ze wilde graag trouwen en dan, tot er kinderen kwamen, een leuke baan. Het enige obstakel op haar weg naar het levensgeluk was mijn broer. Die deinsde terug voor al die vastberaden plannen.

'Hij lijdt aan trouwangst,' luidde de diagnose die haar familie stelde. Ze hadden ongetwijfeld gelijk. Hij had het van thuis.

Mijn ouders wilden al niet trouwen. In de oorlog zaten ze samen ondergedoken, een huwelijk vonden ze niet zo nodig, maar onder druk van de ouders van mijn vader gingen ze ten slotte toch naar het stadhuis.

Er zijn foto's van hun bruiloft. Mijn moeder droeg een vormeloos mantelpakje en een geleende hoed. In haar hand hield ze een mager bosje bloemen. Het was juli 1945. Alles was op de bon en niemand had wat, zeker geen bruidsjurk.

Op de achtergrond stond de familie bij wie mijn ouders de laatste maanden van de oorlog ondergedoken hadden gezeten. Ik ken hun namen nog, al heb ik ze zelf nooit ontmoet: de familie Slijkhuis uit Tuindorp-Oostzaan. Henk en Rie, en hun kinderen, Joke, Ciska, Fransje.

'Wilde jij geen romantische bruiloft?' heb ik mijn moeder eens gevraagd. Ze haalde haar schouders op. 'Toen ik klein was, droomde ik wel van een echte joodse choppe met alles erop en eraan. Maar na de oorlog geloofde ik nergens meer in en mijn ouders waren dood. Het maakte mij niks uit.'

Later maakte het haar wel uit. Ze had een grote weerzin tegen haar schoonfamilie. Alles wat haar schoonmoeder had verordonneerd, trouwen en een fatsoenlijk burgerlijk bestaan, wilde zij juist niet.

'Trouw nooit!' riep ze opgewekt. 'En kleinkinderen hoef ik ook niet. Ga maar wat leuks doen met je leven. Je vrijheid is je grootste goed.'

Zo krijg je trouwangst.

Ik weet niet of ik het erg heb. Ik ben nooit getrouwd, maar eerlijkheidshalve moet ik erbij zeggen dat niemand me ooit heeft gevraagd. Misschien is het iets wat ik uitstraal, een beschermende laag die maakt dat potentiële echtgenoten al op voorhand weten dat er met mij niet te trouwen valt. Ik heb wel samengewoond en daarin legde ik toch een zekere vasthoudendheid aan de dag. Bij de eerste man ben ik pas weggegaan toen zijn dagen uit niets meer bestonden dan een afwisseling van slapen en zuipen. Van een liefdesverhouding met een andere man herinner ik me dat ik dacht dat ik hem nooit kon verlaten, omdat ik niet wist waar ik met het aquarium naartoe moest. Dat duidt toch niet op trouwangst, zou je zeggen, eerder het tegendeel.

Maar ik heb ook nooit geprobeerd een man in mijn netten te strikken. Dat was ook iets wat vrouwen vroeger deden. Als niemand hen spontaan ten huwelijk vroeg, gingen ze een echtgenoot verschalken. Dat heb ik nooit gedaan. Er zat altijd al een man in mijn net. Daar had ik mijn handen aan vol.

Je hoort nooit meer iemand over trouwangst praten, ze hebben het tegenwoordig over bindingsangst. Die schijnt veel voor te komen. Niemand weet meer waar een romance begint en tot waar hij reikt. Daar worden de mensen nerveus van.

Ik weet nog dat ik twee keer met een man had gevrijd toen

ik een andere tegenkwam, die ook solliciteerde. Ik maakte een uitstapje met hem. Toen die eerste man dat hoorde, was hij helemaal overstuur.

'Neem me niet kwalijk,' zei ik, 'ik wist niet dat we vaste verkering hadden. Is het de bedoeling dat ik jou trouw ben?'

'Nee, natuurlijk niet,' zei hij, want hij was toen zelf nog getrouwd, maar achteraf bleek dat hij mij toch liever voor zichzelf wilde reserveren.

'Laat hij dan gaan scheiden!' stookten mijn vriendinnen me op. Maar ik wist niet of ik die eis kon stellen. Hij was vanaf het begin eerlijk geweest. Hij had zijn huwelijk niet verzwegen en mij nooit wat beloofd. Ik wilde trouwens zelf geen beloftes, ik was sinds kort op vrije voeten en had dat eigenlijk graag nog even zo willen houden. Het mislukte.

Sommige liefdesparen maken het nog ingewikkelder. Die spreken af dat ze eigenlijk niks hebben. Ze bellen elkaar iedere dag, ze slapen tenminste vier keer per week met elkaar, maar als je een feestje geeft en je vraagt: Komen jullie ook?, zeggen ze: Hoezo, jullie?

Een vriendin van mij had zo'n verhouding. Zij was eigenlijk gewoon verliefd en dacht niet verder dan dat ze hem zo vaak mogelijk wilde zien of spreken, maar hij was net een mijnenveld. Zij mocht bepaalde vragen niet stellen. 'Wat ga je vandaag doen?' was er zo een. 'Wanneer zie ik je?' mocht ook niet. Als hij uitging, nam hij haar nooit mee.

'Hij dacht dat hij misschien iemand anders zou ontmoeten, die hij leuker vond dan mij,' legde ze uit. De verkering was ten slotte uitgegaan, niet omdat hij een leukere vrouw was tegengekomen, maar omdat zij zo neerslachtig werd van de voortdurende dreiging van een rivale, dat ze maar bij voorbaat had gecapituleerd. Sindsdien schreef de man haar hartstochtelijke brieven om haar terug te winnen.

In de liefde gaat meestal van alles mis doordat mannen en vrouwen er volstrekt verschillende ideeën op na houden.

Maar wat de bindingsangst betreft is er geen onderscheid. Vrouwen doen net zo idioot als mannen en sommige zelfs nog wat dwazer. Ze willen het vooroordeel dat vrouwen allemaal op zoek zijn naar de eeuwige liefde compenseren door extra losbandig tekeer te gaan.

Ik las een advertentie in de relatierubriek waarin een vrouw een minnaar zocht. Ik weet de tekst niet meer precies, maar het kwam erop neer dat de man werd aangezocht voor seksuele diensten. Ze had hem niet nodig om samen naar de zonsondergang te kijken. Dat is toch heel wat anders dan plannen maken voor een mooie bruiloft.

Je hoort soms dat mannen zich tegenwoordig onzeker voelen in de omgang met vrouwen omdat ze niet weten of ze met een feministe te doen hebben of met een vrouw van de oude stempel, en in welke mate ze in de ene dan wel de andere categorie valt. Is ze uit op een diepe verbintenis met huwelijksvooruitzichten of voelt ze zich al bedreigd in haar vrijheid wanneer haar minnaar even wil blijven napraten na de seks?

Dat klinkt misschien buitensporig, maar ik overdrijf niet. Een vriendin van mij heeft de romance met haar onvermoeibare jonge minnaar verbroken omdat die goeie man om een boterham met jam had gevraagd.

'Daar knapte ik zo op af!' zei ze.

Ik geloof warempel dat ik ouderwetse opvattingen koester. Als ik met iemand vrij, wil ik ook met hem uit wandelen. En wie weet trouw ik op een dag. Alleen over dat samenwonen wil ik nog even nadenken.

Kingkong

Mijn vader is nooit in dienst geweest. Hij werd afgekeurd vanwege zijn nietige gestalte. 'Zo'n iel ventje kunnen we hier niet gebruiken,' zei de kranige militair die de manschappen keurde.

Mijn vader had zich erbij neergelegd dat hij niet op Kingkong leek, maar hij omringde zich wel graag met grote dingen. Hij hield van grote huizen, grote auto's, ruime voorzieningen. Als mijn vader boodschappen deed kwam hij steevast met veel te veel thuis. Op de markt kocht hij een hele kam bananen of dertig kamerplanten voor een spotprijsje, die hij hijgend naar huis sjouwde. Toen mijn ouders een nieuw bankstel nodig hadden, koos hij de allergrootste vijfzitter die op de hele meubelboulevard te vinden was. Toen het gevaarte arriveerde schrok mijn moeder nogal. Waar moest dat ding in hemelsnaam staan? Maar mijn vader stond gelukzalig toe te kijken: hier kwam een fijn bankstel. Het kon maar net in de kamer. Omdat hij ook de hand had gehad in de aanschaf van de eethoek en een bureautje voor mijn moeder, was er niet veel ruimte over. Het bureau had een kleine schrijftafel moeten zijn, waaraan mijn moeder haar correspondentie kon doen en de girobetalingen, maar mijn vader bedacht steeds nieuwe dingen die er ook in opgeborgen moesten kunnen worden en het bureau werd almaar groter. Als je bij mijn moeder op bezoek kwam, zat ze als een scheepskapitein achter dat enorme meubelstuk, een piepklein vrouwtje.

Kleine mannen schijnen vaak een voorkeur te hebben voor grote voorwerpen, omdat ze hopen dat iets groots bij ze past. Maar grote mannen overschatten zichzelf voor de zekerheid ook. In de condoomindustrie weten ze daar alles van. Daar bestaan alleen grote mannen. Er zijn drie maten condoom: large, extra large en king size. Niemand koopt ooit iets kleiners dan king size.

Groot is mannelijk. Je ziet ook maar zelden een man met een vriendin die groter is dan hij. Hoe aardig hij iemand ook vindt, als zij meer dan een centimeter boven zijn hoofd uitsteekt, is ze niet geschikt als liefdespartner, Want dan voelt hij zich een gupje. Naast een vrouw die kleiner is, kan iedere vent zich een kerel voelen.

Ik ben niet erg groot, een meter vijfenvijftig. Als ik op straat loop, zie ik geregeld de schattende blik van mannen van een meter vijfenzestig. 'Die kan ik hebben,' zie ik ze denken.

Maar ik wil geen klein mannetje, die zijn me te driftig. Niet allemaal natuurlijk, maar ze willen nog wel eens opvliegend van karakter zijn, vooral als ze klein én kaal zijn.

Ik ken een gymleraar van een meter achtenzestig. Op de sportacademie heeft hij getraind dat het een aard had, maar niks hielp, hij bleef schriel. En kaal. Hij heeft wel veel haar op zijn borst, maar dat maakt hem nog niet tot wat hij zou willen zijn: een boom van een kerel. Deze gymleraar lijkt vooral op een keffertje, dat ligt ook aan zijn manier van spreken. Wat hij te kort komt aan lichamelijk aanzien, probeert hij goed te maken door flink van zich te laten horen. De leerlingen op school zijn bang voor hem, want hij is altijd kwaad. Overal ziet hij vijanden die het op zijn waardigheid gemunt hebben. In het openbaar vervoer heeft hij eens luidkeels vloekend zijn strippenkaart in duizend stukken gescheurd ten overstaan van een beduusde controleur, die het ook niet kon helpen dat dat kleine kale meneertje verkeerd had afgestempeld.

Lange mensen worden in het algemeen met meer respect behandeld dan kleine. Ik ben eens op het terrein van een Amerikaanse filmstudio geweest waar decors van speelfilms stonden opgesteld. Sommige huizen in cowboyfilmstraten hadden een iets lagere deur dan andere, daar moesten de helden in- en uitlopen. Door die deur leken ze groter en heldhaftiger. Boeven moesten door een gewone deur. Waarschijnlijk is het vanwege het ontzag, dat mannen liever lang zijn dan klein. Daarom lopen mannen van een meter zeventig met iets te grote stappen. Zelfs in landen waar alle mannen klein zijn zie je ze dat doen. Het is verbazend zo hard als kleine mannen kunnen stampen.

De grootste mensen ter wereld zijn de Nederlanders. Niemand weet precies waar dat aan ligt. Nergens vind je zoveel mensen met schoenmaat 46 als in Nederland. Daar zijn de Nederlanders trots op. Waar een klein land groot in kan zijn, denken ze, maar ze weten die enorme lichamen niet erg elegant te besturen. In het buitenland zie je grote Hollanders met hun reisbescheiden hannesen, je ziet ze over loopplanken struikelen en over scheerlijnen. In Indonesië heb ik vaak hoofdschuddend naar Nederlandse toeristen staan kijken die in een betjak plaats probeerden te nemen. Op zulke momenten ben ik blij dat ik niet zo'n groot kavalje ben, maar thuis benijd ik ze soms. Ik zou bijvoorbeeld wel eens in een tram aan de lus willen hangen, maar dat gaat niet. Die hangen te hoog. Maar het kan nog erger. Mijn zuster van een meter negenenveertig is in een bus eens bijna verpletterd toen een mevrouw op haar schoot ging zitten. Die had niet gezien dat er al iemand zat.

'Hoe kan dat nou?' vroeg ik, toen mijn zus me dat vertelde.

'Het was het bankje dat achterstevoren staat en iets breder is dan de andere,' legde ze uit, 'ik stak niet boven de leuning uit en ook niet aan de zijkant.'

'Wat een vernedering,' zei ik, maar mijn zuster haalde haar schouders op. Ze wordt wel eens vaker over het hoofd gezien. Ik niet. Misschien ligt dat aan mijn houding, ik voel me niet zo klein als ik ben. Ik ben groter dan mijn moeder en mijn zusters, dus verbeeld ik me nogal wat. Doordat mijn vader al die grote meubels kocht, moesten we vroeger steeds op trapleertjes klimmen om ergens bij te kunnen en zelfs dan lukte het niet altijd en werd ik geroepen. Ik ben Kingkong in 't diepst van mijn gedachten.

De vibrator

'Mag ik je vibrator lenen?' vroeg mijn vriendin.

'Ja hoor,' zei ik, 'pak hem maar. Hij ligt in het stofmandje.'

Vroeger lag de vibrator bij me in bed, maar na een paar jaar plezier begon het ding me te vervelen. Toen de batterijen op waren, kocht ik geen nieuwe en ten slotte verhuisde de vibrator naar het stofmandje. Hij zag er afgetobd uit.

'Zullen we een nieuwe voor je kopen?' stelde ik voor. Maar dat wilde mijn vriendin niet. 'Je denkt toch niet dat ik zo'n zompige sekshop binnenga, waar achter de schappen vieze mannen in boekjes staan te loeren en luisteren wat je bestelt. Gadverdamme, zo'n inloopzaak met een pluchen gordijn, met een videozaaltje erachter en sperma op de grond.' Ze was niet meer te stuiten.

'Hoe weet je dat zo goed?' vroeg ik. Maar ze bleek nog nooit binnen te zijn geweest. Ze was steeds op de drempel weer omgekeerd. Ik gaf haar geen ongelijk. Ik ben niet erg schroomvallig als het om seks gaat, maar er hangt in sommige sekshops een sfeer van wanhoop en eenzaamheid, die mensen die voor hun plezier vrijen wegjaagt.

'Je wilt wel een tartaartje, maar het abattoir beneemt je de lust,' zei mijn vriendin. 'Zullen we het postorderbedrijf bellen?' Het postorderbedrijf is er speciaal voor vrouwen die wel een vibrator willen kopen, maar liever zonder tussenkomst van een winkelbediende. Ik belde. 'Stuur me maar wat moois,' zei ik roekeloos. 'Bezorg me maar een pretpakket.'

Een paar dagen later arriveerde met de avond-exprespost een grote doos. Ik zat aan tafel met mijn minnaar. We aten kaviaar op roggebrood en we dronken champagne.

Ik zette het pakket op een laag tafeltje en maakte het open. Op een bedje van piepschuimkorrels lagen vijftien cadeautjes, smaakvol verpakt in rood, zachtblauw, gebloemd en goudkleurig papier. 'Wat geil!' fluisterde ik hees. Mijn minnaar keek wantrouwig toe. Uit de lieflijke verpakking kwamen verschillende vervaarlijke hulpstukken: een bruin-rode vibrator in de vorm van een penis met als eikel een dameshoofd met Japanse gelaatstrekken. Op de schacht zat aan de ene kant een aapje en aan de andere kant een eekhoorn, die onafhankelijk van elkaar in werking gesteld konden worden. 'Tarzan' stond er op de doos waarin hij was gekomen en ter illustratie stond er nog een plaatje bij van een jongeman aan een touw die een juffrouw in zijn armen hield. Volgens de catalogus was hij de lieveling van het postorderbedrijf. Ik pakte de volgende verrassing uit: een vlinderachtig beest van zachte jelly, dat met elastische bandjes om je heupen gebonden kon worden en met een commando via de batterijhouder aan het werk kon worden gezet. Het ene pakje na het andere verloor zijn onschuldige uiterlijk. Een verleidelijke mintkleurige vibrator, een snoezige paarse, kleiner dan de mintkleurige en oneindig veel eleganter dan het barrel uit het stofmandje. Een zijden onderbroekje zonder kruis, een paar zwarte nylons.

Nog was de doos niet leeg! Een vleeskleurige harmonica, vrij naar het model van een bescheiden penis, die kon ronddraaien en in en uit bewegen, aangedreven door een batterij in het vooronder, met een hulpmotor die een vuistje liet trillen tegen de clitoris.

Mijn minnaar was inmiddels van tafel opgestaan.

'Vind je het niet enig?' vroeg ik.

'Nee,' zei hij en ging de krant lezen. Ik groef nog even

door: drie vrolijke condooms die niet tegen zwangerschap beschermen, twee rubberen vingers met noppen in zwart en vleeskleur, twee zilveren balletjes die in de vagina gebracht kunnen worden en daar een trilling veroorzaken, een zilveren balletje dat op batterijen loopt en hetzelfde doet, een eetbaar onderbroekje.

Het grootste pakket bewaarde ik voor het laatst. Er kwam een gigantische zwarte penis uit, een kleverige halfzachte reuzenpik, te realistisch van beadering en verdacht van kleur. Was dit een knieval voor het stereotype dat zwarten een grote seksuele appetijt en navenante geslachtsdelen hebben?

'Jou vertrouw ik niet,' zei ik en deed hem terug in de doos. Daar vond ik nog een geitenoog. 'Ach, wat leuk, een geitenoog. Zullen we die straks proberen?' vroeg ik. 'Nee,' zei mijn minnaar en pakte zijn jas.

De volgende ochtend belde mijn vriendin. 'Ik heb ruzie,' zei ze. Ze was met de vibrator thuisgekomen en had hem aan haar man laten zien. 'Leuk hè?' had ze gezegd, maar haar man was woedend. 'Hij eruit of ik eruit!' had hij gezegd.

'Jammer,' zei ik, 'want ik heb hier een heel nest met vibrators staan, die je allemaal mag uitproberen, behalve één, want die wil ik zelf.' Ik keek naar het lage tafeltje waarop mijn apparatenpark lag uitgestald. Mijn blik viel op de mintkleurige. 'Twee,' zei ik.

'Ik kom eraan,' zei mijn vriendin.

Even later zat ze met de zwarte vibrator in haar hand. Aan haar voeten stond een plastic tas met testartikelen. Zij zou Tarzan uitproberen en de zilveren balletjes. De harmonica nam ze mee voor haar zuster. Ik zou de vlinder houden en de kleine accessoires, want ik houd niet erg van vibrators voor inwendig gebruik.

'Zwarte mannen hebben helemaal geen zwarte pik,' zei mijn vriendin. 'Dit is helemaal de verkeerde kleur, dit is zwartepietenzwart.'

'Ik vind hem te groot,' zei ik, 'volgens mij krijgt geen vrouw dat ding weg.'

'Mmm,' zei mijn vriendin, 'dat gaat wel.'

'En ik vind hem eng voelen, zo kleverig.'

'Hij voelt wel levensecht,' zei mijn vriendin, 'een beetje tussen hard en zacht in. Hij wordt warm als je hem een poosje in je hand houdt en hij is inderdaad een beetje kleverig. Net echt.' Ze kreeg een dromerige blik in haar ogen.

'Mijn man wast zich,' zei ik afgemeten, 'en ik verdenk deze vibrator van politiek onzindelijke vooroordelen.'

's Avonds probeerde ik de mintkleurige. Het was al een tijd geleden dat ik het had uitgemaakt met mijn eerste vibrator. Ik was verrast door de vaardigheid van deze nieuwe. 'Niet zo snel,' zei ik, 'er is nog meer te doen!' Ik haalde de vlinder uit het doosje en bond hem om. Bij het eerste signaal van de batterij ging het beest als een razende aan het werk, maar hij was niet effectief. Ik trok de touwtjes strakker aan, maar dat hielp niet. 'Je kunt er niks van,' zei ik na een poosje en schakelde hem uit, 'je bent wel ijverig maar je hebt geen beleid.'

De volgende ochtend belde ik mijn vriendin.

'Hartstikke leuk,' zei ze, 'maar je moet er wel handigheid in krijgen. In het begin zaten die beesten me eigenlijk vooral in de weg. En weet je zeker dat het geen kwaad kan, dat siliconenrubber? Een condoom gooi je weg en een vibrator kun je afwassen, maar zouden er geen scheurtjes in het materiaal komen waar bacteriën in gaan zitten? Op den duur gaat zo'n ding misschien echt leven!'

'Was je man nog boos?' vroeg ik.

'Jawel, maar dat is hij wel vaker. Van Tarzan weet hij niks. Gek hè, dat zo'n man jaloers wordt op een machine.'

'Heb je de zilveren balletjes al geprobeerd?'

'Nee,' zei ze, 'die doe ik toch maar niet. Stel dat je ze er niet meer uit krijgt. Ik zie me al zoemend en wel de spreekkamer van mijn huisarts binnen komen.'

'Er zit toch een touwtje aan!' zei ik, maar ik begreep wel wat ze bedoelde. Penetratie is leuk, maar er is een grens aan het arsenaal van voorwerpen die je naar binnen steekt. Het was niet voor niets dat ik Tarzan en zijn menagerie de deur uit gedaan had.

Maar ik was nog meer van plan. Bij een groothandel die ook door een vrouw wordt gedreven, bestelde ik Jan Plezier, de Geile Stier. De catalogus beloofde een opblaaspop met krulhaar, waar je lekker doorheen kon woelen en een realistische penis.

'Opgelet, geestdriftige minnaars!' stond op de verpakking. 'Bijgesloten zit een lijmtube om eventuele beschadigingen door al te grote opwinding te repareren.' Ik kon haast niet wachten en lichtte Jan Plezier uit de doos. De realistische penis viel op de grond. Hij was zalmroze en hol vanbinnen. Trillen, roteren, in en uit bewegen was er niet bij. Ik begon spijt te krijgen dat ik Tarzan had laten adopteren. Ik keek mijn plastic minnaar aan. Erg knap kon ik hem niet vinden. Het blonde woelhaar besloeg maar een smalle strook en ging daarna over in een rode badmuts met een paar getekende haartjes erop. Oren had hij niet en ook geen warme blik. Zielloos staarden zijn ogen in de verte, maar dat was het ergste niet. Zijn mond stond open. Ver open. Was Jan Plezier misschien homoseksueel? Achter op zijn rug zat het opblaastuutje. Ik begon te blazen. Dat viel me niet mee. Na tien minuten hartstochtelijk persen hing Jan Plezier nog machteloos in mijn armen en tegen de tijd dat hij eindelijk vol lucht zat, bleek hij niet de forse minnaar die ik me had voorgesteld, maar een iel piechempje met tuttige puntvoetjes en poppenhanden. Mooie billen had hij wel, met daartussen een gat. Jan was een nicht.

'Geeft niet schat,' zei ik met een dappere glimlach, 'we kunnen toch vrienden blijven.'

's Avonds belde ik Tarzan.

Het zit op de bank en het zapt

Mijn verloofde meerde onze boot af onder een hoge steiger, pakte een jerrycan en klom zonder iets te zeggen op de kant.

'Wat doe ik hier?' riep ik hem achterna, maar hij verdween al over de plankieren. Ik keek om me heen. Het uitzicht op het water werd grotendeels geblokkeerd door een reusachtige tanker, die op zijn plaats werd gehouden door strakke kabels. In de verte voeren de andere plezierbootjes. Ik lag aan mijn touw en wachtte. Na een minuut of twintig kwam hij terug, stapte zwijgend aan boord, goot de benzine in de tank, startte en zette koers naar een onbekende bestemming.

Samen varen.

Toch was dat niet de reden waarom ik deze man kort daarop verliet. Het zou ook weinig hebben uitgemaakt, want de volgende verloofde was geen haar beter. Die zette in de bergen plotseling de auto aan de kant, stapte uit en ging aan de overkant naar beneden staan turen. Ik bleef een paar minuten beduusd zitten. Was het nu werkelijk te veel gevraagd om even aan te kondigen dat het pauze was? Met een kwaaie kop smeet ik het portier open en beende op hem af. Hij draaide zich glimlachend om: 'Even op de wielrenners wachten,' zei hij verontschuldigend. 'Ze komen zo boven.'

Ik durf te wedden dat ze het als jongetje allemaal deden: hun naam opschrijven, de straat met het huisnummer, de woonplaats en dan achtereenvolgens Nederland, Europa, de wereld, het heelal. Daar kun je maar één conclusie uit trekken: het centrum van het universum ben ik! Daarom hoeft een man niet te informeren of het wel gelegen komt als hij naar de wielrenners wil gaan kijken.

Ik weet wel dat er ook talloze vrouwen bestaan die denken dat zij Sneeuwwitje zijn en alle andere mensen de zeven dwergen, maar dat leren ze meestal wel af tegen de tijd dat ze moeder worden, of lelijk. Mannen niet. Door hun hersenstructuur kunnen ze hoofd- en bijzaken beter uit elkaar houden en ze weten precies wie de hoofdzaak is. Zelfs lieve mannen die het helemaal niet kwaad bedoelen, domineren hun omgeving.

Dat doen ze met de afstandsbediening.

Wanneer een man thuiskomt, gaat hij op de bank zitten, legt de afstandsbediening op zijn dij en begint zijn rusteloze tocht langs de televisiekanalen. Van niet één programma verdraagt hij meer dan een halve minuut. Huisgenoten die iets hadden willen zien, moeten een eigen toestel op hun kamer zetten, want de familietelevisie is van hem en voor geen prijs laat hij de afstandsbediening los. Ik heb zelfs gehoord van mannen die dat ding meenemen naar de wc omdat ze bang zijn dat ze hem niet meer terugkrijgen als ze hem even uit handen geven.

'Zappen is een levensstijl,' zei een vriend van mij plechtig. 'In plaats van in te dutten voor de buis neem ik kort kennis van alles wat er geboden wordt en schakel dan door naar het volgende onderwerp.'

'Het ligt aan de mannelijke natuur,' zei een bioloog. 'Een man is ontworpen voor de korte baan. Hij wil liever een serie kortstondige seksuele contacten dan een lang huwelijk, hij zoekt liever het avontuur dan vastigheid.'

Misschien is het niet alleen de lust naar avontuur, die mannen van het ene televisiestation naar het andere drijft. Het is ook de angst om iets te missen. Het zal ze niet gebeuren dat ze een hele avond naar Nederland 2 hebben zitten kijken terwijl via een gloednieuwe supersatelliet een verslag te zien was van het wereldkampioenschap olieworstelen voor vrouwen. Het is niet voor niets dat ze Onze-Lieve-Heer alomtegenwoordigheid hebben toegedicht. Met de afstandsbediening komen ze een eind in Zijn richting.

Een vrouw die overweegt een man in huis te nemen doet er goed aan stil te staan bij de gevolgen. Het is alsof je een lief klein sint-bernardje uit het nest hebt gekozen. In het begin is hij aandoenlijk, maar al spoedig neemt hij alle ruimte in beslag en je kunt hem volstrekt niet overal mee naartoe nemen.

Met mijn vorige verloofde bijvoorbeeld kon ik niet naar recepties. Op recepties schieten de mensen elkaar aan om even bij te praten. Daar deed die van mij niet aan mee. Wanneer iemand mij begroette, ging hij op een afstandje staan en trok een gezicht alsof hij bij een langdurig bezette telefooncel stond te wachten. Maar als hij zelf werd aangesproken, bleef hij doodgemoedereerd een halfuur praten en liet zich niets meer aan mij gelegen liggen. Dat laatste doet mijn huidige verloofde trouwens ook.

Misschien zijn mannen van nature niet bedoeld om mee te leven.

Ik ga af en toe bij een getrouwde vriendin eten. Zij kookt verrukkelijk, maar ik zie wel eens tegen het bezoek op, omdat zij op zo'n avond als een gedrevene aan het werk is terwijl haar man en wij, de visite, niks doen. Ze rent van het aanrecht naar de gedekte tafel, ze schenkt de glazen vol en verwisselt de cd's.

'Waarom vraag je je man niet om ook iets te doen?' heb ik al eens voorgesteld, maar dat wimpelde ze vastberaden af.

'Als ik mijn man vraag om een cd uit te zoeken, gaat hij in het rek staan turen, op zoek naar dat ene plaatje dat hij wil laten horen. Dat kan hij niet vinden, dus zitten wij een halfuur zonder muziek en heeft hij ook nog een slecht humeur omdat hij weer eens wat kwijt is. Hij is altijd alles kwijt. Ik vraag hem ook nooit de wijn in te schenken, want dan kan hij de kurkentrekker niet vinden, hij ziet die ene fles Australische landwijn nergens en hij weet niet waar de glazen staan.'

Mannen zijn altijd alles kwijt, dat is waar.

Dat zou niet geven als ze de verloren schapen zelf zouden gaan zoeken, maar dat doen ze niet.

Laatst kwam mijn bovenbuurman aankloppen.

'Onze blikopener is weg,' meldde hij.

'Wat erg,' zei ik. 'Wil je de mijne lenen?'

Een paar dagen later kwam de buurvrouw het ding terugbrengen.

'O ja, jullie blikopener was weg,' zei ik.

'Welnee,' zei ze, 'ík was weg. Ik was een avondje naar mijn zuster. Maar je moet hem niet helpen, dat is niet goed voor hem.'

'Wat had ik dan moeten doen?'

'Naar boven sturen: hup, ga maar zoeken!'

Zij is een keiharde, die zich beslist niet tot een zoektocht laat verleiden. Als haar man weer eens iets kwijt is, vraagt ze eerst: 'Heb je al gezocht?'

Meestal is het antwoord nee. Als hij wel heeft gezocht, vraagt ze: 'Hoelang?'

Zij heeft mij eens streng onderhouden omdat ze zag dat ik mijn verloofde hielp de suikerpot te vinden. Die stond niet op zijn gebruikelijke plaats.

'Waar denkt hij dat die suikerpot heen is? Naar de disco? Er zijn maar een paar plaatsen waar hij kan staan en die kan hij zelf net zo goed bedenken als jij. Je verpest die man, straks wordt hij net zo erg als die vorige van je.'

Zij denkt dat mannen expres alles kwijt raken om vrouwen te dwingen zich met hen bezig te houden, en dat klinkt niet helemaal onwaarschijnlijk. Maar ik weet zeker dat deze verloofde het niet met opzet doet: hij kan de afstandsbediening ook nooit vinden.

Alles went behalve een vent

'Alles went behalve een vent.' Dat heb ik niet van mezelf; iemand anders zei het, een vrouw die het kon weten. Ze is al zeventien jaar getrouwd en niet naar genoegen. Haar man is een broeierige zwijger waar weinig aardigheid aan te beleven valt. Ze is met hem getrouwd omdat hij zo aandrong. In die tijd was hij ook niet erg gezellig, maar hij keek haar zo hulpeloos aan dat ze hem maar genomen heeft.

Dat heeft ze geweten. Hij is nors in de omgang en daarbij bewerkelijk in het onderhoud. Zijn vuile sokken laat hij liggen waar ze vallen, hij brengt nog geen kopje naar de keuken en hij lust niks. Als zijn vrouw niet precies dezelfde dingen kookt als zijn moeder hem veertig jaar geleden voorzette, krijgt ze klachten.

Het zou allemaal nog vergeeflijk zijn als er iets tegenover stond. Schilderijtjes ophangen, schakelaars monteren, kleine reparaties – maar dat kan hij ook niet. Hij leest de krant en gaat naar zijn werk, anders niks.

De mens begint als embryo. Helemaal in het begin kan hij nog man worden of vrouw, maar na een paar chemische afslagen is de levensweg definitief. Na de geboorte gaat de ontwikkeling verder, maar de deskundigen zijn het er niet over eens of het dan opvoeding is of aanleg die bepaalt of je leert timmeren of afstoffen, biljarten of knopen aanzetten.

Ik ben huishoudelijk. Vroeger had ik daar principiële bezwaren tegen. Met opzet liet ik de sanseveria verdorren, de was verkleuren en het eten mislukken. Ik dacht dat de man met wie ik samenwoonde daardoor spontaan het huishouden zou gaan doen. Dat was niet zo. De boel vervuilde en de enige die eronder leed, was ik. Ik heb een hekel aan stof, mijn handen jeuken als ik kringen op tafel zie, en als mijn was aan de lijn hangt – eerst de grote stukken, dan de kleine – voel ik me gelukkig. Mijn was.

Vroeger durfde ik dat niet te denken.

Het feminisme schreef voor dat vrouwen moesten leren metselen en frezen en dat nam ik ter harte. Er staat nog een droeve plantenbak van baksteen bij me thuis en alle scheve contactdozen heb ik indertijd aangebracht.

Ik ben ervan teruggekomen.

Mannen veranderen kost veel tijd en ik heb er nog maar weinig resultaat van gezien.

Mijn zuster had indertijd een brave man. Hij was modern opgevoed en wist niet beter of hij moest een handje helpen in het huishouden. Dat vond mijn zuster niet genoeg. Ieder de helft, zei ze kordaat en ze verdeelde het werk. Naast zijn scheerkwast hing het lijstje met de taakverdeling. Haar man voerde gedwee uit wat ze hem opdroeg, voor zover hij het niet vergat, maar het bleef bij helpen. Spinnijdig was mijn zuster, maar daar trok hij zich niets van aan. Dat was ze wel vaker.

Een man zindelijk maken moet met beleid gebeuren. Te veel schelden heeft een averechts effect. 'Het is ook nóóit goed!' zegt hij dan en morst uit protest eigeel op het hoogpolig tapijt.

Met complimenten moet je ook voorzichtig zijn. Als je een man drie keer prijst omdat hij de afwas heeft gedaan, krijgt hij argwaan, denkt hij dat hij de markt verpest. Een huishoudelijke handeling moet zinvol zijn, niet te vaak nodig en eenvoudig uit te voeren, dan doet hij het wel. Kleren wassen als er niks schoons meer is of koken.

Niet alle mannen denken dat schoonmaken tegennatuurlijk is, er zijn er zelfs die het de gewoonste zaak van de wereld vinden dat ze de ramen moeten zemen. Gek genoeg zijn dat niet de leukste mannen. De man van mijn vriendin bijvoorbeeld gaat telkens als hij chagrijnig is omdat de kinderen zo'n rommel maken, omdat de krant te laat is en de auto kapot, stofzuigen. Luidkeels stofzuigen, met veel verschoven meubels en bij voorkeur onder stoelen waar iemand op zit. Met zijn huishoudelijke onschuld heeft hij indertijd ook zijn nonchalance verloren. Ik heb hem eens tegen zijn gezin horen tieren, omdat de broodzak in het midden was opengescheurd. Nou vráág ik je, in het midden!

'Beseffen jullie niet dat het brood op die manier oudbakken wordt? Zo kun je die zak niet meer dichtmaken!'

'We hebben toch een broodtrommel, pa?' bracht zijn zoon er zwakjes tegenin.

'Het gaat om de mentaliteit!' bulderde zijn vader.

Hij is een perfectionist. Vroeger werkte hij hele dagen, hele weken zelfs, tot hij een hartaanval kreeg en de dokter het hem verbood. Mijn vriendin maakte van zijn tijdelijke weerloosheid gebruik en verklaarde dat ze het langer vertikte zijn sokken te wassen en zijn kinderen achterna te sjouwen. Ze nam een deeltijdbaan en sindsdien doen ze samen het huishouden. Maar deze man kan geen maat houden: hij strijkt de sokken. Ik moet er niet aan denken dat je er zo een in huis hebt.

Het lijkt me trouwens helemaal niet raadzaam een man in huis te nemen. Eigenlijk geeft het alleen maar overlast. Wat zou het handig zijn als er een voorziening bestond, een pension voor echtgenoten, waar ze ongestoord met hun ondergoed kunnen strooien, hun koffie kunnen morsen en hun haren wassen. Alleen voor de gezelligheid komen ze thuis.

Ik ken een gezin dat ongeveer zo leeft. Hij woont op een kamer, bij zijn vrouw en kinderen in de buurt. Dat is misschien wat duurder, maar het scheelt enorm in narigheid. Om de dag komt hij thuis eten en meestal blijft hij dan logeren. Zijn kinderen laten hem tekeningen zien en hij doet jolig tegen ze.

'Dat was er vroeger ook nict bij,' vertelde zijn vrouw. Zij was heel tevreden met de regeling, ook al 'piste hij nu wat vaker naast de pot'. Ik griezelde zichtbaar van die uitdrukking. Ze keek me minachtend aan.

'Zeg ik het misschien niet keurig genoeg?' vroeg ze. 'Ik bedoel het niet letterlijk, tegenwoordig niet. Vroeger was het anders. Toen moest ik steeds dweilen.'

Gebruiksaanwijzing voor de minnaar

Deze wil ik vannacht wel houden, dacht ik tegen sluitingstijd. We rekenden af en liepen door de motregen naar mijn huis. We zwegen. Waar hadden we over moeten praten? Echtparen praten over gewone dingen, over de nieuwe huizen aan de overkant, over de volgende dag, over de mensen in het café, maar als je voor het eerst samen naar huis loopt, krijgt alles wat je zegt een onbedoelde klemtoon.

Ik maakte de voordeur open en liet hem binnen. Aarzelend liep hij verder en bleef staan bij de boekenkast, naast het bed. Even leek het of hij de boektitels ging bekijken, toen draaide hij zich plotseling naar mij om en zei: 'Kijk mij nou. Het lijkt wel of ik met je mee ben gegaan om nog een uurtje te lezen.'

Hij sloeg zijn armen om me heen en begon me te zoenen.

Nul fout.

Niet iedere keer heb ik geluk in de liefde. De grootste vergissing die ik ooit mee naar huis heb genomen, had ik een paar keer in het park gezien waar hij zijn zoontje uitliet. Hij ging zo leuk met zijn kind om, dat ik dacht met een aardige man te doen te hebben. Maar toen hij eenmaal aan de keukentafel zat en er niets meer ongedaan te maken was aan de afspraak, trakteerde hij me uitvoerig op een verhandeling over zijn werk aan de universiteit, zijn verleden huwelijk en zijn depressies. Als het gesprek in 'n café had plaatsgevonden, was ik beslist opgestapt, maar dat gaat niet zo gemakkelijk in je eigen huis.

Iemand uitnodigen voor de nacht is een hachelijke onderneming. De man die tevoren nog geanimeerd zat te praten en zich geen moment zorgen maakte of zijn gedrag je beviel, verandert soms, als je alleen met hem bent in een hansworst. Hij wist van de opvoering alleen het eerste bedrijf. Nu hij bij je is, weet hij niet meer hoe het verder moet.

Er kan dan ook heel wat verkeerd gaan.

Als een man van de zenuwen een goed gesprek begint, kun je niet tegen hem zeggen: 'Ja, ja, alles goed en wel, maar daar zitten we hier niet voor', dus ben je soms urenlang aan het praten, wordt het steeds later en steeds moeilijker in bed terecht te komen.

Al te voortvarend is ook niet goed.

Lang geleden, toen mannen nog onbekommerd door het leven gingen, onbewust van alle rechten die vrouwen hebben, bewezen vurige minnaars hun bedrevenheid door zich als tijgers op je te storten en onvermoeibaar het ene nummer na het andere weg te geven.

Natuurlijk waardeerde ik het enorm dat er zo veel werk van de visite werd gemaakt, maar je kwam er zo moeilijk tussen.

Toen de vrouwenbeweging van zich liet horen, was een van de eerste verklaringen dat het in bed niet langer zo door kon gaan. Het peertje was geschild en wij wilden een orgasme. Daar keken de mannen wel van op. Bedprestaties waren plotseling geen zaak meer van de man en zijn potentie, maar van vaardige vingers, een tong van fluweel en een dame die een beetje meegaf. IJverig leerden de minnaars hun nieuwe taak. Het was afgelopen met de vurige liefdesdans en ze likten, poetsten en wreven erop los. Dat was natuurlijk leuk bedoeld, maar alweer: je hebt er zo weinig mee te maken. Het lijkt soms of je in de weg loopt als je zijn liefkozingen beantwoordt. Golven van extase verwacht hij, teweeggebracht door zijn gevoelige vingers.

'Hoe wil je het hebben?' fluistert hij hartstochtelijk.

Wat moet je zeggen zo'n eerste keer? Een beetje langzaam, met een toenemende druk van de vingers, graag een korte pauze in de zevende minuut?

'Doe maar langzaam,' zeg ik meestal, want dan gaat er het minst verkeerd. Een man wordt vaak klunzig door de haast. In een razend tempo gaat hij door de figuren, in de hoop dat er iets bij is dat werkt. Als een vrouw dan nog geen orgasme heeft laten zien, gaat hij van armoede maar neuken.

De volgende dag belt de vrouw met een vriendin.

'Ik ben met Henk naar bed geweest,' zegt ze.

'En, hoe was het?'

'Knudde.'

Het Othellocomplex

Ik werd opgebeld: 'Wat vindt u van het Othellocomplex?' Ik wist geen antwoord. Wat heeft Othello gedaan, Desdemona gewurgd, waarom ook weer?

'Het is het gevoel van onzekerheid dat mannen bevangt als ze met een feministische vrouw omgaan,' hielp de man aan de telefoon, 'ze kunnen er zelfs impotent van worden.'

Impotent, dan is het vast heel erg.

Ik probeerde iets verstandigs te bedenken om terug te zeggen, maar ik bleef steken bij dat woord: Othellocomplex.

Hoe komt het toch dat mannen zulke mooie namen uitkiezen voor hun tekortkomingen? Een promiscue vrouw is een slet, een snol, een sloerie, een man die hetzelfde doet een Casanova, een Don Juan. Vrouwen mankeren nooit iets leuks, zelfs het Assepoestercomplex is niet vernoemd naar de gouden koets en de glazen muiltjes, maar naar het gesloof dat eraan voorafging. Maar goed, bij moderne mannen is een Othellocomplex geconstateerd en ik moest er iets van vinden.

Ik wil best geloven dat een man schrikt als zijn vrouw, die zo lekker kan koken, ineens een eigen inkomen wil. Als je hem mag geloven had ze helemaal uit vrije wil haar carrière laten lopen en voor het huishouden gekozen, omdat ze gewoonweg gek is op tuinieren en nu presenteert ze hem de rekening voor alle keren dat hij haar niet bedankt heeft voor haar offers.

Zo zijn we niet getrouwd, denkt hij natuurlijk en laat het er niet bij zitten. Hij gaat de sluimerende erotische spanning tussen de secretaresse op kantoor en hem tot leven wekken en vertelt haar dat zijn vrouw lesbisch is geworden.

Er zijn ook mannen die van tevoren wisten dat ze met een feministe van doen hadden. Dat schijnen bij uitstek de mannen te zijn die een Othellocomplex ontwikkelen. Ze waren vol goede moed begonnen: ze konden al koken, leerden zonder protest de was doen en stofzuigen en als hun vrouw zwanger werd, gingen ze mee naar de zwangerschapsgymnastiek. Daar hyperventileerden ze erop los en als het kind werd geboren, stonden ze hun vrouw uit te leggen hoe ze moest bevallen, tot ze de kraamkamer werden uitgestuurd. Goede feministische mannen, die geen moeite te veel is, maar ondank is hun loon. De vrouwen die met hen samenleven vinden het niet meer dan normaal als een man zijn aandeel levert in het huishouden, ze prijzen hem niet als hij de afwas doet. Op de televisie zag ik een programma waarin dergelijke mannen aan het woord kwamen. Ze waren niet gelukkig.

Terwijl alle chauvinistische zwijnen erop los leven en nooit een poot uitsteken in het huishouden, stoffen zij de plintjes en krijgen nog een grote mond toe als ze klagen. Als een ouderwetse druiloor een kopje in de afwasmachine zet, valt het hele gezin stil van vertedering, maar deze mannen krijgen nooit een vriendelijk woord.

Ze bejegenden vrouwen met het grootste respect, ze hadden nooit onuitgenodigd een erectie en ze voerden gesprekken over hun gevoelens, maar het leverde ze niet veel op. Het huishouden bleek zwaar werk en ook niet erg plezierig en zo heel veel beter was hun liefdesrelatie er ook niet op geworden. Een van hen was met een feministische vrouw getrouwd en had er een boek over geschreven. Hij had een analytische theorie bedacht over mannen die zich van hun moeder los proberen te maken of juist met haar willen versmelten, dat kon ik zo gauw niet volgen. Maar hoe dan ook, jarenlang had hij geprobeerd een nieuwe, androgyne mens te worden, maar zijn huwelijk was evengoed gestrand. 'Uiteindelijk,' zei hij gelaten, 'willen vrouwen toch liever een vent dan een watje.'

Je zag de ontgoocheling op zijn gezicht. Het ergste was, dat hij een zoon had, die ondanks zijn feministische opvoeding zijn vader had toegebeten, dat hij zichzelf meer man achtte dan hem. 'Want jij staat in de keuken met een theedoek. Ik niet,' zei het joch.

De mannen in het televisieprogramma durfden het niet te zeggen, maar ik weet zeker dat ze liever chauvinist waren gebleven. Daar krijg je geen complexen van en ook geen afwashanden.

Het is een wonder dat er nog mannen bestaan die iets doen in huis, want het lijkt wel of niemand van ze houdt. Klootzakken, die hebben het pas goed!

Ik ken er een die zijn vriendin heeft uitgenodigd bij hem te komen wonen in zijn huis. 'Wie doet nu het huishouden?' vroeg ik aan de vriendin. Het was even stil. 'Tja, ik toch voornamelijk,' zei ze weifelend. 'Hij helpt wel met afwassen hoor, als ik het vraag en ik denk dat hij ook wel zijn eigen overhemden zou strijken. Maar dat vraag ik hem nooit, want weet je, strijken, zeg nou zelf. Dat is toch niks voor mannen!'

De penis

Alle mannen hebben een penis. Dat hoort zo. Toch schijnt het maar moeilijk te wennen. Ik ken mannen die voortdurend verrast zijn over de aanwezigheid van hun penis. Alsof ze hem zojuist tussen de oude tijdschriften hebben ontdekt en niet zeker zijn of ze hem wel echt mogen houden. Ze friemelen eraan, ze hebben hem gemeten, of ze geven hem een naam. Ik ben in het verleden aan allerlei penissen voorgesteld: dit is Jonathan, Keessie, Kleine Bert, meneer Visser.

Jonathan was een puntlul, een lange dunne met een wisselvallig humeur. Als hij zijn zin niet kreeg, ging hij mokken. Die eigenschap had hij gemeen met zijn rechtmatige eigenaar. Die heette Dirk en behartigde de zaken van Jonathan. Dat deed hij ernstig en nauwgezet. Hij versierde vrouwen om Jonathan tevreden te stellen. Mooie vrouwen moesten het zijn, want aan een goed gesprek had Jonathan geen boodschap. Keessie was een opschepper. 'Ik kan wel vijf keer klaarkomen op een nacht,' zei de man die bij Keessie hoorde. 'Ik heb nog nooit een vrouw onbevredigd gelaten.' In die tijd maakten dergelijke mannen me nog nieuwsgierig, want ik wilde graag veel leren. Jammer genoeg viel Keessie tegen: een fantasieloze pik die maar één kunstje kende. Kleine Bert was, net als Grote Bert, een lul, en meneer Visser lag te slapen tijdens de ontmoeting.

Ik weet niet goed wat ik moet denken van een geslachtsdeel met een naam. Een paar jaar geleden las ik in een Amerikaans tijdschrift een artikel van een vrouw die er een verschrikkelijke hekel aan had. 'Mannen die hun pik een naam geven deugen niet,' schreef zij, 'ze neuken als konijnen, gaan vreemd, gedragen zich als horken en bij wijze van excuus houden ze een slakje omhoog en zeggen dat het de schuld van Kleine Willie is.'

Misschien heeft ze wel gelijk. Ik ben zelf meestal gauw weggelopen van konijnen met enge manieren. Alleen over de eerste vergissing heb ik anderhalf jaar gedaan, maar die had een naamloze penis. Dat bleek geen garantie voor een aardige minnaar en omgekeerd geldt de test ook niet: ik ken een erg lieve man die steeds andere namen voert. Als hij een prachtige boot heeft gezien, roept hij 's avonds tegen zijn vriendin dat zijn Armada weer uit wil varen. Als hij in de krant leest dat Fidel Castro een redevoering heeft gehouden, zegt hij dat zijn Fidel het woord wenst te nemen. De laatste maanden heeft zijn vriendin weinig tijd voor hem. Ze is een boek aan het schrijven en is nog alleen in het weekend thuis. 'Remi, alleen op de wereld,' meldde hij treurig.

'Heb jij de jouwe ook een naam gegeven?' vroeg ik aan een man met wie ik vaak over andere mannen praat. 'Nee,' zei hij, 'geen naam. Maar ik laat hem wel eens opbellen naar mijn vriendin. Dan zegt hij: "Hallo! Met de Piel van Peter. Waar blijf je nou?"'

Mannen hebben geen idee hoe vrouwen over penissen denken. Ze veronderstellen dat vrouwen er ontzag voor hebben, dat ze onder de indruk zijn als ze zijn machtige roede, zijn fiere erectie zien. Dat is niet zo. Daarom zijn exhibitionisten zo meelijwekkend. Het is de bedoeling van de exhibitionist dat de vrouw geshockeerd is als ze hem bezig ziet, dat ze misschien zelfs op de vlucht slaat, in ieder geval dat het héél erg is wat hij doet. Maar vrouwen zien dat anders. Ze beginnen te schateren als ze onverwacht met een geslachtsdeel worden geconfronteerd. Het is mij al een paar keer overkomen dat er een half ontklede man uit de struiken sprong of dat er een in een telefooncel stond te rukken. De eerste keer wist ik niet goed wat ik moest doen, maar de andere keren heb ik geapplaudisseerd.

Er zijn mannen die een penis ook koddig vinden. Een man vertelde dat hij 's ochtends zijn hemd aan zijn ochtenderectie hangt en er zo de badkamer mee inmarcheert. Als hij zijn vrouw moet wekken, bonst hij met zijn stijve pik op het nachtkastje. Penishumor.

Freud dacht dat mannen aan castratieangst lijden, dat ze bang zijn dat een eng wijf hun penis af wil snijden, omdat ze er jaloers op is. Ik ben zelf ook heel jaloers. Het lijkt me maar wat handig om staande te kunnen plassen, zonder dat je je kleren uit hoeft te trekken en dat je volautomatisch tot een orgasme komt als het mechaniekje eenmaal op gang is. Toch heeft mijn afgunst me nooit op het idee gebracht om een penis te gaan stelen.

Voor zover ik weet staan vrouwen vrij onverschillig tegenover de geslachtsdelen van een man. Het maakt een vrouw weinig uit of een pik groot of klein, recht of krom is, of een man een hangzak heeft of een keurig strak beursje. Ik ken maar één vrouw die beweert dat ze alleen zwaargeschapen mannen wil, maar ik ken de man op wie ze nu al jaren verliefd is: hij heeft de hartstocht van een gupje en als ik het mij goed herinner is hij nogal spichtig gebouwd.

Mannen vinden hun penis heel wat belangrijker dan vrouwen. Ze maken zich zorgen over het model, het acceleratievermogen, de prestaties. Het enige waar ze nogal zorgeloos in zijn is het onderhoud. Dat laat nu juist wel vaak te wensen over. Waarom kan een man alles leren, behalve dat hij zijn zaakje moet schoonvegen na het plassen? 'Ik schud hem toch uit!' zegt hij verontwaardigd als een vrouw hem tactvol op het bestaan van toiletpapiertjes wijst.

Uitschudden, uitschudden, dat is toch geen schoonmaken, meneer! Denk erom, als ik nog één keer een morsige penis tegenkom, dan doe ik precies waar mannen het allerbangst voor zijn. Dan zeg ik: 'Jasses, wat een vies dingetje!'

Mode

'Als jij nog één keer dat vieze groene jasje aantrekt, pak ik het af,' zei mijn vriendin.

'Het is niet vies,' protesteerde ik.

'En dan gooi ik het weg.'

Zij is bezig met een verbeteringsprogramma voor mij. Ze vindt dat ik me slecht kleed en daar heeft ze gelijk in. Ik kan er niks van. Dat ligt niet aan mijn inzet, ik ben van goede wil, maar bij nette kleren horen damesschoenen en daar kan ik niet op lopen. Een mooie jurk met lompe schoenen is geen gezicht, dus draag ik meestal een spijkerbroek. En dat jasje.

Mijn vriendin weet niet, dat ik thuis nog veel ergere kleren aanheb. Als ik denk dat er toch niemand langskomt, heb ik een joggingbroek aan en een katoenen trui die verkeerd is gewassen. Het gebeurt maar zelden dat ik er deftig uit hoef te zien en voor die gelegenheid heb ik een mantelpak.

Ik heb ook een lange jurk. Hij is van wit satijn en er hangt een sleepje aan, dus misschien was hij ooit bedoeld als trouwjurk, maar ik heb hem als avondjurk gedragen. Dat was op een cruiseschip, de beroemde Queen Elizabeth II. De Queen Elizabeth II was een Engels schip en de traditie eiste dat de passagiers 's avonds in het lang aan het diner verschenen. De Amerikanen aan boord trokken zich niets aan van het gebod en kwamen rustig in een roze geruite broek aan tafel of in een gebloemde bermuda, maar alle andere mensen waren in avondkleding. Er waren wel veel rare lange jurken bij, vooral de Engelsen zagen er niet uit. Het leek of sommige Engelse dames zich in een gordijn hadden gerold.

Ik vond mijzelf prachtig in mijn avondjurk. Ik wankelde wel een beetje op mijn hoge hakken, maar dat is op een schip heel gewoon. Ik nam mij voor me eens wat vaker mooi te maken, maar het is er nooit van gekomen. Dat ligt aan mijn verloofde, die waardeert het niet genoeg. Hij moet niet veel hebben van hooggehakte poppetjes. 'Daar moet je steeds een deur voor openhouden,' zegt hij, 'en op straat komen ze niet vooruit. Dan is het net of je met een hele oude hond wandelt. Of met je oma.'

Hij vindt een vrouw het mooist als ze een korte broek aanheeft en wandelschoenen. 'Dan weet ik zeker dat ze leuk is in de omgang, want ze houdt van lopen,' zegt hij.

Ik begrijp wel wat hij bedoelt, ik heb hetzelfde met vormgegeven mannen. Een man met glimhaar en een reclamepak heeft zijn best gedaan, maar hij wekt in mij geen begeerte. Ik zou niet weten wat je met zo'n man moet doen. Winkelen? Op een afdeling waar ik vroeger werkte, was een man die leuke kleren droeg. Het begon met een gebloemde das. Die was mooi. Maar toen kwamen er gebloemde schoenveters bij. Roze overhemden en kanariegele truien hoorden bij de uitmonstering, grasgroene broeken. Ik probeerde zijn pogingen toe te juichen, omdat het toch dapper en vernieuwend was wat hij deed. Maar met de kleren kwamen de kilo's. De man werd dikker en ging steeds meer op een paasei lijken.

Ik zie graag bedrijfskleding. Ik vind stofjassen aardig staan en versleten overalls. Glazenwassers zien er ook spannend uit. Ze hebben een brede gordel waar de wisser in hangt en de zeem. De hoefsmid heeft een groot leren schort met kruisbanden over zijn rug. Als ik een hoefsmid zie, kan ik me bijna niet bedwingen. Maar het toppunt is het timmerschortje. Dat is een korte voorschoot waar het gereedschap van de timmerman in hangt. Dit klinkt nogal plat-dubbelzinnig, zo bedoelde ik het niet.

Ik heb mijn verloofde, die timmerman is, wel eens gevraagd of hij zo'n jofel schortje wil gaan dragen in zijn werk, maar dat wil hij niet. 'Ik heb al een gereedschapskist,' zegt hij, 'ik hoef geen schort.' En dan trekt hij zijn kleren-gezicht. Het is een speciale gelaatsuitdrukking, een mengeling van afweer en onverzettelijkheid, die hij opzet als hij een nieuw kledingstuk moet kopen. Kleren kopen betekent bij ons altijd ruzie. Omdat ik ook geen aardigheid heb in winkelen, ben ik op dagen dat we een spijkerbroek voor hem moeten gaan kopen nogal kortaangebonden, maar ik ga wel mee. Anders koopt hij een iets te grote scheve spijkerbroek op de markt, zo'n broek die maar een tientje kost. Daar wil ik niet naast lopen, dus gaan we samen naar de stad en krijgen ruzie. Laatst ook. Hij wilde beslist geen winkel in waar popmuziek dreunt, dus hebben we stad en land afgelopen tot we bij een obscure zaak kwamen waar Herenmode op stond. Ze hadden er alles, behalve spijkerbroeken.

'Daarvoor moet u op de wandelpromenade zijn, in het centrum,' zei de bediening van Herenmode. Toen we eindelijk een spijkerbroekenwinkel hadden gevonden waar de audioinstallatie kapot was, kwam het volgende probleem:

'Die rare broek trek ik niet aan,' zei mijn verloofde, 'die is modern.'

'Dat is juist een klassiek model,' zei ik, 'met knopen.'

'Mijn spijkerbroek heeft geen knopen,' zei hij en wees op de broek die hij aanhad. 'Ik wil zo'n broek.'

Toen werd ik razend en zo gaat het altijd. Die man is een meester in het lijdelijk verzet. Terwijl ik samen met het winkelpersoneel naar de juiste maat aan het zoeken ben, begint hij te drentelen, een paar stappen naar het ene rek, een paar stappen naar het andere en dan nog een stukje in de richting van de uitgang. Daar word ik erg zenuwachtig van.

En dan komt het passen. Met een gezicht alsof hij naar de oorlog wordt gestuurd, verdwijnt hij in het pashokje en als hij weer tevoorschijn komt, gaat hij er zo zakkig mogelijk bij staan, zodat de vlotte spijkerbroek op een onooglijk vod lijkt en het dure colbert op een pyjamajasje.

'Dat staat meneer heel goed,' zegt het winkelpersoneel.

Ik hoorde een verhaal over een echtpaar dat ook steeds ruzie maakt over kleren, maar bij hen gaat het anders. Als ze gaan winkelen, zoekt de vrouw prachtige Italiaanse jasjes voor haar liefste uit, zijden overhemden en dure truien en daar staat hij goedkeurend naast te mompelen, maar als hij ze eenmaal gekocht heeft, draagt hij ze verkeerd. Hij trekt doodgemoedereerd een grijs-geel geruit jasje aan op een blauwe broek. 'Dat hoort bij je grijze broek!' jammert zijn vrouw, 'en dat gestreepte overhemd kan er helemaal niet bij.'

'Waarom niet?' zegt hij schouderophalend, 'wat maakt het uit?'

Telkens komt hij met de meest potsierlijke combinaties tevoorschijn en vertikt het zich te verkleden. Daar wordt zijn vrouw heel boos om. En dan is er nog de kwestie van de knoop. Het is de knoop van het blauwe jasje dat bij de grijze broek past, bij de zwarte en ook leuk staat op een spijkerbroek. Die knoop doet hij niet open als hij gaat zitten, dus die springt steeds van het jasje af. Tientallen keren heeft zijn vrouw die rotknoop al aangenaaid, ze heeft hem gesmeekt en uitgescholden, maar niets helpt. 'Jij kunt geen knopen aannaaien,' zegt hij. Om te laten zien dat hij het beter kan, heeft hij de knoop er laatst zelf aangezet. Inderdaad bleef hij toen onwrikbaar zitten, maar er scheurde een hele reep stof uit het jasje.

'Je mooie Italiaanse colbert is naar de maan,' huilde zijn vrouw.

'Welnee,' zei hij, 'ik kan het nog best aan.' En dat doet hij ook, het is zijn lievelingsjasje geworden. Hij draagt het bij voorkeur bij een broek die er niet bij past en de knoop hangt aan een soort slurfje. Hij kan er gerust mee gaan zitten, het maakt niks meer uit.

Zijn vrouw wordt er wanhopig van. Zij begrijpt hem niet, ik wel. Ik heb ook zo'n jasje. En al hangt de hele kast vol haute couture, dat laten we ons niet afpakken.

Spelen

De man is er de laatste jaren erg op vooruitgegaan. Vroeger was de man een meneer. Het leek of iedere leuke jongen zijn best deed zo snel mogelijk een meneer te worden. Je had verschillende soorten meneren, maar het ergst was het type met de pijp en de zekerheden. 'Laat dat maar aan mij over, kindje,' zei hij en begon aan een lange uiteenzetting over iets waarvan hij meende veel verstand te hebben.

Voor vrouwen zijn meneren een plaag. Ze zijn bewerkelijk in hun levensonderhoud en meestal niet erg dankbaar. Het is dan ook aan de vrouwenbeweging te danken dat de aanwas van meneren zo sterk is teruggedrongen. Een licht geval van meneer zie je nog steeds: dat zijn mannen die na hun dertigste een buikje ontwikkelen en in bed alleen nog maar bruikbaar zijn als kruik.

De moderne man is geen meneer maar een jongen. Als je aan een moderne man vraagt hoe hij zichzelf noemt, zegt hij na enige aarzeling: 'Weet ik veel, eh jongen, of nee, ik ben geloof ik wel een man.' En zoals je van een jongen mag verwachten, speelt hij. Spelen is een typisch mannelijke eigenschap, vrouwen kunnen het niet. Vrouwen pakken alles serieus aan. Dat begint al op jeugdige leeftijd. Als een meisje met poppen speelt, bereidt ze zich voor op haar moederrol en zelfs als ze touwtjespringt of kringspelletjes doet, zingt ze er liedjes bij die over huwelijkskeuze gaan. 'Groen is gras, groen is gras onder mijne voeten' eindigt met 'o mijn lieve Augustijn, deze dame zal het zijn' en 'in spin de bocht gaat in' heeft ook een passage waarin het springende kind een partner kiest: 'Loesje, Loesje, je bent mijn vrouw, nooit van mijn leven verlaat ik jou, dag mevrouw!' En bij die woorden gaat de bocht weer uit.

Tegen de tijd dat kleine meisjes groot zijn, weten ze precies wat het leven hun brengen zal en van spelen hebben ze hun bekomst.

Spelen is mannenwerk. Bijna alle mannen doen iets voor hun lol dat nergens toe dient. Ze vissen, biljarten of klaverjassen. Vrouwen klaverjassen soms ook, maar hoe veel doen dat onafhankelijk van hun echtgenoot? Hoe veel vrouwen zeggen 's avonds: 'Blijf jij maar naar de televisiequiz kijken, ik ga kaarten'? Ik ken mannen die voor de lol naar Schiphol gaan om aan de kant van de weg naar het komen en gaan van de vliegtuigen te kijken. Ze maken notities en hebben een reuzeplezier. Hun echtgenotes staan er soms naast en je ziet ze denken: het is dat we anders niks meer samen doen, maar van mij hoeft het niet, die vliegtuigen. Ze snappen de lol niet, ze zien de droom achter de notities niet schemeren, de droom die haar man heeft: dat hij zelf piloot was en met een Boeing 2000 naar het eind van de wereld vloog. Piloot, dat worden maar weinig mannen, maar er zijn genoeg manieren om toch nog een beetje piloot te zijn.

De commercie houdt er rekening mee. Mannen die diep in hun hart piloot zijn, kopen auto's met veel knoppen op het dashboard en een snelheidsmeter die een getal ver boven de toegestane snelheidslimiet aanwijst. Ze houden van glazen venstertjes waarachter dunne wijzers iets aangeven dat te meten is voor de man achter het stuur. Het liefst droeg de man die piloot is een koptelefoon in de auto. Er bestaan ook horloges voor piloten. Je kunt erop aflezen hoe laat het op de Noordpool is, wanneer het volle maan is in Tokio en onder de wijzerplaat zit nog een kompas. Ik ken een man die er zo een heeft. Hij werkt in een kantoortuin en af en toe zien de collega's dat hij zijn horloge openklapt om te kijken of het noorden er nog is.

Behalve piloot willen mannen ook graag ontdekkingsreiziger worden. Een vriend van mij is er zo een. Hij heeft een terreinauto met een groot reservewiel achterop waar een wild beest op is afgebeeld. Om de barre kou te trotseren heeft hij een sportieve lichtgewicht jas die geen wind doorlaat en zelfs bij veertig graden onder nul nog warm is. Er horen bergschoenen bij en zo maakt hij in het weekend wandelingen in het Gooi, samen met Tobber, de tekkel. Tekkels zijn van nature niet erg gehoorzaam, maar deze man heeft zijn hondje afgericht alsof hij ermee de barre bergen in moet. Ik heb hem indertijd aan het werk gezien. 'Tobber, áf!' riep hij dan en wees gebiedend naar de grond. 'Af en blíjf!' En terwijl de baas om de hoek ging staan doen alsof hij Tobber had verlaten, hurkte het hondje braaf in de Wilhelminastraat, totdat het met een commando werd bevrijd.

Deze man heeft een zoon die dat iets verschrikkelijks vindt. 'Het is maar een tekkel, pa,' zegt hij, 'geen sint-bernard.' Als zijn vader zich gereedmaakt om met zijn hond en zijn rugzak de wijde Veluwe in te trekken, staat Junior hem minachtend aan te kijken. Hij is geen ontdekkingsreiziger, hij is een filmster. Dat is minder inspannend dan ontdekkingsreiziger en het hoeft niet zo veel geld te kosten als piloot. Hij is Rambo in een leren jack, hij kan lopen als een cowboy of als iemand in een reclame voor rum en hij kan zijn haar zorgvuldig kammen zodat het net lijkt of hij het nooit kamt.

Voor een vrouw is het belangrijk te weten wat voor man ze heeft. Als ze een ontdekkingsreiziger heeft gekozen, kan ze met hem op trektocht gaan of lange wandelingen maken in de regen. Dat vindt een ontdekkingsreiziger leuk. Kanovaren, fietsvakanties en door het jaar heen af en toe een picknick of een uitstapje naar een natuurhistorisch museum. Een filmster wil niet naar bezienswaardigheden, die wordt liever zelf gezien. Waar filmsterren erg goed in zijn is uitgaan. Een filmster wil graag mooie kleren aan en dan naar een restaurant waar andere filmsterren zitten of naar een party. Daar hoef je bij een ontdekkingsreiziger niet mee aan te komen en bij een piloot al helemaal niet. Met een piloot kan een vrouw niet veel beginnen. Piloten kunnen vriendelijk zijn en aardig om te zien, maar ze willen nooit mee, ergens heen. Het liefst zitten ze achter een computer, liggen ze onder een auto of verbouwen ze de badkamer, zodat die maandenlang niet gebruikt kan worden. Piloten houden van sluitingen die nauwelijks hoorbaar 'klik' zeggen, ze zijn dol op garagedeuren die reageren op een elektronisch signaal, apparaatjes voor de racefiets waarop ze de hoogste en de gemiddelde snelheid kunnen aflezen. De meeste vrouwen delen zijn enthousiasme niet. De hele man valt ze tegen. Ze dachten een levensgezel gevonden te hebben, maar eigenlijk lijkt de man nog het meest op zijn eigen computer. Alles zit erop en eraan, denkt de vrouw van een piloot, maar kan ik hem nog ruilen?

Rolpatronen

Mijn broer was de koning, mijn zusje was de koningin en ik was de prinsesjes. De koning was op jacht, de prinsesjes verveelden zich, maar de koningin had het druk want ze moest regeren.

'Hoe doe je dat, regeren?' vroegen mijn broer en ik.

'Gewoon: zo!' zei de koningin en schoof haar vingers over elkaar alsof ze breide.

'O ja,' zeiden wij en gingen verder met het spel. De prinsesjes moesten trouwen.

'Hoe moet je trouwen?' vroeg ik aan mijn zus, want die scheen alles te weten. Maar van trouwen had ze geen verstand. Het moest in een witte jurk, zei ze, maar hoe het daarna verder moest, wist ze niet.

Later, toen ik volwassen was, ontdekte ik dat de meeste mensen het niet weten. Ik was relatietherapeut van beroep geworden en één ding was me duidelijk: mannen en vrouwen passen niet bij elkaar. Zelfs als een echtpaar samen kwam vertellen wat eraan scheelde, vertelden ze zulke uiteenlopende verhalen, dat het leek of het over twee huwelijken ging in plaats van één.

Mannen en vrouwen zijn heel verschillend. Het begint al op de lagere school. Als een jongen een meisje leuk vindt, trekt hij haar aan haar haren of hij duwt haar in een plas modder. Een meisje dat verkering zoekt met een jongen, vraagt of hij met haar wil gaan. Als hij ja zegt, is het aan.

'En daar heb je niks aan,' vertelde een jongen van elf, 'want verder gebeurt er niks.'

Dat dacht die jongen, maar er gebeurde natuurlijk van alles, alleen niet met hem. Zijn verloofde praatte met haar vriendinnen over hem en over de andere jongetjes die geëngageerd waren. Met de jongens die geen verkering hadden omdat niet één meisje er wat in zag, dreven ze de spot en zo hadden die elfjarige meisjes een hele vrouwenpraatgroep.

Eenmaal uit elkaar gedreven, komen mannen en vrouwen niet meer over de kloof heen. Alleen mensen die thuis broers en zusters hadden en de gewoonte vragen te stellen, begrijpen nog iets van elkaar.

Ik heb een broer met wie ik alles besprak. Van hem weet ik bijvoorbeeld dat mannen het vreselijk vinden dat ze altijd het initiatief moeten nemen in bed.

'We hebben het al zo moeilijk,' zei hij, 'we moeten enthousiaste minnaars zijn maar ook weer niet te erg, anders is de voorstelling alweer afgelopen voor hij goed en wel begonnen is. We moeten precies weten hoe we een vrouw tot orgasme moeten brengen, maar zelf zal ze nooit zeggen wat ze wil.'

Dat is waar. Vrouwen weten het wel maar ze zeggen het niet, hoewel ze meer verstand van seks hebben dan mannen. Omdat een groot deel van de voorlichting gewijd is aan de vervaardiging en preventie van kinderen, letten meisjes goed op. Zij zijn het tenslotte die de voorbehoedmiddelen gebruiken en met de gevolgen zitten als er iets niet volgens plan verloopt. Terwijl ze naar de les luisteren, horen ze ook wat de technische mogelijkheden van de seksualiteit zijn.

Jongens van die leeftijd doen net alsof ze alles al weten en de rest ze niet interesseert. Tegen de tijd dat ze maar wat graag zouden weten hoe het moet, is het te laat.

Van hun vriendin krijgen ze niks te horen. Die dacht dat ze een man in haar armen hield, geen groentje en ze kijkt wel wijzer uit dan hem te vertellen hoe het bedieningspaneel werkt. Hij moet eerst maar eens bewijzen dat hij echt van haar houdt.

Een man ziet dat anders. Hij kan pas van haar houden als ze in bed met elkaar overweg kunnen. Koffiedrinken kan hij met zijn zuster nog wel. Is een man eenmaal zover dat hij veel van een vrouw houdt, dan is het nog niet genoeg. Hij moet het ook zéggen, vindt zij.

Vrouwen kunnen hun gevoelens in het algemeen aardig verwoorden, mannen zijn daar minder goed in. Kwaad kijken kunnen mannen als de beste, mopperen kunnen ze ook en schaapachtig lachen als ze iets liefs hadden willen zeggen. Maar een gesprek over emoties wil niet lukken. Ze hebben het niet geleerd en ze hebben er geen talent voor.

Vrouwen proberen in het begin nog wel om hun vriend zover te krijgen dat hij zijn gevoelens op een genuanceerder manier uitdrukt dan met een bos bloemen omdat hij van haar houdt en een bos bloemen om het weer goed te maken. Maar na verloop van tijd geeft ze het op. Ze laat die vent voor wat hij is en bespreekt zijn innerlijk voortaan met een vriendin. Die begrijpt precies wat ze bedoelt, thuis heeft ze er net zo een.

Geen wonder dat er een ravijn gaapt tussen mannen en vrouwen.

Sommige van de verschillen tussen de geslachten zijn aangeleerd – een vrouw wordt niet met een afwasborstel in haar hand geboren – maar er bestaan wel degelijk dingen waar vrouwen beter in zijn dan mannen en omgekeerd.

Huilen bijvoorbeeld, is een vrouwenzaak. Een man mag niet huilen, dat is hem van jongs af aan geleerd, maar hij hoeft ook niet zo nodig. Wanneer hij onder invloed van zijn hormonen ophoudt kind te zijn en een volwassen lichaam krijgt, wil het huilen er ook niet meer zo van komen. Dat betekent overigens niet dat hij zich niet vreselijk kan voelen, maar hij houdt het droog. Vrouwen huilen wel, ook als ze geleerd hebben zich flink te houden. Vooral wanneer er sprake is van veranderend hormoonevenwicht, zoals voor de menstruatie en tijdens de menopauze, hebben vrouwen last van opwellende tranen.

Er is veel onderzoek gedaan naar de invloed van geslachtshormonen. Sommige uitkomsten van die onderzoeken zijn nogal ontmoedigend. Er zijn bijvoorbeeld sterke aanwijzingen dat vrouwen beter toegerust zijn dan mannen om op zuigelingen te passen; vrouwen hebben betere oren en wanneer ze pas gebaard hebben, herkennen ze het stemmetje van hun eigen baby uit die van honderd andere blèrende baby's.

Het zou heel goed kunnen dat mannen door de natuur eerder bedoeld zijn voor de oorlog dan voor de fijne was, maar dat is natuurlijk geen reden voor mensen om de rolverdeling van de jaren vijftig maar weer op te vatten. Zolang we er geen bezwaar tegen maken dat we 's ochtends gewekt worden door een wekker in plaats van door ons bioritme, mogen we kiezen of we kleutermeester worden of piloot, timmervrouw of echtgenote. De natuur is inschikkelijk.

Maar de mensen willen duidelijkheid. Moeten mannen op de lagere school leren breien? Moeten vrouwen in militaire dienst? Na een betrekkelijk korte periode waarin de mensen zich bevrijdden van de voorschriften van de brave burgerlijkheid, klonk de dringende vraag alweer: hoe hoort het eigenlijk?

Het lijkt misschien of de mogelijkheden in onze tijd onbegrensd zijn, maar nooit werd er zoveel geschreven, gefilosofeerd en gebazeld over stijl.

Een moderne vrouw leidt een onafhankelijk bestaan, maar ze heeft altijd een vaste cavalier aan haar zijde. De man van de eenentwintigste eeuw is een zwierige zakenman, een warmbloedige minnaar, die een vrouw met hersens zoekt. Hoe die twee zorgen dat er altijd pindakaas in huis is en wie de loodgieter belt, staat er niet bij.

Wat ik het liefst zou zien is dat die loodgieter Patricia blijkt te heten. Ze doet het bedrijf samen met haar man. Ze hebben twee kinderen en een werkster. Die was eigenlijk treinconducteur, maar dat was zulk uithuizig werk. Nu zorgt hij voor de loodgieterskinderen en lapt de ramen. Maar breien kan hij niet.

Enquête

Ik sloeg een tijdschrift open en ja hoor, daar stond er weer een: een seksenquête. Die zie je tegenwoordig overal. In weekbladen en glimtijdschriften worden vragen gesteld over seksualiteit en een paar weken later publiceren ze de uitslag. In het begin las ik ze gretig. Ik ben altijd erg nieuwsgierig naar het liefdeleven van andere mensen, maar het lijkt wel of alle tijdschriftenlezers hetzelfde meemaken. Ze komen allemaal 1,4 keer in de week klaar. Ze willen vaker met hun partner naar bed of andersom, de vrouwen zoeken tederheid, de mannen zouden graag wat meer initiatief zien, vooral wat betreft de mondelinge diensten. Als aan vrouwen gevraagd wordt wat ze belangrijker vinden, lust of intimiteit, kiezen ze het laatste en iedereen wil humor in bed. Gapend worstel ik me door de antwoorden heen. Is er nou nooit eens een enquête waar iets in staat dat we willen weten?

Het komt natuurlijk doordat mensen die tijdschriften kopen veel op elkaar lijken. Er bestaat zelfs zoiets als een lezersprofiel en die profielen verschillen onderling al net zo weinig als de tijdschriften zelf.

Er zijn wel bladen die anders zijn, de roddelbladen bijvoorbeeld, maar daarin lees je nooit een seksenquête. Dat is jammer. Van mensen die belangstelling hebben voor de liefdesbaby van een televisieomroeper of de tranen van een ster, zou ik graag weten wat ze in bed zoal doen.

Van al die zevenentwintigjarige, goed opgeleide tijdschriftlezers weet ik het al.

Die staan te trappelen om het te vertellen. Iedere week staan in de vragenrubriek mededelingen over hun liefdeleven: Mijn vriend en ik kunnen erg goed met elkaar overweg in bed, maar nu heeft hij gezegd dat hij wil experimenteren met bondage. Moet ik dat accepteren?

De mensen van wie ik graag zou weten waar ze van dromen en wat daarvan terechtkomt, zwijgen erover. Niemand vraagt ze ooit wat. Van de huidige minister van Justitie zou ik bijvoorbeeld graag weten waar hij van geniet en van de vorige ook. Die keek zo sip.

En van de sokkenkoopman van vijf paar sokken voor een tientje wil ik weten of er iemand van hem houdt en laatst in Veldhoven had ik bijna een intieme vraag aan een oude dame gesteld. 'Kwam u nou van de coïtus klaar?' had ik willen vragen, want in haar bloeitijd bestond nog geen speciale aandacht voor het vrouwelijk orgasme. Als een vrouw toen niet spontaan genoot, werd ze frigide genoemd of een net meisje, maar niemand hielp haar de brug over.

Van jonge vrouwen hoef ik dat soort dingen niet te weten. Die hebben een vibrator of een reserveminnaar als er iets seksueels aan hun relatie schort.

Aan hen zou ik iets heel anders willen vragen: hoe lang duurt seks eigenlijk? In vragenrubrieken staat soms een terloops zinnetje: Mijn vriend en ik kunnen urenlang vrijen, maar... en dan volgt het probleem. Urenlang vrijen, denk ik dan, wat doen die mensen in godsnaam? Waar zijn ze al die uren mee bezig?

Ik kan me voorstellen dat je, wanneer je elkaar nog maar net kent, heel vaak een seksuele aandrang voelt en niet van elkaar af kunt blijven. Maar het gaat in problemenrubrieken meestal niet om nieuwe liefde, het zijn mensen die al lang met elkaar omgaan. Ik begrijp niet waar ze die uren mee vullen. Ik geloof ze ook niet. Hoe langer twee mensen elkaar kennen en met elkaar naar bed gaan, hoe vaardiger ze worden in het opwekken van plezier. Ze weten precies welke gebiedsdelen van het lichaam van hun liefdespartner gevoelig zijn en welke ze net zo goed over kunnen slaan. Dat scheelt enorm in tijd.

Ik kan het soms niet laten en kijk op de klok als ik met mijn minnaar naar bed ga, en al flatteer ik de tijdsduur zo hard ik kan: seks duurt geen uren. Geen uur ook. Zelfs niet op zondag. En door de week is het twaalf minuten.

Ik vind dat trouwens lang genoeg. Ik heb in het verleden een minnaar gehad die van geen ophouden wist. Ik weet niet of seks met hem uren duurde, maar zo voelde het wel. In het begin van onze romance vond ik al die hartstocht vleiend, maar al gauw kreeg ik er genoeg van. Daar gaat mijn avond, dacht ik als hij me aankeek met die blik in zijn ogen.

Ik zou heel graag van andere mensen willen weten hoe lang zij met elkaar vrijen, maar dat lees je nooit in een seksenquête. Daar staat alleen in hoe vaak ze het doen: twee keer in de week en daar geloof ik ook niks van.

Het eerste jaar van de romance telt niet, dan kom je je bed nauwelijks uit.

Maar in een beproefde relatie, die al een paar jaar duurt, kom je niet aan een gemiddelde van twee keer per week, vooral niet als er kinderen zijn of een avondstudie of een televisie die veel aanstaat.

In de meeste huisgezinnen is het veel te druk om eens rustig te vrijen.

's Avonds ben je blij dat je mag gaan slapen, 's ochtends is er geen tijd en de week is zo om. Het zal heus wel gebeuren dat mensen die veel van elkaar houden drie achtereenvolgende nachten met elkaar naar bed gaan, maar niet iedere week. Er is geen tijd of geen animo en dat drukt het gemiddelde.

Misschien vrijen de meeste mensen maar eens in de twee weken of nog wat minder. Maar dat vullen ze niet in. Twee keer per week, melden ze ferm en alle lezers van het tijdschrift fronsen hun wenkbrauwen. Doen wij het wel vaak genoeg, denken ze vertwijfeld, schieten we niet tekort?

Want daarvoor dienen de enquêtes, ze worden gelezen voor de vergelijking. Ik zou de mensen wel willen toeroepen: trap er niet in! Het zijn allemaal leugens, die vrijtijden, die frequentie. En al dat gepraat van het voorspel en naspel, daar komt ook meestal niks van terecht.

Ik ken een zielsgelukkig echtpaar, dat de sterren van de hemel vrijt. Dat doen ze niet iedere dag, zelfs niet iedere week, maar af en toe, als ze tijd hebben. De vrouw van het echtpaar vertelde me dat haar man haar na de daad soms een zoen geeft. 'Ik was het naspel vergeten,' zegt hij en dan valt hij als een blok in slaap.

Ruzie

Ruzie is een vrouwenzaak. Mannen kunnen er niks van. Als een man kwaad is, gaat hij kankeren, zwijgen of slaan, maar mannen kunnen niet tegen ruzie. Conflicten vinden ze interessant, oorlog windt ze op, maar van ruzie zijn ze bang. Ze weten niet hoe het moet. Vrouwen wel.

Er bestaan verschillende soorten ruzie. De gemakkelijkste is de ruzie die gebaseerd is op een misverstand. Daarin mag alles worden gezegd, schelden, verwijten, beschuldigingen, alles is toegestaan. Aan het eind van de strijd blijkt het allemaal op een misverstand te berusten, de lelijke woorden waren ten onrechte gesproken en de partijen sluiten vrede. Dat is de ruzie waarvan ze zeggen dat hij de lucht zuivert. Jammer genoeg zijn er heel wat mannen die zelfs zo'n eenvoudige bui niet kunnen verwerken. Ze doorstaan de boze woordenstroom zwijgend en voelen zich slecht behandeld. Dat gevoel gaat nooit meer over, het begint langzaam te schimmelen en te rotten en leidt ten slotte tot impotentie en beddendood.

Een moeilijker type ruzie is de ruzie die gaat over slechte eigenschappen. Opmerkelijk genoeg kunnen mannen daarin aardig meekomen. Als zijn vrouw of vriendin zich niet gedraagt zoals hij graag zou willen, kan een man verontwaardigd uitvallen en zelfs flink op gang komen met het jijbakken. Maar hij blijft steken in een primitieve vorm. De ruzie over slechte eigenschappen kan veel subtieler uitgevoerd worden. Schreeuwen en schelden is overbodig. Met belangstellende vragen kun je een ander een veel dieper gevoel van ontoereikendheid bezorgen: 'Hoe komt het toch dat je altijd zo kinderlijk gaat doen als je dronken bent?' 'Heb je nooit zin om een echt boek te lezen?'

Een van mijn vroegere verloofdes kon het een beetje. Als hij weer eens een onvolkomenheid in mijn karakter had ontdekt, trok hij een ernstig gezicht en belegde een vergadering. 'Ik voorzie toch wel grote problemen als jij op deze manier doorgaat,' zei hij dan en begon aan een beledigende uiteenzetting over mijn verleden en ons gedeelde heden. Hij was goed op weg om een bedreven ruziemaker te worden. Zijn bedachtzame toon was uitstekend en de mise-en-scène was goed. Onze ruzies leken net het stafoverleg van twee beleidspsychiaters. We mikten zorgvuldig op elkaars zwakste plekken, het was bijna sexy. Jammer genoeg hield hij de stijl niet vol. Hij zakte af naar ordinair gevit en vittende verloofdes worden ontslagen. 'Dat is mij ook overkomen!' riep een vriend aan wie ik de droevige afloop van deze verhouding vertelde. 'Ik dacht altijd dat we zulke aardige discussies hadden, mijn vorige vriendin en ik, tot ze me op een dag zei dat ze doodziek werd van al die ruzies.'

Ik knikte begrijpend, ik ken dat soort discussies. Er is een meningsverschil over een of andere kwestie en binnen de kortste keren begint de man behalve zijn eigen argumenten ook die van zijn vrouw af te roepen. Als hij dat nauwgezet zou doen, zou het een hoop moeite en ellende besparen. Dan kon hij het hele debat verder in zijn eentje voeren. Maar hij citeert niet netjes, hij formuleert de mening van zijn vrouw zo krom, dat zij woedend wordt.

Nu moet ze drie ruzies maken, één om de verdraaide woorden, één om hem af te leren voor zijn beurt te spreken, en één om het oorspronkelijke meningsverschil. Een verstandige vrouw begint daar niet aan. Ze laat de man rustig bazelen en gaat de plantjes planten.

Vrouwen hebben een onuitputtelijk arsenaal straatvechtersmethoden waar een man onmogelijk tegenop kan. Een man wordt graag gewaardeerd om zijn verstandige visie op allerlei zaken, om zijn scherpe oordeel. Niets is zo gemakkelijk als hem daarin te ondermijnen. Je hoeft alleen maar geïnteresseerd de andere kant op te gaan kijken als hij het woord neemt. Of hem alles twee keer te laten zeggen: 'Wat zeg je, lieverd?'

Er is nog een soort ruzie die mannen niet kunnen maken, niet kunnen verdragen en niet kunnen begrijpen. Dat is de ruzie die vrouwen maken als ze – tegen beter weten in – van een man blijven houden. Kijvend, huilend en wanhopig klampen ze zich aan hem vast, terwijl ze hem toeroepen dat hij op moet lazeren. Daar kan een man niet tegen. Geschrokken maakt hij zich uit de voeten. Hij zou wel iets willen bedenken om terug te kunnen zeggen, maar hij komt niet verder dan 'klerewijf' of 'stil maar schatje'.

Vroeger bestonden er ruzietrainingen. Onder leiding van een relatietherapeut oefenden de echtparen in het ruziemaken. Het scenario was eenvoudig. Bij de inschrijving hadden man en vrouw ieder voor zich een verslag moeten schrijven van hun laatste ruzie. Die verslagen verschilden zoveel van elkaar, dat ze heel geschikt waren als lesmateriaal. Tijdens de opvoering onderbrak de therapeut de ruzie steeds om te informeren naar eventuele opkomende emoties. Daar staken de vrouwen bijzonder veel van op. Nog accurater dan tevoren leerden ze het zelfvertrouwen van de man te torpederen, nog venijniger werden de wonden toegebracht. 'En wat voelt u nu, meneer?' vroeg de therapeut. 'Ik ben kwaad,' meldde de echtgenoot.

Meestal hadden de mannen niet veel aan hun training. Als ze de les thuis in praktijk wilden brengen, begon hun vrouw te schateren van de pret. Kijk zo'n man nu toch.

Eigenlijk is het hun eigen schuld.

Mannen geven nooit toe dat ze bang zijn, daarom houden vrouwen geen rekening met hun angst. Integendeel. Die geveinsde stoerheid zweept vrouwen juist op om nog feller tekeer te gaan. Met tranen, beledigingen en klachten graven we zijn fundamenten bloot.

En als hij ten slotte vlucht, naar een adres waar ze zijn persoonlijkheid meer op prijs stellen, hebben we berouw. Maar dan is het te laat.

De mannenfluisteraar

Een van mijn beste vriendinnen is hondenfluisteraar. Zijzelf is enig, maar ik heb een hekel aan dat woord. Er valt niks te fluisteren tegen dieren, bovendien berust haar kennis niet op wat ze zegt, maar op wat ze waarneemt. Wanneer ze een hond op het spreekuur krijgt, stelt ze vragen aan de baas en kijkt onderwijl naar de hond. Aan zijn houding, zijn staart en oren ziet ze meer dan de eigenaar van de hond haar kan vertellen.

Ik zou ook graag een diepgaand inzicht hebben in de hondenziel, maar ik heb geen aanleg voor de taal van dieren. Ik kan het alleen met mannen. Die kunnen ook niet zelf uitleggen wat eraan schort.

'Wat is er?' vragen talloze vrouwen aan hun man als ze hem zien fronsen, mokken of simmen. Meestal krijgen ze geen antwoord. Het is geen onwil, hij begrijpt de vraag domweg niet. Wat zou er moeten zijn? Zijn auto staat geparkeerd, hij heeft geen ontslag gekregen en hij is niet impotent. Hij wantrouwt de vraag ook. Doet hij iets niet goed, misschien? Heeft zijn vrouw iets te klagen?

Ik weet niet hoe het komt dat ik begrijp wat er in mannen omgaat. Ik was niet van plan over te lopen naar het vijandelijke kamp, maar ineens bleek dat ik precies kon uitleggen wat ze bezielt.

Een vriendin van mij heeft een romance met een getrouwde man. Zij wordt niet geplaagd door morele overwegingen, ze houdt van spanning. Ze nodigt hem uit voor geheime ontmoetingen, ze verzint geloofwaardige leugens voor hem, die hij aan zijn vrouw kan vertellen zodat hij een nacht kan blijven slapen.

Ik ken mannen die van zo'n minnares zouden smullen, maar deze getrouwde man heeft geen talent voor overspel. Hij is een keer in dronkenschap met mijn vriendin in bed beland en sindsdien heeft hij spijt. Hij zou maar het liefst weer een trouwe echtgenoot worden, maar dat durft hij niet. Hij is bang dat de minnares dan wraak neemt en alles aan zijn vrouw vertelt, dus hobbelt hij maar zo'n beetje mee in het bedrog. Hij maakt afspraken met haar, komt niet opdagen en liegt dan achteraf dat zijn zoontje ziek was geworden en dat hij met hem naar de dokter moest.

'Waarom vertelt hij mij leugens?' jammert mijn vriendin geregeld.

'Omdat hij jou een engerd vindt,' leg ik uit. 'Ken je die film niet, waarin een man ten onder gaat aan een fatale vrouw? Daar lijk jij op.'

'Helemaal niet!' protesteert ze. 'Ik ben niet eng. Ik ben spannend. Dat vindt hij leuk, hij heeft het zelf gezegd.'

Hij heeft wel meer tegen haar gezegd. Dat zijn vrouw hem niet begrijpt, dat hij al jaren geen seks meer met haar heeft en dat hij alleen vanwege zijn zoon bij haar blijft. Dat is allemaal niet waar. Hij zegt die dingen omdat hij bang is. Het zijn kindertjes die hij uit de slee gooit om de wolven op afstand te houden.

'Jij bent de wolven,' zeg ik tegen mijn vriendin, 'laat die man toch met rust. Je wordt zijn dood nog eens.'

Ik wou dat mijn vriendinnen net zo goed naar mij luisterden als er wordt geluisterd naar de hondenfluisteraar. Die wordt op haar woord geloofd, ik krijg altijd tegenspraak. In plaats van de eenvoudige opdracht uit te voeren en de man terug te sturen naar zijn huwelijk, wil die vrouw haar relatie uitdiepen.

'Je hebt geen relatie,' zeg ik onverbiddelijk, 'je hebt het klokhuis van wat eens een appel was. De appel is op. Klaar! Heb je me begrepen? Ga maar een andere zoeken.'

Ik weet al deze dingen zo goed doordat ik zelf geregeld mannen heb ontvoerd. Ik dacht dat ze blij waren dat ze mij hadden ontmoet. Ik was veel liever dan hun eigen vrouw, enthousiaster in bed en lang niet zo zeurderig. Ik vergat dat je een langdurige verhouding niet met een nieuwe liefde mag vergelijken. Die wedstrijd wint de nieuwe liefde altijd. Tot die zelf verandert in een langdurige verhouding. Dan pas blijkt dat niemand ermee opgeschoten is. Meestal stapte ik op tegen de tijd dat er iets te zeuren viel, en twee van de drie mannen die ik had geschaakt zijn toen teruggekeerd naar hun echtgenote. Dat was een goede beslissing. De derde ging naar de volgende minnares. Hij zette de plaat domweg opnieuw op. Hij gaat het nooit leren.

De meeste mannen zijn er niet serieus op uit om vreemd te gaan. Ze fantaseren wel over andere vrouwen, ze dromen over alle vrouwen die ze tegenkomen en die niet afstotelijk lelijk zijn, maar veel verder gaat de onderneming niet. Ze vinden het te veel gedoe. Het liefst zouden ze met iedereen naar wie ze nieuwsgierig zijn een keer naar bed willen, even onder de douche de schuld wegspoelen en dan naar huis, de krant lezen en 's avonds naast hun eigen vrouw in slaap vallen.

Minnaressen hebben daar geen begrip voor. Als ze met een man hebben gevrijd, willen ze de nabespreking.

'Ben je verliefd op mij?' vragen ze al gauw. Daar schrikken mannen van. Ze vermoeden dat het antwoord verstrekkende gevolgen gaat hebben, dus houden ze de zaak nog even in beraad.

'Ik vind je heel erg lekker,' proberen ze. Dat is het verkeerde zinnetje.

Ze zouden beter de waarheid kunnen spreken: 'Nee, ik

ben niet verliefd, ik wilde alleen een hapje proeven van de verboden vrucht. Hij was heerlijk. Dankjewel!'
Maar als ze dat zouden doen, komt er geen tweede traktatie. Daarom bazelen ze maar wat en denkt de minnares intussen dat ze iets moois meemaakt.

Verleden week was mijn vroegere buurman bij mij op bezoek. Hij is ooit eens iets begonnen met een getrouwde vrouw. Hij dacht dat het een briljant idee was, lekker vrijblijvend, spannend en zonder het gewicht van vaste verkering.

In het begin was het inderdaad leuk. Ze stuurden stiekem e-mails en eens in de vier weken zagen ze elkaar. Dan hadden ze drie uur lang de tijd om de liefde gestalte te geven.

Maar mijn buurman heeft er inmiddels genoeg van. 'Ze wil steeds meer,' klaagde hij.

'Wat wil ze dan?' vroeg ik, want eens in de vier weken seks leek mij schamel. Maar de seks was het probleem niet.

'Ze wil over de relatie praten.' De weerzin stond op zijn gezicht. 'We gaan altijd naar een motel dat langs de snelweg ligt. Zodra we arriveren, rennen we naar de kamer, gaan als beesten tekeer, nemen nog even een bad en dan moet zij weer weg. Wat valt daar nou over te praten?'

Ik haalde mijn schouders op. 'Als je er niks meer aan vindt, maak je het uit,' zei ik harteloos. 'Dat is niet zielig, want ze heeft nog een man om haar te troosten.'

Hij keek mij hulpeloos aan. 'Maar de seks is zo lekker.'

Het is heel eenvoudig om mannenfluisteraar te worden. Je moet alleen goed leren luisteren naar de betekenis van de signalen en leren kijken naar de lichaamshouding.

Ik nam de buurman van hoofd tot voeten op. Hij hield zijn kopje scheef, de oren leken wat te hangen en als hij een staart had gehad, stond die tamelijk laag.

Voorlopig is die vriendin nog de baas.

Net alsof

Als ik me verveel, bij de bushalte of tijdens een vergadering, verzin ik een nieuw recept, kip op z'n Italiaans of een originele gehaktbal. Soms denk ik aan seks. Dan probeer ik me alle voormalige minnaars te herinneren. De ene keer tel ik ze vanaf een serieuze tongzoen, de andere keer reken ik pas vanaf de coïtus. In beide gevallen kom ik tot een schrikbarend aantal. Toch heb ik niet altijd plezier gehad van de seksuele omgang. Dat ligt voor een deel aan mijzelf. Ik word zenuwachtig van seks, vooral als ik de man met wie ik vrij nog niet lang ken.

Om een goede indruk te maken neem ik wel eens wat te veel initiatief. Sommige mannen schrikken daar zo van dat ze zich willoos achterover laten zakken en niets meer terugdoen. Dat is niet mijn bedoeling, maar ik heb geen idee hoe je zo'n man weer in gang zet als hij eenmaal is stilgevallen. Alsof het om een veldtocht gaat waarvan ik de leiding op me heb genomen, ga ik door, tot de man is klaargekomen. Vaak gebeurt er daarna niets meer.

Ik weet dat je op zo'n moment iets zou moeten zeggen, hem zachtjes toefluisteren wat je graag zou willen, maar dat doe ik voor geen prijs. Ik wil niet als een achterstallig karweitje worden beschouwd. Bovendien kan ik alleen onbevangen over seks praten met mijn kleren aan en dan nog uitsluitend ten overstaan van mensen met wie ik seksueel niets te maken heb. Zodra ik verliefd ben, word ik verlegen. Wanneer een man mij vraagt wat ik lekker vind, zeg ik: 'Jou.'

Daar moet hij het mee doen. Ik heb liever dat een minnaar zelf iets verzint wat hem aardig lijkt om te doen, dan dat hij mijn bestelling gaat bezorgen.

Ik ga toch al zo gebukt onder de twijfel of hij me wel echt begeert.

Mannen beweren altijd dat ze dol zijn op vrouwen, maar ik geloof ze niet allemaal. Iedere man vindt seks lekker zolang het zich aan zijn eigen lichaam voltrekt, maar er zijn er genoeg die een afkeer hebben van de intieme delen van een vrouw. Dat merk je pas als het te laat is.

Ik ben eens met een man in bed beland die halverwege de vrijage categorisch verklaarde dat hij niet van beffen hield. 'Andere mannen likken misschien kut alsof het honing is,' zei hij, 'maar ik niet.'

Ik had die vent natuurlijk stante pede de deur uit moeten schoppen, maar dat deed ik niet. Ik dacht dat het aan mij lag. 'Zie je wel,' dacht ik, 'hij vindt me vies.'

Ik word in bed wel vaker geplaagd door onplezierige gedachten. Vooral met vlijtige minnaars die zich uitputten in exquise technieken, dringen storende vragen zich tussen mij en de liefde. Terwijl hij aan mijn orgasme ligt te werken denk ik: 'Duurt dit niet te lang?' Ik prent me in dat hij het juist leuk vindt om de oorzaak van mijn extase te zijn. Hij vindt het fijn om een vrouw te verwennen, dat heeft hij zelf gezegd. Dan dient de volgende verkeerde gedachte zich aan: 'Zou ik er misschien wat harder bij moeten hijgen?' Ik heb mannen zo vaak horen klagen dat vrouwen er als een plank bij liggen en ik zou niet graag een verveelde indruk maken.

Er is een hele rij kwellende zinnetjes die vrouwen door het hoofd spoken: 'Lig ik er niet raar bij?', 'Ruik ik wel schoon?', 'Hij kijkt toch niet!' of juist: 'Waarom kijkt hij niet?' Dat bederft veel plezier.

Ik vroeg me af of mannen ook piekeren in bed, maar dat schijnt beduidend minder voor te komen.

Wanneer een man eenmaal door wellust wordt bevangen, maakt hij zich geen zorgen meer of zijn oren wel goed schoon zijn en zijn buik niet te dik. Hij komt in een wereld terecht waarin alleen nog de zinnen regeren.

Ik heb eens met een man gevrijd die zodra hij een horizontale houding aannam, ontoerekeningsvatbaar werd. Hij raakte zo in vervoering door de omstandigheden dat er geen enkele boodschap meer tot hem doordrong.

Hij was een gulzige minnaar, die meteen zijn hoofd tussen mijn benen stak, maar wat hij daar verrichtte was niet plezierig. Het leek wel of ik een labrador een bak hondenvoer had voorgezet. Ik probeerde onder zijn slobberende tong uit te draaien, maar daar liet hij zich niet door van de wijs brengen. Ik riep zijn naam. Niks hielp. Ten slotte heb ik maar net gedaan of ik klaarkwam, anders kwam er nooit een eind aan. Dat doen wel meer vrouwen als ze wanhopig worden.

Het is een methode die wordt afgekeurd.

Af en toe komt het onderwerp in tijdschriften ter sprake en steevast beweren de vrouwen, wanneer ernaar gevraagd wordt, dat zij het niet in hun hoofd zouden halen een orgasme te veinzen, maar ik weet wel beter. Bijna alle vrouwen doen het of hebben het in het verleden vaak gedaan.

Ze doen het omdat ze eigenlijk geen zin hebben in seks, maar ook niet flauw willen doen. Ze doen het om lekker op te schieten of omdat de man met wie ze in bed liggen tegenvalt. ‘Laat ik maar even doen of ik klaarkom,’ denkt ze, ‘dan zijn we er allebei vanaf.’

Ik zat eens te luisteren naar de verhalen van een man die op heel jonge vrouwen viel. Hij was een jaar of veertig en hij voelde zich enorm gevleid wanneer meisjes van twintig met hem wilden vrijen. ‘Misschien vinden ze het juist prettig dat ik wat ouder ben,’ bespiegelde hij. ‘Ik kom niet zo gauw klaar als die jonge pikkies.’

Ik trok mijn wenkbrauwen op.

'Wat doe jij in bed, behalve heel lang neuken?' vroeg ik. Hij haalde zijn schouders op. 'Nou gewoon, een beetje vrijen en zo.'

Ik keek hem meewarig aan.

'Die meiden nemen je in de maling, Henk,' zei ik, 'die doen maar alsof ze klaarkomen. Anders hou jij nooit meer op.'

De man sprak me verontwaardigd tegen: 'Kom nou! Dat doen geëmancipeerde jonge vrouwen niet. Die zorgen heus wel dat ze aan hun trekken komen.'

Ik geloof daar niets van. Meisjes van een jaar of twintig zijn niet zo zelfverzekerd en bovendien zijn ze meer in vervoering vanwege de romantiek dan van de seks. Wat dat betreft zijn mannen en vrouwen slecht op elkaar afgestemd. In de periode dat de mannelijke hartstocht op zijn top is, tussen het zestiende en dertigste levensjaar, wanneer hij bij het zien van een naaktslak al een erectie krijgt, sluimert de vrouw nog als Doornroosje. Ze vindt vrijen wel lekker en ze is heus wel verliefd, maar de echte storm steekt pas later op, na haar dertigste. Heel jonge vrouwen vinden er in bed maar al te vaak niks aan en om niet achter te blijven doen ze dan alsof. Ze laten een diep gekreun uit hun keel opstijgen of ze geven een rondje ritmische schokken weg.

Een man trapt daarin. Iedere man. Ook de ervaren mannen die met klem beweren dat je hun niets kunt wijsmaken.

Ik zou zelf trouwens ook heel gemakkelijk te bedriegen zijn.

Meestal merk je duidelijk dat een man klaarkomt, maar niet altijd. En het duurt soms zo lang tot het zaadvocht terugvloeit dat je dat ook niet onmiddellijk zou missen.

Toch weet ik zeker dat niet één van de veel te veel mannen met wie ik naar bed ben geweest ooit een orgasme heeft nagespeeld. Hij zou niet weten waarom.

Voor hem is de vrijpartij pas afgelopen wanneer hij is klaargekomen, het woord zegt het al. Daarom gaat hij doodgemoedereerd door, ook al ligt de vrouw onder hem allang aan iets anders te denken. Aan een origineel sausje voor bij die gehaktbal.

Verliefd

Ik had een liedje in mijn hoofd dat ik maar niet kwijt kon raken. Het was in het Duits en ik kende maar één regel, die nog een leugen was ook: das Schönste in der ganzen Welt, das ist die Liebe tralala tralala.

Het kwam doordat ik net met Manja had gesproken en zij is verliefd. 'Ik ben zó gelukkig!' jubelde ze en maakte er een gebaar bij alsof ze een groot applaus in ontvangst aan het nemen was.

'Leuk voor je,' zei ik. Ik meende het maar een beetje. Vroeger had Manja nooit op een diva geleken, ze was juist nogal zakelijk. Geen sentimentele flauwekul voor Manja, maar nu had ze Gert, een bijzonder gevoelige, ontroerende en toch zo mannelijke man als je haar mag geloven. Hij schijnt nog veel meer goede eigenschappen te hebben, die ze graag wilde opsommen, maar ik zei dat ik weg moest. En toen begon dat liedje over de mooie Liebe in mij rond te zingen.

Voor degene die verliefd is, mag het een mooie ervaring zijn, voor de omstanders is de liefde vooral potsierlijk. Ik zou niet één gemoedsaandoening weten te bedenken waar mensen zo raar van gaan doen, of het zou jaloezie moeten zijn, maar dat is ook een bijverschijnsel van de liefde.

Ik besprak Manja's toestand met een gemeenschappelijke kennis.

'Het wordt niks met die Gert,' zei zij, 'hij geeft niet om haar.'

'Zij zegt van wel,' weerlegde ik. De gemeenschappelijke

kennis schudde meewarig haar hoofd: 'Zij is verliefd op hem, hij niet op haar. Hij houdt nog van die vorige, die actrice.'

Ineens begreep ik waar dat malle theatrale gebaar van Manja vandaan kwam. Ze wilde niet voor de concurrentie onderdoen.

Ik heb zelf ook altijd idioot gedaan als ik verliefd was. Het eerste jaar dat ik met mijn plattelandsverloofde omging, wees ik steeds interessante weidevogels aan en noemde ik de namen van de vlinders. Die had ik van hem geleerd en nu verveelde ik andere mensen ermee. Het ging pas over toen hij het uitmaakte. 'Je was onuitstaanbaar,' heeft een vriendin me eens verteld, 'en dan dat gezeur over de literatuur!' Ik kreeg een kleur toen ze dat zei. Hij hield inderdaad erg van de literatuur dus zal ik in die tijd wel als een bevlogen bibliothecaresse tekeer zijn gegaan. 'Wat erg!' zei ik, 'neem me niet kwalijk.' Maar ze begreep het wel. Ze was ook verliefd geweest, op een blaaskaak, vertelde ze, een man die zich graag groot en geweldig voelde, naast wie zij dan afstak als een rank elfje dat bescherming behoefde. Om de idylle te illustreren zat ze altijd op de grond, met haar hoofd tegen zijn knieën geleund. Ze lag aan zijn voeten te slapen, terwijl hij belangwekkende boeken las. Als ze wakker werd, droeg hij haar naar de slaapkamer, waar een mooie taak voor haar was weggelegd.

Zouden mannen minder gek doen dan vrouwen als ze verliefd zijn? Ik ken één man die plotseling begon te huppelen als hij liep, omdat zijn nieuwe vriendin zich zo verplaatste, maar verder weet ik alleen rare verhalen over vrouwen.

Ze hebben hun hart verpand aan een man, maar dat is ze niet genoeg. Ze willen één met hem worden, in alle opzichten. Ze zoeken zijn kleren voor hem uit, ze richten zijn huis in, ze koken zijn eten. Als hij van voetballen houdt, zitten ze naast hem op de bank naar de Europacup te kijken, als hij gek is op zeilen, varen ze mee op die rotboot en houden het fokje vast.

'Ik zie me nóg staan, aan de rand van het hockeyveld,' bekende mijn zuster. Ze was verliefd geworden op een man die in zijn vrije tijd hockeyde. De eerste twee weken dat ze met elkaar omgingen, waren ze nog samen gaan wandelen en hadden ze romantisch getafeld bij kaarslicht, maar daar kreeg hij al gauw genoeg van. Hij wilde weer hockeyen en zij moest mee. De liefde duurde niet lang, mijn zuster is verstandig. Dat zie je niet vaak bij vrouwen.

Sommigen dompelen zich zo onder in het leven van hun man, dat ze zelfs zijn beroep adopteren. Doktersvrouwen beheren de praktijk van hun echtgenoot en houden bij de telefoon de wacht terwijl hij onder het mom van een huisvisite bij zijn minnares langs gaat. De vrouw van de schrijver leest zijn manuscripten en regelt voorleesavonden.

Mannen doen niet zo. Als een man verliefd is, raakt hij ook in vervoering, maar dat gevoel richt zich niet zozeer op haar. Hij gaat er zelf enorm van glanzen.

Twee jaar geleden zat ik bij een diner naast een man, die het vaderschap bezong. Ik houd niet erg van het gezinsleven en na een kwartier begon ik te gapen van al die wederwaardigheden op het woonerf, maar de man meierde maar door. Onlangs kwam ik hem weer tegen. Hij was helemaal veranderd. In plaats van een kantoorcolbert droeg hij een zijden jasje, hij liet voortdurend zijn gave gebit blinken en hij was zeven kilo afgevallen. Dat kon ik goed zien, want hij rekte zich steeds uit en dan zag ik dat hij geen veertig-plusbuik meer had.

Hij was verliefd, meldde hij. Het had hem veel zielenstrijd gekost, maar hij had zijn gezin verlaten, want heus, het kon zo niet langer. 'Wat kon niet langer?' vroeg ik. De man trok een ernstig gezicht en zuchtte: 'Mijn huwelijk.'

Het bleek dat hij een veertien jaar jongere vrouw was tegengekomen. Het was liefde op het eerste gezicht geweest, maar ze hadden zo lang mogelijk geprobeerd de consequentie ervan uit te stellen: een scheiding en het afscheid van het vaderschap. Nu was het vaderschap ook niet meer wat het geweest was, sinds de dochters belangstelling voor jongens hadden opgevat en aan zijn vrouw viel ook niet veel te beleven. Die hield veel minder van hem dan zijn nieuwe vriendin. Er speelde een geil grijnsje om zijn mond.

Ik knikte begrijpend: zij pijpt en die echtgenote niet.

'Mijn hele leven is veranderd,' zei de man. Hij woonde niet langer op het woonerf, maar in een stacaravan die hij van een vriend had geleend, een primitieve behuizing, maar dat maakte hem niets uit. De liefde ging voor. Hij barstte van nieuwe energie, op zijn werk ging het uitstekend: hij had promotie gemaakt, hij had nu een dure auto van de zaak en fantastische plannen. Hij wilde een oude droom verwezenlijken en een reis naar Nepal maken, met haar. Daar had zijn vrouw nooit iets voor gevoeld, die wilde naar de Dordogne met de kinderen. Zijn vriendin was heel anders, die zou hem desnoods op haar naaldhakken naar de toppen van de Himalaya volgen, ongetwijfeld om hem daar op haar eigen manier tot ongekende hoogtepunten te voeren, dat wilde ik graag geloven.

Hoe kan zo'n vrouw erin trappen, dacht ik met weerzin, maar ik wist het antwoord heel goed. Ze is verliefd, ze wil de hele dag wel pijpen. Ze is totaal vervuld van hem, ze houdt van hem.

Hij ook.

Seks voor gevorderden

Freud was een oude kletsmajoor, maar in één ding had hij gelijk: seksualiteit is een sterke drift. Zelfs onder barre omstandigheden, in armoede, kou, honger en oorlog, kruipen de mensen bij elkaar en copuleren ze dat het een aard heeft.

Eigenlijk zouden we dat heel gewoon moeten vinden. De begeerte bespringt ons immers allemaal? Maar nee hoor, het lijkt wel of we maar niet aan de gedachte kunnen wennen dat seks zo'n belangrijke plaats in het leven inneemt. Jonge mensen geloven niet dat hun ouders het doen, de ouders op hun beurt maken zichzelf wijs dat hun kinderen er nog niet aan toe zijn en iedereen denkt dat bejaarden kuis leven.

Vooral dat laatste is een hardnekkig misverstand. Het komt natuurlijk doordat de meeste mensen niet graag zelf hartstochtelijk zouden tongzoenen met een bejaarde, terwijl de gedachte aan een groen blaadje juist plezierige visioenen oproept. Oma en opa doen het niet meer want dat is vies, en wij doen het wel want wij zijn jong en mooi.

Ik denk wel eens dat de werkelijkheid precies andersom is. In een tijdschrift las ik een artikel over het liefdeleven van de jeugd van tegenwoordig. Opgevoed door de generatie die zelf nooit belemmeringen heeft gekend of knellende religieuze voorschriften, hebben die kinderen altijd samen mogen slapen en heeft niemand hun ooit verboden met elkaar te vrijen. Toch doen ze dat maar zelden. 'Ik slaap heel vaak met Martijn,' meldde een meisje van zestien, 'maar we knuffelen niet eens altijd. Soms gaan we gewoon slapen.'

'Waarom vrijen jullie niet?' vroeg de interviewer.

'Martijn doet niks,' zei het meisje schouderophalend, 'en van mij hoeft het ook niet zo.'

Niet één van de jongens die in het artikel voorkwamen, deed iets. Misschien had de interviewer voor het gemak de vragen maar aan één soort jongeren gesteld. Dat zie je vaak. De meeste kranten en tijdschriften worden in de Randstad gemaakt. De journalisten die er werken, wonen daar ook en ze piekeren er niet over naar Assen of Bergen op Zoom te reizen om de mening van de jeugd te horen. Wanneer ze een jongere nodig hebben, nemen ze het kind van hun vriendin en die woont in Amsterdam-Zuid of het Gooi. Haar kinderen heten Martijn en ze doen niks.

Met de vijftigplussers is het heel anders gesteld. Die bloeien als nooit tevoren. Een buurvrouw van mij, die al vijfendertig jaar in een huwelijksbootje dobberde, heeft haar brave echtgenoot van de ene op de andere dag verlaten voor een vrachtwagenchauffeur met een hartstochtelijke inborst en een opvliegend karakter. Ze heeft nog uit alle macht geprobeerd haar gevoelens voor die onberekenbare galbak te bedwingen, maar de seks met hem was zo betoverend dat ze zijn humeur erbij nam.

'Het is niet eens zo, dat er iets verkeerd was aan mijn eigen man,' zei ze hulpeloos. 'We hadden het best samen, maar dit is...' Ze kon het niet benoemen. Ik zou het verhaal al gauw zijn vergeten als ik niet kort daarop een vrijwel identieke geschiedenis had gehoord. Een vrouw van maar liefst zevenenvijftig maakte ineens openbaar dat ze al drie jaar een vlammende relatie met haar tandarts onderhield. Hij was nu gepensioneerd en ze ging met hem in een bungalow in Loosdrecht wonen. Wat bezielt die vrouwen? Kan er geen fatsoenlijke overgang meer af?

'Nee!' was het triomfantelijke antwoord. Het kwam van een vrouw die mij naar haar leeftijd liet raden. 'Achtenveertig,' weifelde ik. Eigenlijk dacht ik dat ze voor in de vijftig moest zijn, maar ze had met een beetje goede wil kunnen doorgaan voor een wat vale late veertiger. 'Eenenzestig!' riep ze. Daar had ik niet van terug. 'Ik heb een pleister,' vertrouwde ze me toe, 'zo'n hormonenpleister, waardoor je nooit in de overgang komt.'

Zou dat de oorzaak van al die wellust zijn? Ik heb een vriendin van tweeënvijftig die zo'n pleister heeft en die is ook al niet te houden. Laatst was ik met haar op een saai feestje. De ene na de andere spreker vroeg stilte om een langdradige toespraak af te steken. Mijn vriendin stootte me aan. 'Ik ben zo geil!' fluisterde ze luid. Een paar mannen keken om en mijn vriendin bloosde, maar niet van gêne, welnee! Ze blikte behaagziek rond. Sinds kort heeft ze een vaste minnaar en het is niet te geloven wat ze allemaal met hem uithaalt. Op alle tafels in haar woning hebben ze gelegen, bij alle stoelen geknield, boven de leunstoel gehangen en zelfs het trillen van de centrifuge bracht ze op seksuele ideeën.

De man die al die strapatsen weet te volbrengen, lijkt op het eerste gezicht niet zo geschikt voor zijn rol. Hij is een beetje over zijn top heen. Negenenvijftig is hij en hij loopt nogal stram. 'Is dat hem nou?' dacht ik toen ik hem zag. Maar misschien had hij spierpijn.

Mijn vriendin kan niet van hem afblijven. 'Lieve help, wat is die man lekker!' zuchtte ze laatst aan de telefoon. 'Ik weet niet eens of het aan hem ligt dat we zo heerlijk vrijen. Ik ben zelf almaar geil. Ik geloof dat ik nog het meest geniet van mijzelf. Ik ben ineens in de bloei van mijn leven. Eindelijk heb ik mijn innerlijke bron ontdekt.'

'Ik ben bang dat ik je moet teleurstellen,' zei ik ernstig. 'Ik heb iets in de krant gelezen, in de wetenschapsbijlage: die goeie seks ligt aan de hormonen, aan je pleister, niet aan jou.'

Ik had verwacht dat ze zou schrikken. Het is toch geen

kleinigheid als je moet vaststellen dat je diepste gevoelens aan een pleister ontspringen. Maar ze trok zich er niets van aan.

'Nou, dan is het mijn pleister die geil wordt, wat kan mij dat schelen,' zei ze. 'Zolang ik het maar ben die klaarkomt!'

Dat doet ze, en niet zo zuinig ook.

Onlangs had ik een afspraak met haar, we zouden samen eten. Twintig minuten te laat kwam ze binnenzeilen, haar haren zaten in de war en ze had een hoogrode blos.

'Ik kon me niet uit zijn armen wegrukken,' verontschuldigde ze zich, 'het was zo lekker! Ik geloof dat ik wel tien keer ben klaargekomen, maar het kan ook twaalf keer zijn. Ik ben de tel kwijtgeraakt.'

Ze giechelde meisjesachtig.

Terwijl de meervoudig gescheiden ouders hun hete herfst beleven, wensen de jongeren, tot hun tanden gewapend met seksuele voorlichting, condooms en goede raad, elkaar gapend welterusten.

Voor de echte seks zijn ze te jong, maar als ze nog een halve eeuw wachten, krijgen ze allemaal een beurt.

Niezen

Toen mijn hond een hondje was, kreeg hij bij grote emoties steevast de hik. Als er onverwachts een bouvier of een rottweiler aan hem kwam ruiken of ik een grote mond tegen hem opzette, schoot zijn middenrif in een kramp en bleef hij wel vijf minuten van slag. Ik reed eens met hem op de passagiersplaats in de auto, toen ik plotseling enorm moest niezen. Hatsjie!! proestte ik. Het hondje kreeg onmiddellijk de hik.

'Ja,' zei ik toegeeflijk, 'dat was ook wel erg hard. Als er een mens bij was geweest, had ik mij ingehouden.'

Hard niezen is niet beschaafd, daarom probeert iedereen het geweld te beteugelen. Als je er op tijd bij bent, kun je een zakdoek tegen je neus drukken, dat dempt het geluid. Je kunt de nies ook een meer beheerste uitdrukkingvorm geven door er een woord van te maken: hatsjie! of hatsjoe! niezen Nederlanders.

In Spanje niezen ze Jesús! Dat spreek je uit als Gééésoes! Als het een bijzonder hèftige nies betreft, laat de niezer op de aanroep van de heer nog Jozef en Maria volgen: Jesús! José y María!

Amerikanen verontschuldigen zich als ze moeten niezen. Ze vinden alle lichamelijke uitingen onbetamelijk: na het hoesten, niezen en zelfs als ze hun keel schrapen, mompelen ze: 'Excuse me!' Alleen na een orgasme zeggen ze niets, terwijl daar ook allerlei onbedoelde geluiden bij opklinken. Sommige mensen proberen die kreten te vertalen in een woord of een zinnetje, dat min of meer bij de omstandigheden past. Ze kondigen hun orgasme aan: 'Ik kom kláááár!!!' Of ze roepen de naam van de geliefde. Met een vrouwennaam gaat dat beter dan met die van een man. Dat ligt aan het aantal lettergrepen. Vrouwen heten Linda, Annemarie, Chantal! Mijn man heet Ad. Daar vul je geen orgasme mee.

Met namen moet je een beetje uitkijken. Dat weet iedereen. Je roept al gauw de verkeerde, vooral als er sprake is van een wisseling van de wacht. In bed heb ik mij nooit vergist, maar het gebeurt mij geregeld dat ik Ad per ongeluk bij de naam van twee verloofdes geleden noem. Met die man ben ik nog innig bevriend. Wij spreken elkaar vaak en zo kan het gebeuren dat ik zijn naam met die van mijn verloofde verwar en omgekeerd. Met mijn broer heb ik dat ook en hij heeft het weer met de naam van zijn eigen vrouw en die van mij. Hij en ik zijn onze hele jeugd onafscheidelijk geweest en het heeft even geduurd voor we een beetje wilden inschikken om plaats te maken voor de echte liefde.

Toen mijn broer pas verkering met zijn vrouw had noemde hij haar soms per ongeluk Yvonne. Daar werd hij om uitgelachen.

'Ja, hoor eens,' verklaarde hij, 'een vrouw heet nu eenmaal Yvonne, tenzij het tegendeel is bewezen.' De laatste jaren noemt hij ons allebei Jellie.

Soms kun je aan de dingen die iemand tijdens het orgasme roept horen, hoe hij over seksualiteit denkt. Er zijn mannen die heel hard hoer! hoer! schreeuwen terwijl ze de daad voltooien. Vrouwen die seks eigenlijk vies vinden, schijnen ook pornografische mededelingen te doen. Een vriend van mij vertelde dat hij eens met een vrouw had gevrijd die almaar neuk mij, neuk mij riep. Hij had de grootste moeite die opdracht uit te voeren omdat hij zich niet van de gedachte kon losmaken dat zij die woorden ooit eens als ondertitel had gezien in een Engelstalige B-film. Nederlanders zeggen nooit neuk mij.

Ik heb een kortstondige romance gehad met een man die

keihard Engeltje!! Engeltje!! kermde, terwijl hij klaarkwam. Hij was katholiek.

Klaarkomen lijkt wel een beetje op niezen. Het begint met een prikkeling die nog zou kunnen wegebben. Dan neemt de aandrang toe en verandert in een ontembare golf die met heftige schokken tot ontlading komt.

Ik hoorde van een arts dat de vergelijking voor de hand ligt. Hoog in de neus bevindt zich weefsel dat, net als dat van de penis, de vulva en van de tepels, kan opzwellen. Wie had dat van een neus kunnen denken!

Niezen gebeurt onwillekeurig, maar je kunt een niesbui oproepen door een nagel tegen het neustussenschot te duwen. Dat heeft een fotografe mij geleerd. Zij wilde mannen fotograferen, terwijl ze niesden. In het begin van de fotoserie werkte ze nog met niespoeder, maar dat spul is gevaarlijk. Niemand weet hoeveel je ervan moet opsnuiven. Niespoeder is schadelijk voor het neusslijmvlies. Iemand wees de fotografe op de methode van de prikkeling van het neustussenschot.

Ik heb de foto's gezien en ze waren niet te onderscheiden van een serie, die een andere fotografe had gemaakt: zij fotografeerde klaarkomende mannen. Met dichtgeknepen ogen, de kaken opeengeklemd of hun gezicht vertrokken tot een grimas beleefden de mannen hun overgave.

Er bestaan theorieën over de vergelijking tussen de heftigheid van het orgasme en een niesbui. Ik heb eens gelezen dat uitbundige niezers ook bij seksuele ontladingen grote hoogtepunten bereiken. Ik denk niet dat een dergelijke stelling stand houdt, als je hem wetenschappelijk zou onderzoeken. Daarvoor zijn met het orgasme te veel emoties verbonden. Je kunt wel eens lekker niezen maar niemand zegt dat hij de sterren van de hemel heeft geniesd.

Misschien valt er wel een vergelijking te trekken tussen luidkeels niezen en het lawaai waarmee iemand tot zijn seksuele gerief komt.

Ik heb een paar mannen gekend die een ongelofelijk misbaar maakten terwijl de ejaculatie plaatsvond. Voor hen was het ondenkbaar dat ze er een woord bij zouden roepen of een naam. De uitbarsting van hartstocht was zo overweldigend, dat ze het uitschreeuwden van genot.

Ik heb dat altijd raar gevonden. 'Kom kom,' denk ik, 'je hebt dit toch wel eens eerder meegemaakt?'

Vrouwen vinden het in het algemeen gênant om geluid te maken bij lichamelijke verrichtingen. Als ze niezen proberen ze dat met een hoog tsjie! of tsjoe te doen en zware windstoten vermijden ze ook maar het liefst. Wanneer ze klaarkomen zetten ze de uiting van emoties kracht bij door te zuchten of te jammeren, maar loeien is er meestal niet bij.

Maar er zijn ook mannen die zich muisstil houden, al dendert er een orgasme door ze heen. Dat komt doordat ze geoefend hebben in stilletjes masturberen. Ze deelden in hun jeugd een slaapkamer met een broer of ze waren bang dat hun ouders zouden merken wat ze deden of Onze-Lieve-Heer. Daarom leerden ze zich geluidloos af te trekken.

Een man vertelde me een raadsel: welk lichaamsdeel gebruik je het meest bij de zelfbevrediging? Ik overwoog of het de handen waren, de geslachtsdelen of misschien de longen of het hart.

'Nee,' zei hij. 'De oren. Om te luisteren of er iemand aankomt.'

Het schijnt trouwens helemaal niet goed te zijn om je zo in te houden. Alle energie die loskomt slaat naar binnen, wat een enorme druk op het lichaam geeft. Een bevrijdende kreet van verrukking kanaliseert die kracht. Zachtjes niezen is ook niet raadzaam. De lucht die naar buiten had moeten suizen, wordt naar binnen geperst. Dat is slecht voor de kaakholten en voor de hersenen.

Niezen moet luid en duidelijk en het goedkeurende antwoord hoort te zijn: gezondheid!

Het vrouwencondoom

Toen ik zestien was, kreeg ik de pil. Het was eigenlijk de bedoeling dat ik nog een poosje wachtte met de coïtus, maar op een dag was het ineens gebeurd. Ik zat zoals altijd op zaterdagmiddag met Johan op zijn jongenskamer. Hij was zwijgzaam van aard en ik had alles al gezegd, dus gingen we op bed liggen. Dat deden we ook iedere week. Meestal kwam hij dan op me liggen en gaf twee minuten later blijk van een orgasme. Het ging allemaal zo vlug dat we nooit tijd hadden om ons uit te kleden. Dat kwam ook doordat zijn ouders ons kuis probeerden te houden. Om de vijf minuten kwam zijn moeder thee brengen en soms hoorde ik zijn vader roepen: 'Is die slet er weer? Laat die gasten toch eens van die kamer afkomen!' Maar deze keer ging het anders. Zijn vader was iets aan het repareren in de douchecel, iets waar de boormachine aan te pas moest komen, de boormachine schoot uit en na veel gevloek en gejammer verdwenen de ouders met de auto naar de eerste hulp. Het jongere zusje nam de kans waar en ging gauw de deur uit om patat te halen in de snackbar. Het huis was doodstil. Met een zenuwachtig gezicht begon Johan aan mijn kleren te sjorren en aan de zijne. Even later waren we naakt en neukten we.

Na afloop was er een plechtige sfeer. 'Misschien ben je wel in verwachting,' fluisterde Johan verrukt. Ik voelde het bloed uit mijn gezicht wegtrekken. Nee toch zeker! dacht ik, want zwanger, daar hoefde ik thuis niet mee aan te komen, na al die jaren seksuele voorlichting. Bovendien waren mijn ouders niet erg te spreken over onze romance, ze vonden Johan niet goed genoeg, omdat hij op de ambachtsschool had gezeten.

Doodsbenauwd telde ik de dagen tot de volgende menstruatie, die van de zenuwen een poosje op zich liet wachten. Na een week hield ik het niet meer en bekende mijn ouders wat er was voorgevallen.

'Ik ben bang dat ik zwanger ben.'

'Dat vind ik middeleeuws,' zei mijn vader afgemeten en las verder in zijn krant.

'Waarom heb je niet om een condoom gevraagd?' riep mijn moeder. 'Er was geen tijd,' zei ik bedremmeld. Zij had geen idee van het verschil tussen onze familie en die van hem. Zij zette nooit thee. Het zou voor de hand hebben gelegen dat we vaker bij mij thuis afspraken, maar dan had Johan ook een gesprek moeten voeren, want het was nu eenmaal de gewoonte bij ons thuis dat je af en toe iets zei en dat kon hij niet. Na goeiemiddag wist hij niet hoe het verder moest en de koele blikken van mijn ouders maakten het er niet beter op.

We waren al bezig een dokter te zoeken voor een abortus, toen ik toch nog ongesteld werd. Een week later had ik de pil. Het was een van de eerste merken, Lyndiol tweeëneenhalf en je had er vermoedelijk een nijlpaard onvruchtbaar mee kunnen houden. Tien jaar lang heb ik onbekommerd anticonceptiepillen geslikt, tot ik verliefd werd op een gesteriliseerde man.

Ik schoof de pillen terzijde en genoot van de vrijheid. Nooit meer hoefde ik na te denken of ik de pil niet was vergeten en de artikelen in tijdschriften over het verband tussen enge ziektes en de anticonceptiepil sloeg ik voortaan over. Maar onze liefde duurde niet lang en toen de volgende verloofde zich aandiende, moest ik me opnieuw bezinnen op voorbehoedmiddelen. 'Neem de pil,' raadde de nieuwe man aan, want dat leek hem wel gemakkelijk. Maar ik kon het niet meer. Ik kreeg maagpijn van de nieuwe merken, ook al waren ze nog zo licht en verantwoord vergeleken met de kanonskogels waarmee ik tevoren mijn vruchtbaarheid had bestreden en bovendien vergat ik ze steeds in te nemen. We probeerden condooms te gebruiken, maar daar kreeg hij niet alleen de slappe lach van en ten slotte viel de keus op de spiraal, zo'n klein elegant friemeltje dat eenvoudig te plaatsen zou zijn en drie tot vijf jaar kon blijven zitten. Het werd een slachting. Mijn uterus wrong zich in duizend bochten om het onding eruit te werken en ik kwam pas tot bedaren toen ik uren later een injectie met morfine had gehad. 'Je moet wat overhebben voor je liefdeleven,' zei mijn verloofde.

Het is natuurlijk niet eerlijk. Voor vrouwen zijn er wel zeven soorten pijnlijke, gênante, ongezonde, riskante en ongerieflijke voorbehoedmiddelen op de markt en voor mannen is er maar één: het condoom en dat trekt hij niet aan.

Daar heb ik al veel verhalen over gehoord. Een man vertelde me dat hij eens met een vrouw mee naar huis was gegaan. Ze zaten op de bank te zoenen toen de vrouw de bezigheden onderbrak. 'Zeg Maarten, als wij straks gaan neuken, wil ik wel dat jij een condoom aandoet hoor!' zei ze. De man declameerde de zin schaterlachend en toen nog eens en nog eens: 'Zeg Maarten, als wij straks gaan neuken, wil ik wel dat jij een condoom aandoet hoor!'

'En wat deed jij toen?' vroeg ik.

'Niks,' zei de man, 'en toen zei zij: "Als jij zo ambivalent tegenover het gebruik van een condoom staat, kun je nu beter vertrekken."'

Hij ging.

Ik zou ook niet weten hoe je een man duidelijk maakt dat je wilt dat hij een condoom gebruikt. Ik heb het een paar keer in mijn leven geprobeerd, maar de ene man deed net of hij niets had gehoord en ging extra hard kreunen, een andere grinnikte en negeerde mijn opmerking verder en de derde verloor zijn erectie. Ik heb dus nog nooit een condoom van dichtbij in actie gezien.

Tegenwoordig bestaat er ook een condoom voor vrouwen. In de krant stond dat een kwart van de vrouwen er tevreden over is en dat schijnt nogal veel te zijn. Ik heb een pakje gekocht, maar het viel me niet mee. Ik zal wel bij die driekwart horen die het vrouwencondoom helemaal niet zo'n aanwinst vindt. Voor een deel ligt dat aan mijzelf. Ik ben nogal vaginistisch. Als zich iets engs aandient bij de ingang van mijn vagina knijpen de spieren zich afwerend samen. Drie pakjes tampons kostte het destijds, voor ik er voor het eerst één van miniformaat naar binnen wist te loodsen. Het mag een wonder heten dat ik überhaupt een liefdeleven heb. Toen ik het vrouwencondoom uit de verpakking haalde wist ik het al: dat wordt niks. Uit het zakje kwam een vette kledder met twee ringen. De ene moest hoog in de schede gebracht worden volgens de aanwijzingen op de bijsluiter en de andere wordt buiten om de schaamlippen gevouwen of blijft als een loos mondje openhangen, wachtend op het bezoek.

Wat me vooral zo ontmoedigde was, dat de ringen zo groot waren. Een heel klein ringetje had ik misschien nog wel weggekregen, maar zes centimeter doorsnee zou me niet lukken, was mijn ervaring. Ik had het eerder meegemaakt, met een pessarium. Na twee vruchtbare, een gesteriliseerde, weer een vruchtbare en weer een gesteriliseerde verloofde, stond ik opnieuw voor de keuze hoe ik mij zou beschermen tegen ziektes en zaad. Omdat ik geen vaste verkering had, besloot ik het eens met een pessarium te proberen. Ik maakte een afspraak met een arts. Zij zou het pessarium aanmeten en mij leren hoe ik het in kon brengen. Ik had nog nooit zo'n ding gezien en ik wilde onmiddellijk rechtsomkeert maken. Een grote grijze dop grijnsde mij aan. 'Hebt u ook kleinere maten?' vroeg ik.

'Dit is de kleinste,' zei de dokter, 'en een pessarium is heus niet zo moeilijk te plaatsen, kijk, je kunt het samenknijpen, dan is het een slank voorwerp en schuif je het zó naar binnen.'

De ring van het vrouwencondoom kun je ook samenknijpen, dat moet zelfs van de bijsluiter, maar er was geen sprake van dat ik ook maar een centimeter toegang vond. Zo verging het de dokter met het pessarium ook. 'Ontspant u maar,' raadde ze aan. Na tien minuten machteloos wringen, gaven we de moed op en achteraf is dat maar beter ook. Ik heb wel eens gehoord dat het pessarium niet zo'n goed voorbehoedmiddel is. Een gynaecoloog die ik sprak zei dat de zwangerschap vooral wordt verhinderd door de zaaddodende pasta die je er bij gebruikt, niet door het pessarium zelf. Dat kon je net zo goed op je hoofd zetten, zei hij. Het was er in ieder geval groot genoeg voor.

Na een paar mislukte pogingen legde ik het vrouwencondoom op een schoteltje en bestudeerde de bijsluiter. Ik zou toch zeker niet de enige zijn die problemen ondervond? Maar nergens stond dat het moeilijk zou kunnen zijn het ding in de vagina te brengen, alleen dat sommige vrouwen graag een keer in afzondering wilden oefenen. Later wordt het iets waar je samen wat aan beleeft. 'Vrouwen die het vrouwencondoom regelmatig gebruiken, vinden het prettig het door hun partner – als onderdeel van het voorspel – in te laten brengen. Het condoom wordt zo een natuurlijk onderdeel van het vrijen.'

Dat hebben ze ook altijd beweerd van het mannencondoom, dat een vrouw er allerlei verleidelijke omtrekkende bewegingen mee kon maken, het met haar mond over de penis rollen, het liefdevol met de hand aanbrengen terwijl zij speelse beetjes geeft, vol verlangen roepend: 'O schat, doe een condoom om je heerlijke roede', maar de werkelijkheid is, dat de meeste mannen het condoom op zijn best een noodzakelijk kwaad maar nooit een erotische toevoeging vinden.

'Ik mag al blij zijn als een minnaar een erectie hééft,' zei een oudere vriendin, 'als ik een condoom tussen mijn tanden neem, raakt zo'n man onmiddellijk impotent en dat gaat de eerste vijf weken niet over.'

Een condoom is niet sexy, daar is het ook niet voor bedoeld. Je draagt het om een ernstige reden en als je het maar vaak genoeg gebruikt, wordt het op den duur een heel gewoon artikel. Maar het vrouwencondoom is wel erg onplezierig in de omgang. Het is groot en lelijk en daarbij druipt het van de olie. Als een man het inbrengen ervan, zoals de bijsluiter suggereert, opneemt in het voorspel en het liefdevol in de vagina steekt, krijgt hij enorm vette vingers. Ik heb liever niet dat hij die aan het beddengoed afveegt, of aan mij.

Ik zou ook niet goed weten wat er verder nog aan voorspel kan plaatsvinden als je eenmaal met die natte boterhamzak tussen je benen ligt.

Maar de onaangenaamste eigenschap merk je pas als de coïtus eenmaal is begonnen. Het vrouwencondoom maakt geluid. Het kraakt een beetje.

Dat is waarschijnlijk bij het vooronderzoek niet gebleken, anders had de fabrikant er vast wat aan gedaan, want die is erg trots op dit moderne product. In de bijsluiter worden alle voordelen opgesomd: het is geurloos en veilig, het is geschikt voor iedere vrouw, het is ook tijdens de menstruatie te gebruiken, het is dun maar het is sterk. Heel sterk. En daar maakt de fabrikant zich eigenlijk een beetje zorgen over. Het is bepaald niet de bedoeling dat een vrouwencondoom meer dan één keer gebruikt wordt, maar ik heb al een vrouw horen zeggen, dat ze het zonde vond om het weg te gooien. 'Het kan best mee in de wolwas,' zei ze, 'ik stop het in een panty, dan scheurt het niet. En voor glijmiddel kan ik zelf zorgen. Slaolie heb ik zat.'

De hijger

Ik heb weer een hijger, mijn derde in vijf jaar. Het is geen hartstochtelijke hijger, deze nieuwe, hij klinkt nogal uitgeblust, net of zijn eigen oneerbare voorstellen hem maar matig opwinden.

'Schatje, wil je lekker neuken?' vraagt hij als ik de telefoon aanneem.

'Hoe kom jij aan mijn telefoonnummer?' riep ik de eerste keer verontwaardigd uit. Ik heb al jaren een geheim nummer, dat komt door *Playboy*. Toen ik destijds in *Playboy* begon te schrijven, werd ik af en toe opgebeld. 'Met Theo,' kreunde een lezer, 'is het waar wat u allemaal schrijft? Over neuken, doet u dat echt?' Theo belde nog een keer of wat en hield het toen gelukkig voor gezien. De tweede hijger meldde zich kort daarna, een student, die mij wekelijks uitnodigde voor een stout feestje. Ik dook telefonisch onder.

De nieuwe hijger moet op goed geluk hebben gedraaid, maar hij heeft het nummer genoteerd, want de volgende dag had ik hem weer aan de lijn.

'Schatje, neuk je lekker?' vroeg hij.

Ik had er zo gauw niet van terug. Ik was bezig met een brief naar de Ontvanger der Directe Belastingen en ik ben toch al niet erg ad rem.

Op straat word ik ook af en toe aangesproken. Als dat hardop zou gebeuren, zou je met een gezicht van gewapend schokbeton door kunnen lopen, maar zo gaat het niet. De mededeling wordt gemompeld.

'Pardon?' zeg ik dan beleefd, want het kan een vreemde zijn, die verdwaald is zeker, en die moet je natuurlijk helpen.

'Ben je geil, schatje?'

Omdat alle hijgers en viezeriken ongeveer hetzelfde zinnetje zeggen, had ik een antwoord bedacht, een mooie lange reeks scheldwoorden. Ze liepen op van beledigingen omtrent zijn afkomst tot ernstige ziektes die ik de man toewenste en als uitsmijter had ik nog: 'Je hebt vast maar een heel kleintje!' Het was geen afdoend verweer.

Zo'n zin moet je er in één zwierige adem uitgooien en dat kan ik niet. Het duurt te lang voor ik genoeg van mijn verbazing ben bekomen om boos te worden, en de zin was te lang.

Vroeger had ik nooit hijgers, wel exhibitionisten. Vooral in de bosjes van de Scheveningseweg zaten ze. Ik heb lang in Scheveningen gewoond en als ik naar Den Haag liep, gebeurde het vaak dat er één tevoorschijn sprong. Toen het me de eerste keer gebeurde, schrok ik en keek gauw voor me, maar later wende ik aan het verschijnsel en riep ik aanmoedigingen. Ik heb zelfs eens geapplaudisseerd. Dat kwam doordat de voorstelling net afliep toen ik passeerde. In die tijd werden exhibitionisten niet serieus genomen, maar tegenwoordig vreest men dat verkrachters eerst een tijdje oefenen als exhibitionist. Dat vertelde een officier van justitie, die in een inrichting voor tbr-patiënten heeft gewerkt.

Het lijkt mij onwaarschijnlijk.

Net zoals hijgers zich trouw aan één tekst houden, kennen exhibitionisten weinig variatie. Alle vrouwen die ik vroeg naar hun ontmoetingen met ontblote onbekenden, kwamen met dezelfde verhalen, die ruwweg in twee categorieën in te delen zijn: de actieve en de passieve vorm. Er zijn exhibitionisten die ijverig masturberend langs de weg staan of die zich voor het raam van hun woning aftrekken, wachtend op ontdekking. Ik heb er zelfs een in een telefooncel aangetroffen, verbeten aan het werk, in de hoop dat er een dame zou passeren die hem aan zijn gerief zou schrikken. De andere soort is de klassieke potloodventer. Hij opent zijn jas om zijn geslachtsdeel te laten zien. Verder doet hij niks.

'Ik weet niet eens zeker of ik hem nou echt heb gezien of dat ik het me verbeeldde,' zei een vrouw, 'het ging zo snel! Ik zat in de tram en er stond een man naast me, een man met een regenjas. Hij had zijn handen in de zakken van zijn jas en door een gebaar viel die even open. Hé, een penis! dacht ik nog, maar ik weet het nog steeds niet zeker.'

'Vast wel,' zei een andere vrouw, 'ik heb er al twee keer een in het openbaar vervoer gezien. Onder hun jas hadden ze hun broek openstaan en het zaakje hing eruit.'

'Wat heb je gezegd?' vroeg ik.

'Gefeliciteerd met de opening van uw nieuwe zaak,' lachte ze. 'Nee hoor, zo gevat was ik niet. Ik zei niks.'

Niemand zegt wat tegen een exhibitionist, evenmin als tegen een hijger. Ooit heeft de NVSH geprobeerd het hijgen in gezonde banen te leiden. Er werd een hijglijn ingesteld. Mannen die er gebruik van wensten te maken, konden het nummer draaien en werden verbonden met een hulpverleenster, die toegeeflijke antwoorden gaf. 'Ja hoor,' zei ze, 'héél geil. Jij zeker ook. En natuurlijk wil jij neuken, dat is niet anders dan menselijk.'

Het was de bedoeling dat de hijger geleidelijk gesocialiseerd zou worden. Op den duur zou de hulpverleenster voorstellen dat hij eens probeerde samen met een gelijkgestemde partner te hijgen om ten slotte tot een goed gesprek en een zinvolle relatie te komen. Het plan mislukte, de lijn werd opgeheven. Tegenwoordig bestaan er sekslijnen.

Meisjes met zwoele stemmen en een salaris geven niet alleen sensuele antwoorden aan de klanten die bellen, ze hijgen zelfs een eindje mee op.

Voor exhibitionisten hebben we nog geen oplossing en ook niet voor vieze mannen op straat. Die moeten nog onbezoldigd te woord gestaan worden, maar daar zie ik sinds kort niet meer tegenop. Van een vriend die reclameteksten schrijft, heb ik een zinnetje geleerd. Het is kort, duidelijk en het helpt afdoende. Als iemand mij een onwelkom voorstel doet, zeg ik: 'Nee meneer, als ik wat snoep, snoep ik wat lekkers.'

Sport

Mijn moeder heeft het heel erg en mijn zuster iets minder: dinges. Als ze iets dringends willen mededelen, zeggen ze alleen de trefwoorden en alles waarvan ze aannemen dat je wel weet wat ze bedoelen, duiden ze aan met dinges. Of met je-weet-wel. Het ergste is, dat ik het inderdaad weet.

'Hoe heet het?' begint mijn moeder en ik zeg: 'Het Midden-Oosten?' 'Ja!' zegt ze opgelucht, want daar wilde ze iets over zeggen. Ze leest de krant zorgvuldig en als ze hem uit heeft, belt ze op.

Mijn zuster heeft, behalve dinges, nog: 'Zeg weet jij... o nee, laat maar.' Daarmee haalt ze de mensen in haar omgeving uit hun concentratie. Dat schijnt een veel voorkomende vrouwenziekte te zijn. Mannen roepen ook wel eens plotseling iets, maar dat is meestal tegen de televisie, als commentaar op een voetbalwedstrijd. 'Kijk nou toch, jééézes!!' brult een man en als je toesnelt om te kijken, is er niks te zien of alleen een herhaling in slow motion van iets wat je niet naar waarde weet te schatten.

Ik heb geen verstand van sport. Mijn moeder wel. Als mijn moeder opbelt en 'Hoe heet het' zegt, gebeurt het soms dat ik het niet weet, want dan bedoelt ze een tennisvedette of een voetballer. Er zijn niet veel vrouwen die van sport houden en er zijn er bijzonder veel die er zelfs een hekel aan hebben. Toch leven ze onbekommerd met mannen voor wie sport het middelpunt van hun bestaan is. Als het wielerseizoen is begonnen of als er een belangrijke serie voetbalwedstrijden is, zitten die mannen urenlang voor de televisie, terwijl hun vrouw probeert in de herrie een boek te lezen.

Ik ken een vrouw die al jaren lijdt onder een voetbalfanaat. 'Hij praat nooit gewoon met me, hij zit voor de televisie en praat met de commentator van het sportprogramma. Het klinkt of hij iets tegen mij zegt, maar als ik antwoord geef, kijkt hij verbaasd op.'

'Waarom ga je niet naar het café op voetbalavonden, of naar de bioscoop?' heb ik haar eens gevraagd. 'Je hoeft toch niet thuis te blijven zitten?'

'Maar ik wóón daar!' zei ze. Die vrouw is niet te helpen.

Een vriendin van mij heeft het beter aangepakt. Toen ze trouwde, heeft ze haar man een koptelefoon cadeau gedaan. Ze wist wat voor man ze in huis haalde. Hij houdt zoveel van sport, dat hij zelfs naar zwemwedstrijden kijkt. Als het sportprogramma begint, zet hij uit zichzelf de koptelefoon op en blijft onbeweeglijk zitten. 'Voor mensen die langskomen is het misschien een raar gezicht,' zegt mijn vriendin, 'vooral als er voetbalkampioenschappen zijn of de Tour de France. Dan zit hij zomaar drie weken op die stoel. Het is dan net of ik een grote begonia in huis heb in plaats van een man. Ik geef hem te eten en te drinken en hij staat een beetje in de weg. En als er Olympische Spelen worden gehouden en er 's nachts ook uitzendingen zijn, is ons liefdeleven een poosje opgeheven. Maar dat geeft niet. Aan mijn man mist een vrouw niet veel.'

Naar voetbal kijken is het leukst als je het zelf gedaan hebt; dan begrijp je het voetbalgevoel, dan weet je welke pass briljant was, welk doelpunt een kunstwerk. De meeste vrouwen hebben nooit gevoetbald, dus vinden ze er overwegend niks aan. Maar Nederland zou Nederland niet zijn als we niet voor iedere groepering die iets mist een reparatiewerkgroep hadden. Twee leraren hebben ooit een bijscholingscursus voor vrouwen bedacht, een cursus Voetbal Kijken. Het kwam doordat de vrouw van een van hen het zo ongezellig vond als haar man naar de wereldkampioenschappen op de televisie keek.

'Ik snap niet wat er leuk aan is, aan dat voetbal,' zei ze. Zoiets moet je nooit tegen een leraar zeggen, want dan slaat hij aan het uitleggen, net zo lang tot de stof erin zit. De twee leraren hebben een lesprogramma ontworpen, waarin de spelregels van het voetbal worden verklaard en het doel van het spel, zodat vrouwen die de cursus met vrucht hebben gevolgd, in ieder geval iets zien als ze naar een wedstrijd kijken.

Er zijn ongetwijfeld gegadigden geweest voor de cursus. Vrouwen trappen overal in. Toen de denksommen van de lagere school vervangen werden door Nieuw Rekenen, gingen moeders op bijles om te kunnen assisteren bij het huiswerk. Als hun kinderen op de middelbare school zitten, lezen ze de boeken van de boekenlijst. Ik maak me sterk dat heel wat vrouwen het nieuws bijhouden, niet omdat ze vinden dat ze op de hoogte moeten zijn van wat er in de wereld gebeurt, maar om de gesprekken om hen heen te kunnen volgen. Zelfs in vrouwenhuizen worden cursussen gegeven, terwijl je toch zou denken dat daar eindelijk paal en perk wordt gesteld aan de bereidwilligheid van vrouwen om een beter mens te worden.

Op de driezitsbank, naast hun echtgenoot, zitten vrouwen zich een hele voetbalwedstrijd lang, inclusief de nabespreking, hartstikke dood te vervelen. Het komt niet in ze op iets anders te gaan doen.

Misschien zouden ze moeten leren met andere ogen naar sport te kijken, niet om de spelregels te leren, maar met een stil genot. Tweeëntwintig jonge mannen met prachtige benen dartelen over het scherm. Vrouwen zijn meestal op hun mooist als ze op een meubelstuk gedrapeerd liggen, mannen wekken pas begeerte als ze ingespannen aan het werk zijn.

Er wordt vaak gezegd dat vrouwen op een andere manier naar erotiek kijken dan mannen en misschien is dat ook wel zo. Ik zou bijvoorbeeld graag eens een erotische foto zien van een naakte man die ruggelings onder zijn auto ligt om iets aan het chassis te repareren. Of van een glazenwasser die met een voet op het raamkozijn balanceert en met de andere op zijn ladder. Een mooie glazenwasser moet het zijn en de foto is van achteren genomen.

Maar voetballers op de televisie zijn ook heel mooi. Van de spannende momenten zien we een vertraagde herhaling, zodat geen wervelende beweging van hun gespierde lichamen verloren gaat. Alleen die lelijke kleren die ze dragen vind ik jammer van het uitzicht. Mogen die uit?

Liefde

Als ik in Friesland ben, ga ik altijd langs bij Jetske, mijn plattelandsvriendin. Jetske is veertig en twee jaar geleden heeft haar man haar in de steek gelaten voor een meisje van vijfentwintig die geurkaarsen verkoopt. Sindsdien is Jetske op zoek naar een nieuwe huisgenoot. 'Ik kan niet tegen de eenzaamheid en met vrouwen kan ik niet opschieten, dus wil ik een man,' zegt ze.

Het probleem is alleen een geschikte man te vinden. Dat valt niet mee, want Jetske weet het verschil tussen liefde en medelijden niet. De eerste aspirantverloofde die ze in huis haalde was een vrijgezel die diepe gevoelens in haar wakker maakte. Hij had zijn heup gebroken en was door zijn handicap aangewezen op hulp. Jetskes hart liep over van liefde. Hier was iemand die haar nodig had. Maar het liep niet goed af. Tegen de tijd dat de patiënt weer kon lopen, was het duidelijk dat hij niet alleen lichamelijk een beetje kreupel was. Hij zat zijn weldoenster achterna met ijzeren voorwerpen en hij was vaak dronken. Met de hulp van een agent en een potige buurman werd hij ten slotte het huis uitgezet.

De eerste weken was Jetske opgelucht, blij dat ze verlost was van de tirannie. Maar na een poosje begon ze weer rusteloos te worden. De eenzaamheid knaagde.

Van een vriendin had ze gehoord dat er een man was die een onderkomen zocht. Hij had zijn leven lang gevaren en zocht nu rust aan de wal. Hij wilde een vrouw. Net iets voor mij, dacht Jetske. Jammer genoeg was ze niet de enige die belangstelling had. Op de advertentie die de zeeman had geplaatst had hij veertig brieven gekregen. Veertig brieven van charmante vrouwen die hem dolgraag aan hun zijde wilden hebben. Om een verstandige keuze te kunnen maken logeerde de zeeman bij iedere dame een paar dagen. Zo leefde hij al een hele poos: van de ene tafel met delicate hapjes naar het volgende adres waar hij zich liet vertroetelen. Op Jetskes boerderij kwam hij heerlijk tot rust. Ze zal het nooit leren.

Mensen kiezen elkaar heel zorgvuldig uit, al zou je dat niet denken. Een echte vrouw, denken de mannen, is mooi, wispelturig, charmant en hulpeloos. Daarom vallen ze op een mooi, onbetrouwbaar, slecht gehumeurd vat zonder bodem. Een vriend van mij is gek op borsten. Hij heeft er ook verstand van. Hij weet precies hoe mooie borsten er uit horen te zien, welke soorten duurzaam zijn en welke verwelken na het dertigste levensjaar. Hij is getrouwd met een vrouw met supertieten. Ze is nu tweeënveertig jaar, maar haar borsten staan nog fier rechtop. Het enige droevige is dat hij er niet meer aan mag komen. Hij slaapt tegenwoordig in zijn studeerkamer en als zijn vrouw het over hem heeft, zegt ze steevast: hij-van-het-inkomen. Geen vriendelijke borsten.

Vrouwen kunnen er ook wat van. 'In een man moet een beetje rottigheid zitten,' zegt Fietje Brom van Café Brom altijd, 'anders is hij een slappeling.' Zelf komt ze wat dat betreft niks te kort. Iedere keer dat ze verliefd wordt, kost het haar een paar duizend euro. Ze valt nu eenmaal op oplichters. Ze denkt dat het aan hun sterrenbeeld ligt en vraagt voor de zekerheid altijd naar hun geboortedatum. Als die in de periode Ram valt, kijkt ze extra goed uit, maar het is geen waterdicht systeem.

Toch lijdt Fietje Brom er niet onder. 'Ik ben zelf ook niet zo'n lekkertje,' zegt ze, 'ik flik een man af en toe expres een kunstje. Als het allemaal te gemakkelijk gaat, verliest hij zijn belangstelling. Een man is tenslotte een jager.' Dat denken mannen zelf ook graag. Ze zien zichzelf dan als een roofdier, tot de tanden gewapend, op zoek naar een prooi. En alsof het om een buitenkansje gaat, veroveren ze een tirannieke theemuts.

Aardige mannen, die niet op Buffalo Bill proberen te lijken, liggen niet goed in de markt. Zelfs vrouwen die hun eenzaamheid dolgraag zouden willen uitbreiden tot twee personen, willen geen aardige man. 'Alle mannen zijn rotzakken,' zei een wanhopige vriendin, 'ken jij een man die geen rotzak is?' 'Ja hoor,' zei ik en begon ze op te noemen. 'Die slome!' riep ze. Er zou een hoop narigheid uit de wereld zijn als aardige mannen een kans kregen.

Het geheim van een gelukkig liefdeleven is eigenlijk heel eenvoudig. Verloofdes zijn er te kust en te keur, maar je moet goed weten waar je ze voor nodig hebt. Voor een rustig huwelijk kun je maar beter een sudderlap uitzoeken, een liefste met gevoel voor regelmaat en huiselijke hobby's. Voor een avontuurlijke verhouding zijn de mogelijkheden veel groter. Slechte eigenschappen, karakterfouten en andere gebreken zijn geen bezwaar, zolang je zo iemand maar niet in huis neemt. Maar de mensen zijn onverstandig, ze willen het allebei. Ze willen andijvie en een televisiekwis en 's avonds toch een prinses op hun erwt.

Zelf heb ik het ook vaak verkeerd gedaan. Ik zocht een interessante man en koos een broeierige zwijger. Ik dacht dat hij een peilloze diepgang had en ik bewonderde hem, maar in de dagelijkse omgang was het een ellende. Vragen die hij overbodig vond, liet hij onbeantwoord en als er bezoek was, staarde hij onbewogen voor zich uit, alsof hij op de tram stond te wachten. Later had ik een andere man, een kletskous. Die verpletterde me voortdurend met meningen.

De laatste tijd ga ik met een aardige man om. Hij is niet al te zwijgzaam en hij is beleefd tegen vreemden. En inderdaad, hij is een beetje sloom. De rotzakken laat ik over aan andere vrouwen.

Vies

Mijn vriendin heeft nieuwe buren. Ze zijn erg aardig, maar ze zijn naturist. Daar was mijn vriendin nogal onthutst over. Ze woont in een nieuwbouwwijk en de heg tussen de achtertuinen moet nog groeien. Ze zag tot haar schrik de buurman naakt op het gazon zitten. Hij knikte haar vriendelijk toe en maakte een praatje.

'Ik kreeg haast geen woord uit mijn mond,' zei mijn vriendin, 'ik kon maar naar één ding kijken.'

'Hoe zag dat eruit?' vroeg ik.

'Ach, gewoon,' zei ze, 'die man is zelf nogal doorsnee.'

'Een Opel Kadett,' knikte ik.

Er bestaat een Duits spreekwoord dat je aan een man zijn neus kunt zien hoe het met zijn penis gesteld is. Een andere theorie luidt dat je naar zijn handen moet kijken. Ik hou het op auto's. Hoe uitsloveriger de auto eruitziet waarin hij rijdt, hoe minder apparatuur de man zelf tot zijn beschikking heeft. Het is natuurlijk een grove meetlat, maar dat is die neus ook, en zo heel belangrijk vind ik het eigenlijk niet. Mannen maken er wel een probleem van, vandaar die auto's.

Toen ik achttien was, heb ik een kortstondige romance gehad met een zenuwachtige Amerikaan. 'Hoe vind je mijn penis?' vroeg hij toen we zaten te vrijen op de achterbank van zijn Chevrolet. 'Vind je hem niet te klein?'

Ik keek. Het was een onooglijk dingetje, maar het stond hoopvol rechtop.

'Ach,' zei ik, 'het maakt niet uit.'

Ik denk dat veel vrouwen dat antwoord zouden geven, ook al menen ze er niets van. Ik meen het wel. Mooi groot of lief klein, ik sta nergens van te kijken, als hij maar schoon is.

Daar tillen de mannen veel minder zwaar aan. Ik zou me doodschamen als ik een gele kring naast mijn gulp had, maar als je ziet hoe veel mannen met een vlek op die plek rondlopen, kun je maar één conclusie trekken: het kan ze niks schelen. Vies vinden ze juist lekker.

Drie verloofden geleden had ik een man die zijn sokken niet wilde verschonen. Als het aan hem lag, hield hij ze twee weken aan. 'Ik zweet nooit,' zei hij. Wanneer hij sliep of onder de douche stond, pakte ik de sokken tussen duim en wijsvinger en gooide ze in de vuilnisbak. Niet in de wasmand, want daar viste hij ze onbekommerd weer uit. Uit de vuilnisbak trouwens ook, maar dan zag hij wel in dat ze eerst in de was moesten voor hij ze weer aan kon.

Later had ik een man die wel iedere dag schone sokken aantrok, maar die zag weer geen heil in schoon beddengoed. Pas als het dekbed twee maanden op zijn bed lag, verving hij het. 'Mogen we alsjeblieft schone kussenslopen,' smeekte ik wanneer ik bij hem kwam logeren.

'Hoezo?' vroeg hij dan. Hij vond zichzelf een proper baasje en ik had smetvrees, volgens zijn diagnose.

In één opzicht had hij gelijk: hij was niet half zo vies als sommige andere mannen. Hij liet in ieder geval geen winden.

Ik vind het verschrikkelijk als mensen dat in het openbaar doen. Afgezien van de indringende geur die zich verspreidt, zie ik er een daad van onverschilligheid in en een gebrek aan respect.

Boeren en winden laten doe je wanneer er niemand bij is. Als je denkt dat je verloofde bijna hetzelfde is als niemand heb je onsympathieke opvattingen over intimiteit.

'Ben je nou helemaal!' riep een vriend tegen wie ik dat zei. 'Ik denk daar heel anders over.'

Hij vindt dat een liefdesrelatie pas echt in orde is als iedere scheet die zich bij de poort aandient, ombelemmerd een uitweg mag vinden. Het is zelfs nog krasser: dat privilege heeft destijds zijn huwelijk gered.

Hij was verliefd geworden op een meisje dat veel mooier, spontaner en vooral ook jonger was dan zijn eigen vrouw. Hij flirtte met haar en tot zijn vreugde ging ze op zijn avances in. Ze vond hem een interessante, gevoelige, iets oudere man. Er volgde een stormachtige periode waarin zijn vrouw smeekte, dreigde en huilde en hij haar bezwoer dat hij de liefde van zijn leven had gevonden. Hoezeer het hem ook speet voor haar, hij moest zijn hart volgen.

Binnen drie maanden was hij terug. De liefde van zijn leven was tegengevallen. Ze hadden een kleine flat gevonden in een buitenwijk. Met veel plezier hadden ze hem ingericht en een begin gemaakt aan wat een lang en gelukkig samenzijn moest worden. Op een avond zaten ze genoeglijk naar de televisie te kijken. Ze hadden lekker gegeten, chili con carne met veel knoflook. Hij voelde dat de bonen begonnen op te spelen en tilde een bil op. Pwwwt, klonk het. Zijn nieuwe vriendin vloog overeind.

'Wat doe jij nou?' vroeg ze.

'Dit!' zei hij met een schaapachtig lachje en liet er nog een. 'Het zijn de bonen.'

Het werd hun eerste grote ruzie. Zij eiste dat hij zijn lichamelijke processen beteugelde, hij vond dat er niets verkeerds stak in een windje.

'Ik hoef toch niet met een buik vol gas te blijven zitten omdat zij niet tegen de lucht kan? Je ruikt het maar heel even, het is zó weg. Thuis mocht het ook.'

Dat laatste had hij hardop gezegd en toen waren de rapen gaar. Hij had gauw zijn excuses aangeboden en alles leek weer in orde, tot hij opnieuw een keer een wind liet, 's ochtends, in bed.

'Hij moest er even uit,' had hij ter verdediging aangevoerd, maar het meisje was woedend. Ze vond het een smerige gewoonte. 'Ik deed het maar één keer!' vertelde hij verongelijkt. 'Bij mijn vrouw deed ik het iedere morgen. Dat vond zij ook niet zo leuk, geloof ik, maar ze was eraan gewend.'

Het zag er niet naar uit dat deze geliefde eraan zou wennen en ineens had hij gedacht: 'Wat moet ik hier eigenlijk nog?'

Die meid was een lekker ding, daar ging niks vanaf, maar als hij niet eens een scheet mocht laten, wat was dat dan voor een verhouding?

'Het is een ijkpunt,' verklaarde hij nu stellig. 'Als je geen wind durft te laten in het bijzijn van je geliefde, dan deugt er iets niet aan je relatie.' Hij keek me uitdagend aan.

Ik weet dat er veel mannen zijn die er zo over denken, maar ik blijf ferm op mijn standpunt staan. Er wordt niet geruft in mijn huis, tenminste niet opzettelijk. Wanneer het per ongeluk gebeurt, doe ik net of ik niets heb gemerkt. Dat gebiedt de beleefdheid, maar ik vraag me wel eens af of het zin heeft een man met hoffelijkheid tegemoet te treden. Je ziet er maar zo weinig van terug.

Een paar jaar geleden had ik een afspraak bij mij thuis met een clandestiene minnaar. We vielen elkaar in de vestibule al in de armen en liepen meteen door naar de slaapkamer. De man had een schitterend lichaam en ik knoopte gretig zijn kleren los. Zo ontdekte ik dat hij geen onderbroek droeg. Was dit bedoeld als speciale verrassing?

'Nee,' zei hij verontschuldigend, 'ik had vanochtend een natte scheet gelaten en ik wilde niet met een vieze onderbroek bij jou aan komen zetten, dus toen heb ik hem maar uitgetrokken.'

Ik kneep mijn ogen tot spleetjes. Dit was wel een erg openhartige man.

'Heb je hem weggegooid?' vroeg ik.

'Nee,' zei hij, 'ik heb hem in een kantoorenvelop gestopt,

zo'n kartonnen. Vanavond doe ik hem thuis wel in de wasmand.'

Hij begreep niets van mijn terughoudendheid ten aanzien van lichaamsfuncties. Hij hield zich niet in.

'Zo, nu ga ik lekker bouten!' kondigde hij aan als hij een aandrang in zijn darmen voelde. Hij vond het knus als ik op de hoogte was van zijn stoelgang. Dat hebben meer mannen. Ik weet van vrijwel niet één vrouw hoe het met haar stofwisseling gesteld is, zelfs niet van intieme vriendinnen, maar ik hoef een man maar een beetje te kennen of ik krijg mededelingen over zijn prestaties op de plee. 'Hè-hè, dat lucht op!' zegt hij als hij terugkeert van een bezoek aan de wc.

'O, dat doe ik ook!' riep een vrouw die ik via haar man ken. 'Ik kondig het ook altijd even aan als ik moet poepen en ik kan het niet laten om "hè-hè" te zeggen als ik terugkom.'

'Dat weet ik,' antwoordde ik afgemeten. Ik moet niets van dat mens hebben. Ik weet van haar man, een lieve man die nooit vieze geluiden maakt, dat ze haar maandverband in de badkamer laat slingeren en dat ze daar niets verkeerds in ziet.

'Waarom zou ik me schamen?' vindt zij.

Ik denk dat zindelijkheid niet uit schaamte voortkomt maar uit wellevendheid en ik ben ervan overtuigd dat vrouwen die anderen onuitgenodigd met hun afscheidingen confronteren dat kwaadaardig bedoelen. In sommige huizen zie je op de wc een plank waarop, naast de rollen papier, pakken maandverband staan en tampons. Nooit de reguliere uitvoering, maar Maxi Absorptie Vermogen en Superplus, alsof er in dat huishouden voortdurend een bloedbad dreigt.

Mannen doen niet vies uit wrok, ze vinden het vermoedelijk gezellig. Wanneer een man zich op zijn gemak voelt, laat hij al spoedig zijn moeizaam verworven manieren vallen. In de file zit hij knus uit zijn neus te eten of in zijn oren te peuteren. Hij veegt onder zijn oksels en ruikt eraan, hij krabt aan zijn gat of aan zijn scrotum.

Zijn huis is zijn paleis, maar daar regeert zijn vrouw. In de auto is hij in zijn eigen kot. Zielsgelukkig wentelt hij zich daar in de modder.

Schetepeet

Ik ging met een huisarts naar de opera. Terwijl we achter een dame op leeftijd de zaal in schuifelden, keek ik naar haar benen. Haar rechterenkel bolde over de schoenrand heen en ze liep moeizaam, alsof ze een te zware boodschappentas droeg. Bij iedere stap schommelde ze van links naar rechts. Dat heet de Trendelenburggang, heb ik van een andere dokter geleerd.

'Wat heeft die mevrouw?' fluisterde ik tegen de huisarts, 'hartklachten?'

Als ik in het gezelschap van artsen verkeer kan ik het niet laten het diagnosespel met ze te spelen. Wanneer ik iemand voorbij zie komen die hinkt, krom loopt of vlekken op zijn huid heeft, vraag ik wat eraan scheelt. De dokter trekt dan een peinzend gezicht en gaat bij zichzelf te rade. Ik weet niet waarom ik dat zo leuk vind. Ik zie mannen graag aan het werk, dat is zeker een van de redenen, maar aan een automonteur zal ik niet gauw vragen hoe hij vindt dat de motor van een voorbijkomende auto klinkt en deze huisarts was een vrouw.

Ze wierp een snelle blik. 'Nee, geen hartklachten,' fluisterde ze terug, 'ze heeft maar één dikke enkel. Waarschijnlijk heeft ze een trombosebeen.'

Ik ben met het diagnosespel begonnen toen ik verkering kreeg met een tropenarts. Als wij gingen wandelen, vertelde hij onderweg welke aandoeningen hij zoal zag voorbijkomen en dat vond ik interessant. Er is misschien een enthousiaste collega aan mij verloren gegaan. Ik heb vroeger wel overwogen medicijnen te gaan studeren maar ik was niet goed in wiskunde. Dan word je niet toegelaten tot de medische faculteit.

Psycholoog ben ik geworden. Ik kan ook van alles aan de mensen zien, maar dan op het emotionele vlak. Ik zie aan hun lichaamshouding en aan gebaren hoe het met ze gaat, ik hoor het aan hun stem. Iemand die een slechte dag heeft, praat lager en vlakker dan iemand die vrolijk is. In een opgewekte stem klinken hoge tonen.

Toen ik pas was afgestudeerd vroeg er wel eens iemand of ik uit hoofde van mijn beroep door de mensen heen kon kijken. 'Nee,' antwoordde ik dan streng, want de wetenschap is geen circuskunstje.

Een psycholoog leert alleen naar gedrag te kijken. Je kunt je niet níét gedragen, staat in het leerboek, alles wat iemand doet, heeft een betekenis. In de psychotherapie mag je ook nog iets over gevoelens zeggen, maar eigenlijk valt dat al onder magie verkopen.

Ik ben allang niet meer in bedrijf als psycholoog, maar ik kijk nog steeds naar gedrag, niet naar opzettelijke handelingen, maar naar onbedoelde mededelingen.

Ik stond eens met een journaliste te praten. Waar we het over hadden, weet ik niet meer, want ik lette niet op haar woorden. Ik keek naar haar T-shirt. Er zaten kleine bolletjes in het weefsel, de stof was aan het pillen. Zo noemen ze dat in de winkel. Als textiel gaat pillen, is het mooie eraf. Dan is de grens tussen kledingstuk en poetsdoekje overschreden. Waarom koopt iemand met een goedbetaalde betrekking geen nieuw T-shirt? vroeg ik mij af. Het antwoord was niet moeilijk te bedenken: omdat zij niet wedijvert met andere vrouwen. Het kan deze journaliste niks schelen of men haar goedgekleed vindt of niet. Ze heeft een man, drie kinderen, leuk werk en als ze uitgaat, zit ze met andere journalisten in het café te praten over de journalistiek. Daar hoef je geen baljurk bij aan.

Aan liefdesparen kan ik ook van alles zien. Onwillekeurig geven ze afwerende of juist aanlokkende signalen aan de ander, ze kijken elkaar aan of draaien hun geliefde almaar de rug toe. Ze gebruiken speciale woorden en woordjes om te laten weten hoe ze over elkaar denken.

Ik zat eens bij een echtpaar in de auto. Hij reed. We naderden een stoplicht.

'Je moet hier linksaf, Robert,' zei de vrouw. Ze hield haar ogen strak op de weg gericht.

O jee, dacht ik, Robert. En dan ook nog die starre blik.

Mensen die van elkaar houden, noemen elkaar vrijwel nooit bij hun volle naam. Ze korten Robert af tot Rob, Robbie of ze noemen elkaar schat.

Schat is een twijfelachtig woord. Er kan een wereld van tegenzin in opgeslagen liggen. 'Schat, ik denk niet dat ik zondagmiddag zin heb in die familie van jou.' Maar de eerste keer dat iemand schat tegen je zegt, weet je dat het de bedoeling is dat de romance nog lang zal duren. Je noemt een vlinder voor één nacht geen schat. Wel lekker ding of moppie.

Ik maakte me zorgen over Robert en zijn vrouw. Stevenden ze op een scheiding af? Ik vroeg het aan een vriendin die geregeld bij hen over de vloer komt.

'Nee hoor,' stelde ze me gerust, 'het gaat uitstekend met ze. Laatst zei ze nog schetepeet tegen hem.'

Schetepeet!

Dat is een erg vies woord maar wel een goed teken.

'Hoe noem jij die van jou eigenlijk?' vroeg ik aan de vriendin.

Ze bloosde. 'Koekelie,' antwoordde ze, 'en smulletje.'

'Gadver,' zei ik, maar ik knikte haar prijzend toe. Hoe idioter de koosnaampjes, hoe beter het gaat met de liefde. Het woord schat kun je heel goed als een dolk laten klinken, met koekelie is dat onmogelijk.

Ik ken twee mensen die al heel lang bij elkaar zijn. Ze zijn niet getrouwd, want in de jaren waarin zij elkander leerden kennen, was trouwen uit de mode. Ze wonen samen. Behalve tafel en bed delen ze een liefhebberij. Ze houden van boten. Waarschijnlijk komt het door de scheepstermen dat zij hem is gaan aanspreken met Oudste. Dat is bij de haringvisserij een erenaam, zo wordt de kapitein genoemd. Oudste wordt soms afgekort tot Oud. Deze vrouw noemt haar man Oud: 'Oud, we gaan naar huis!'

In het begin vond ik het grappig dat ze dat zei, maar de laatste jaren klinkt haar Oud steeds meer als de verstreken datum van iets dat vroeger vers was, niet als een bijnaam.

Vrouwen hebben niet veel bestanddelen nodig om gif te mengen.

Ik ken een echtpaar van wie de man een snor heeft. Zijn vrouw spreekt hem aan met Snor, alsof ze dat wel voldoende vindt. Het zou kunnen zijn dat zij zielsveel van hem houdt, maar telkens als ik haar Snor hoor zeggen, ben ik bang dat ze van de rest van de man al lang geleden afstand heeft genomen.

Zelf ben ik tamelijk ingetogen als ik mijn verloofde roep. Ik kom niet verder dan de verkleinende vorm van zijn naam. Hij noemt mij Yvonne. Dat vind ik al heel wat, want de verloofde met wie ik het langst verkering heb gehad, zei helemaal niks. Die begon gewoon te praten als hij wat te zeggen had. Als hij het tegen iemand anders over mij had, zei hij zij. En dan knikte hij even in mijn richting.

Een vroegere buurman van mij sprak de naam van zijn vrouw ook nooit uit. Ik heb jarenlang niet geweten hoe zij heette, want ik zei buurvrouw tegen haar en hij zei: 'Zeg es!'

Op een dag kwam er een familielid van hem op bezoek. In de jaren vijftig was hij naar Canada geëmigreerd en hij sprak nog maar gebrekkig Nederlands. Bij het afscheid bedankte hij de gastvrouw voor het onthaal. 'Dag Zegges,' zei hij, 'dankjewel voor het lekkere eten.'

Dit verhaal hoorde ik van iemand die in dezelfde straat woonde, een paar nummers verderop. Daar woont hij nog steeds. Hij is gelukkig getrouwd met zijn liefde van vroeger. Hoe zij heet is me ook ontschoten, het was Marieke of Marijke, maar het kan ook Mariëtte zijn geweest. De meeste mensen noemden haar Puck. En als hij in de ochtend de deur uit ging, zei hij: 'Dag zoentje.'

Het antwoord was: 'Dag kusje.'

Die worden samen oud.

Spontaan intiem

Af en toe word ik uitgenodigd om op een congres te komen spreken. Deskundigen uit de beroepsgroep houden daar een lezing met lantaarnplaatjes uit de computer, er wordt kort gediscussieerd en dan kom ik. Ik ben al eens opgetreden voor technici in de gezondheidszorg, voor vastgoedexperts en voor urologen. Meestal heb ik geen verstand van het onderwerp van het symposium, maar probeer ik er toch wat van te maken door mee te doen met het vakjargon. Van de vastgoedwereld heb ik het woord Vinex-locatie geleerd en van de technici het begrip domotica.

Het congres van de urologen ging over impotentie en het werd gehouden in de tijd dat er nog maar net Viagra op de markt was. Maar de merknaam werd door de sprekers niet genoemd, wij spraken over sildenafil. Zo heet het werkzame bestanddeel van Viagra, en iedereen die zonder struikelen sildenafil kon zeggen, hoorde erbij.

Ik was het woord al bijna vergeten, maar onlangs zag ik in de wachtkamer bij de huisarts een reclamefolder met een foto van een dansend echtpaar van middelbare leeftijd. Het ging om een middel tegen erectiestoornissen. 'O ja,' mompelde ik, 'sildenafil', maar het bleek ineens tadalafil te heten.

'Samen spontaan intiem zijn,' begon de wervende tekst, 'ook samen dansen hoort daarbij!' Aan de folder zat een waaier van kaartjes gehecht, waarop de danspassen van allerlei klassieke stijldansen werden uitgelegd.

Ik bekeek het eerste plaatje, dat was de samba, de Dans

van de Vrolijkheid. De vrouw begint met de rechtervoet achterwaarts, dan sluit ze de linkervoet aan.

Ik heb eens geprobeerd de samba te leren. Ik zou met een vriendin meegaan naar een speciale club waar Zuid-Amerikaanse dansmuziek werd gedraaid. Zij was verliefd op een Chileen. De Chileen had een keer met haar gevrijd, maar na die ene keer dat hij na het dansen bij haar was blijven slapen, liet hij niets meer van zich horen. Zij had zijn adres niet en nu ging ze ieder weekend op zoek. Ik moest met haar mee, anders dacht de Chileen – mochten we hem tegenkomen – dat ze hem zocht.

'Ik leer je de samba dansen,' zei ze.

Ik ben maar één keer met haar meegegaan naar de dansclub, daarna wilde ik niet meer. Ik vond de mannen die er kwamen te gretig. Meestal houden mannen niet erg van dansen, maar de bezoekers van deze club stonden te dringen. De man die mij had gevraagd wachtte mijn antwoord ternauwernood af. Hij pakte mijn hand en voerde mij mee de dansvloer op. Daar perste zijn lichaam tegen dat van mij en begon heftig te bewegen op de maat van de muziek. Dat vond ik al verschrikkelijk maar ineens voelde ik dat hij ook nog een erectie kreeg. Uit alle macht probeerde ik de aanraking met het obstakel in zijn broek te vermijden. Ik maakte mijn rug zo hol mogelijk om mijn heupen ver bij hem vandaan te houden.

Zo dansen levert de juiste houding op voor de Argentijnse tango, de Dans van de Passie, kaartje twee. De man stampt met de rechtervoet op de plaats en zet de linkervoet naar voren. De rechtervoet gaat naar voren, dan weer de linker en dan volgt een stap met de rechtervoet naar rechts.

De Argentijnse tango is zo'n belangrijke dans dat er speciale scholen zijn waar je hem kunt leren. Mijn zuster is een poosje op zo'n cursus geweest, maar ze is er weer mee opgehouden. Ze vond het niet plezierig om borst aan borst, wang aan wang te dansen met een man die ze niet goed kende.

Ik vertelde haar van de samba en de man met de erectie. Ze keek mij vol afschuw aan.

'Dat heb ik ook eens meegemaakt!' riep ze uit. 'Niet met een Zuid-Amerikaanse dans, maar gewoon met de foxtrot. En die man beweerde nog glashard dat het zijn mobiele telefoon was.'

Ik ken maar één vrouw die geen afkeer heeft van een danspartner met een erectie.

Zij is er juist op uit. 'Ik ben trots als ik dat voor elkaar krijg!' vertelde ze.

'Dat méén je niet!' riep ik uit.

'Jawel,' antwoordde ze, 'ik ben tweeënzestig. Er zijn niet zoveel vrouwen van mijn leeftijd die een man nog echt kunnen opwinden.'

Misschien hebben de meeste vrouwen van haar leeftijd er ook minder aardigheid in om een man op seksuele ideeën te brengen.

'Dat zou kunnen,' gaf ze toe, 'ik heb misschien wat in te halen. Ik ben heel beschermd opgevoed. Ik wist van niks. Ik dacht dat een erectie betekende dat een man van je hield. Ik vond ook dat ik hem niet in die toestand kon laten zitten, dat ik er wat aan moest doen.'

En dat deed ze dan, spontaan intiem. En daarna was ze teleurgesteld omdat de man in kwestie niet meer liefde voor haar bleek te voelen dan de opbrengst van die vijftien centimeter. Ook voor die gevoelens stond er een dans op een van de kaartjes, de Engelse wals, de Dans van de Melancholie.

Ik kan goed walsen. Het is een dans waar je niet zoveel voor hoeft te oefenen. Drie passen hoef je maar in te studeren, en dan wals je al dat het een lieve lust is. Het enige probleem is dat er vrijwel geen mannen zijn die mééwalsen. Ze hebben er geen belangstelling voor, ze vinden de wals ouderwets.

Alleen oude mannen met een hogere beroepsopleiding

kennen de Engelse wals nog, ze hebben hem in hun jeugd geleerd. Daar bewaren ze doorgaans geen goede herinneringen aan. Op hun twaalfde werden ze naar dansles gestuurd. Op die leeftijd zijn jongens nog niet in de puberteit. Meisjes wel. Die hebben al vormen en ze steken wel twintig centimeter boven de jongens uit.

Zodra de dansleraar het commando geeft, moeten de heren de dames ten dans vragen. Met een rood hoofd van schaamte sloffen de jongens op de meisjes af en moeten de minachtende blikken verduren die van grote hoogte op hen neerdalen. Dat is geen voorspoedig begin voor een liefhebberij.

Er stonden nog meer dansen in de kaartjeswaaier, de Dans van de Zorgeloosheid, de Dans van de Romantiek, die van de Sensualiteit en van de Liefde. Alle ingrediënten voor het doel van al dat dansen, spontaan intiem zijn, stonden opgesomd, maar in plaats van vertrouwen in de goede afloop, voelde ik twijfel. Misschien is dansen niet de beste weg om tot een seksuele ontmoeting te komen. Je ziet er te veel aan af. Mannen die op de dansvloer van de quickstep al een polka maken, veranderen in bed niet plotseling in verfijnde liefdespartners. Dat weten ze zelf ook wel, daarom blijven ze narrig aan de kant staan.

Mannen die wel goed dansen, zijn vaak ook niet geschikt om mee te vrijen, tenminste niet voor een vrouw. Ze zijn homoseksueel of je zwager of ze zijn zo thuis in de vrouwenwereld dat je ze nergens mee kunt betoveren. Ik ken een man die zo is. Henk heet hij en hij is postbode. Hij is de jongste zoon van een groot Brabants gezin waar ik vroeger geregeld op bezoek kwam. Als er een familiefeest was, danste Henk met alle vrouwen. Dat was zijn taak. Terwijl de andere broers en zwagers zaten te kaarten en bier dronken, werkte Henk met het zweet op zijn gezicht alle tantes, nichten en schoonzusters af. Je zou zeggen dat de andere mannen hem benijdden om zoveel spontane intimiteit, maar voor zover ik weet, werd Henk juist niet erg serieus genomen.

Het dansen is begonnen toen Henk van zijn huisarts een drankverbod kreeg. Hij kon geen maat houden, tenminste niet met de inhoud van een fles. Op de dansvloer bleek hij dat juist wel te kunnen. Daardoor werd hij door alle vrouwen van de familie ingezet en door de mannen meedogenloos overgeslagen. Ze schudden hun kaarten, bestelden nog een rondje en lieten de muziek voor wat hij was. Aan hun lijf geen polonaise.

Sleur

De natuur is een slechte moeder. Om een soort in stand te houden, verschaft ze niet meer dan het hoogstnoodzakelijke. Moeflons moeten het doen met een maand bronst, vogels krijgen een seizoen en apen apenliefde. Voor de mens vindt de natuur een jaar of twee wel voldoende. Dat is de tijd waarin twee mensen elkaars onweerstaanbare aantrekkingskracht moeten ondekken, een liefdesrelatie beginnen en een kind krijgen. De natuur weet niks van voorbehoedmiddelen.

Aan een ware Jakob heeft ze ook al geen boodschap. Twee jaar krijgt een paar toegemeten en daarmee basta. Eerst merken de liefdespartners nog niet dat de natuur haar handen van hen heeft afgetrokken. Ze houden evenveel van elkaar als tevoren, maar allengs verandert er iets. Als zij hem onderweg een arm geeft, is dat niet meer omdat ze iedere seconde dat ze elkaar niet aanraken als een verloren seconde beschouwt, maar omdat ze verkeerde schoenen aan heeft. Hij overweegt weer eens te gaan biljarten.

Ik heb eens een verontrustend artikel in een tijdschrift gelezen: 'Doe het eerste jaar van je romance iedere keer dat je met elkaar naar bed gaat een boon in een pot. Neem na dat eerste jaar voor iedere keer dat je vrijt een boon uit de pot. Die pot komt nooit leeg.' Ik denk dat het waar is. Tegen de tijd dat liefdespartners niet meer spontaan trek hebben in een tongzoen, zijn de hormonale wittebroodsweken voorbij en moeten ze hun romance op eigen kracht spannend zien te houden. Dat is moeilijk, vooral in bed.

Omdat mensen die vaak met elkaar naar bed zijn geweest precies weten welke aanrakingen effect sorteren, doen ze alleen nog die. Het resultaat is een muziekcassette met enkel hoogtepunten. Die draai je na verloop van tijd niet meer. 'Onze liefde is een sleur geworden,' hoorde ik iemand op de radio zeggen. Het was een informatief programma en het onderwerp was de eeuwige liefde. Luisteraars konden opbellen en suggesties doen om slijtage in relaties te voorkomen of te repareren.

De meest voorkomende raad was praten. Een goed gesprek, vonden de luisteraars, deed wonderen. Ik was het niet met ze eens. Wanneer zou je zo'n gesprek moeten voeren? In bed soms?

'Jaap, we moeten praten.' Met de meeste mannen heb je meteen ruzie als je zo begint.

Praten over seks met je eigen minnaar is een hachelijke zaak. De ander luistert met argwaan: doe ik het niet goed genoeg? En al wordt het een opgewekt gesprek, dan nog geeft het een raar gevoel als je diezelfde avond in elkaars armen ligt. Het is alsof je een forel krijgt opgediend die je zelf in het aquarium hebt mogen aanwijzen. Daar heb je hem, denk je.

Er waren nog meer raadgevingen, maar die gingen allemaal over zwoel ondergoed, kaarslicht en oesters. Het is niet iedereen gegeven geregeld champagne en kaviaar te serveren en het lijkt me ook nogal tijdrovend. Wanneer moet dat? In het weekend? Ieder weekend? Moeten de kinderen eerst naar bed?

Ik denk dat het veel eenvoudiger kan: met wellevendheid.

Het geheim van verliefdheid is dat twee mensen elkaar heel bijzonder vinden. Tegen de tijd dat de verliefdheid heeft plaatsgemaakt voor echte Liefde, vinden ze elkaar doodgewoon. De eerste maanden voeren ze elkaar exquise hapjes, later is het: 'Moet jij een frikadel?' Het is verbazend hoe onbeleefd ze tegen elkaar worden.

Ik herinner me hoe mijn ouders uit wandelen gingen. Mijn vader liep een paar meter voor mijn moeder uit en zij sukkelde er op een drafje achteraan. De enige hoop om hem bij te benen was dat een etalage zijn aandacht trok, zodat hij even bleef staan. Binnenshuis was hij wel galant. 'Zal ik een sinaasappeltje voor je schillen?' bood hij haar aan, maar nu was het mijn moeders beurt om zich als een hork te gedragen: 'Rot op met je si-naas-ap-pel-tje,' hoonde ze. Toen mijn ouders ouder werden en mijn moeder invalide, wandelden ze niet meer. Ze gingen met de auto en als mijn vader een sinaasappel at, gaf hij mijn moeder de helft. Het huwelijk beleefde zijn beste jaren.

In bed is het nog veel belangrijker om wellevend tegen elkaar te zijn. Ook al heb je talloze keren met iemand verkeerd, dan nog moet je net doen alsof het de eerste keer is. Ik word woedend als een minnaar me vastpakt alsof hij op zijn fiets stapt. Ik denk dat vrouwen daarom ook zo kwaad worden als iemand ze een klap op hun bil geeft. Blijf af, plurk! denkt ze, ook al is die man haar eigen echtgenoot.

Maar vrouwen zijn ook onbeleefd. Ze lachen hun man uit in gezelschap, ze spotten met zijn geslachtsdelen, ze honen hem om zijn mannelijkheid. Daar kan hij wel tegen, denken ze, hij is toch zo stoer? Maar dat is hij helemaal niet, een man krimpt niet alleen geestelijk in elkaar wanneer zijn vrouw hem beschimpt.

Seks is geen zak patat. Ik vind dat mensen elkaar hoffelijk tegemoet moeten treden. Als je met iemand naar bed wilt, moet je diegene beleefd uitnodigen, ook al ken je elkaar al twintig jaar. En na afloop geef je een zoen: dank u wel voor het orgasme.

Beroep

Er is een café in de stad waar ik liever niet kom. Ik krijg er ruzie. Van huis uit ben ik vredelievend, maar in dat café staat een beest in mij op. Het ligt aan de clientèle. Die bestaat uit corpsballen van alle leeftijden. Als ik die bekakte tongval hoor, ben ik al kwaad. Dat is eigenlijk vreemd, want ik heb mijn leven lang nooit iets te maken gehad met corpsballen. Ik heb wel in Leiden gestudeerd, maar in die jaren was de corpsbal nagenoeg uitgestorven. Ik begrijp dus niet goed waar ik me nou zo druk over maak.

Het is het enige café waar ik ruzie maak, dus dat valt nog mee. Ik heb een vriendin die bijna nergens kan komen zonder dat het op herrie uitdraait. Zij kan niet tegen gelijkhebbers en daar zitten er nogal wat van aan de bar.

'Als zo'n vent zijn mond opendoet, wil ik hem meteen dichttimmeren,' zegt ze.

Ik ben er al een paar keer bij geweest dat zij ruzie kreeg en volgens mij kan ze ook maar beter niet in het corpsballencafé komen, want haar woede richt zich op precies dat soort mannen, inderdaad gelijkhebbers.

Haar afkeer kan ik trouwens wel verklaren. Haar vader is advocaat. Bij haar ouders thuis voert er maar één het woord en dat is hij. Ik heb hem wel eens ontmoet en ik vond het een charmante kerel, maar ik kan me voorstellen dat je zo iemand liever niet als vader hebt. Advocaat is een indringend beroep. Advocaten kunnen niet luisteren. Wanneer iemand anders iets vertelt, bekruipt hen het beroepsgevoel dat de tegenpartij te veel spreektijd krijgt. Daarom praten ze het liefst zelf. Het zijn ook geen gesprekken die haar vader voert, hij houdt een betoog. Advocaten praten om gelijk te krijgen en ze houden pas op als ze het gevoel hebben dat ze het pleit hebben gewonnen. Dat is in een gezin nogal lastig.

Ik had ook zo'n vader, maar die van mij was leraar. Hij vroeg niet om gelijk, want dat had hij al. Mijn vader wilde aandachtige gezichten zien. Wanneer iemand bij ons thuis iets zei, luisterde mijn vader even, knikte kort en begon dan aan een lesuur. Wij letten goed op dat we een zin niet op een vraagteken lieten eindigen, want als je antwoord kreeg, was je je avond kwijt.

In een leraarsgezin hangt het onderwijs, als dennengeur uit een spuitbus, overal in huis. 's Ochtends gingen maar liefst vijf van de zes gezinsleden naar school. Aan tafel werd over school gepraat, over de leraren, over vakken en cijfers. Na het huiswerk, waar geen ontsnappen aan was, lazen wij een boek of keken wij, toen we eindelijk ook televisie hadden, naar programma's die we van tevoren hadden aangestreept in de radiobode.

Ik ken nog een paar leraarsgezinnen en daar ging het net zo.

Ik had eens het twaalfjarige zoontje van een lerares Nederlands te logeren. Om zes uur vroeg hij of hij de televisie aan mocht zetten. 'Het zijn kinderprogramma's hoor,' verzekerde hij me, 'je kunt ervan leren.'

'Wij mochten alleen naar actualiteitenprogramma's kijken,' vertelde de dochter van een leraar geschiedenis, 'niet naar detectiveseries of naar *Coronation Street*.'

Mijn vader was leraar Engels. Hij vond *Coronation Street* juist goed voor onze talenkennis. In de auto zette hij altijd de Franse radiozender op omdat hij hoopte dat we er Frans van zouden leren. Ik spreek inderdaad Frans, maar dat heb ik niet van de radio. Ik heb Frans geleerd van al die Franse jongens waar ik in de vakantie achteraan liep. En misschien een beetje door de lessen op de Franse ambassade, waar ik na schooltijd heen moest.

Wij waren wel zo'n verschrikkelijk leraarsgezin, dat we elkaar zelfs cijfers gaven. Wanneer mijn jongere broer en ik tekenden, gaven we om de beurt een opdracht: teken een boot, teken een huis. Als we onze tekening af hadden, gaven we elkaar een cijfer. 'Kreeg jij thuis cijfers?' vroeg ik aan de geschiedenisdochter.

'Nee, dat nog net niet,' zei ze, 'maar het scheelde niet veel. Als wij gingen fietsen, werd het aantal kilometers dat je reed bijgehouden. Na honderd kilometer kregen we een medaille. Die maakte mijn moeder zelf. Van karton.'

De opvoeding is allang voorbij, maar het onderwijs kleeft mij nog altijd aan. Met kinderen doe ik leerzame spelletjes, een zelfgemaakte quiz of scrabble. Ik verbeter hun uitspraak. Dat doe ik met volwassenen trouwens ook. Als iemand Los Eendzjeles zegt in plaats van Los Endzjeles, mompel ik een correctie. Doet hij het daarna nog een keer verkeerd, dan maak ik inwendig een aantekening: ezel.

Wanneer iemand in de trein zit te lezen, probeer ik op het omslag te zien hoe het boek heet en door wie het is geschreven. Ik dacht altijd dat ik dat heel onopvallend deed, maar laatst hield iemand het boek voor me omhoog.

'Kunt u het zien, zo?' vroeg de reiziger spottend.

Ik kreeg een rood hoofd, maar ik knikte. Het was sciencefiction en van sciencefiction kun je niks leren.

'Het is spannend,' zei de reiziger en ik mompelde iets instemmends, maar inwendig dacht ik: zes min.

Niet alle beroepen zijn even onontkoombaar. Ik geloof dat kinderen van kantoormensen nergens last van hebben, en die van buschauffeurs ook niet. Maar dokterskinderen klagen dat de dokter hen nooit zag staan, al hadden ze longontsteking, kinderen van beroepsmilitairen voeren eeuwig oorlog met hun vader en domineeszonen worden komiek.

Ik heb een collega die is opgegroeid in een café. Zijn moeder had een zaak en is maar liefst twee keer met een kastelein getrouwd. Toen de eerste zich had doodgedronken, nam ze een nieuwe. Aan mijn collega kun je zijn achtergrond nog goed merken. Hij krijgt nooit ruzie in een café. Wat de mensen om hem heen ook staan te bazelen, alles glijdt langs hem af. Hij tuurt tevreden in zijn glas en als het leeg is, bestelt hij er nog een. Daarvoor hoeft hij alleen een wenkbrauw op te trekken, de barkeeper ziet hem meteen. Hij weet precies wanneer hij een rondje moet geven en van wie hij er nog een tegoed heeft. En als hij genoeg heeft gehad, gaat hij zonder komedie naar huis. Nul fout.

Seks

Sinds Oprah Winfrey op de Nederlandse televisie te zien is, kijk ik iedere dag. Een onafzienbare stoet Amerikanen met intieme problemen presenteert zich dagelijks bij haar in haar studio en vertelt wat eraan schort. Geslagen door hun ouders, verkracht door de buren, verguisd door hun vrienden, beklemd in het huwelijk, de akeligste levenservaringen trekken op het scherm voorbij en steevast verschijnt, na het tweede reclameblok, een deskundige die een oplossing weet. Het zijn psychologen, sociologen, seksuologen en ze hebben iets gemeen: ze hebben een boek geschreven waarin staat hoe je een beter mens kunt worden en ze deugen niet. Vooral aan de seksuologen heb ik een hekel.

Ik wantrouw iedereen die meer dan één mens tegelijk gelukkig wil maken. Ik houd niet van de manier waarop dergelijke reisleiders naar luilekkerland smalen op het leven dat voorafging aan de bekering tot de juiste weg en ik houd niet van hun beloften voor de toekomst.

Wat is er voor bezwaar tegen een onopvallend liefdeleven? Net zoals niet iedereen op reis wil naar verre vreemde landen en sommige mensen niet naar een afwisselend beroep verlangen, wil niet iedere vrouw elke nacht tot ongekende hoogte worden meegevoerd door een man die aan haar meervoudig orgasme zijn trots en zelfrespect ontleent. Waarom mag seksualiteit niet alledaags zijn? Een beetje rommelen op zondagmiddag kan heel genoeglijk zijn.

De opwindendste seksuele avonturen in mijn leven heb ik

meegemaakt met mannen met wie ik ook heel terloops kon vrijen. Ik vind het eigenlijk wel een plezierig idee als het niet altijd zo heel goed hoeft te lukken. Een man die zich op zijn gemak voelt en geniet van wat hem overkomt, of dat nu haar orgasme is of het zijne en alles wat eraan te pas komt, is onderhoudender gezelschap dan zo'n tijger met een lintje wegens beheersing van zijn prostaat.

Wat mij ook zo ergert aan de boeken voor een beter seksleven is, dat er weer vanuit wordt gegaan dat vrouwen wel over de brug komen, als je ze maar goed aanpakt. Alsof vrouwen niet ruw kunnen zijn of de boel in de war kunnen sturen door woest te gaan hijgen of iets te zeggen waar de man op afknapt. Dat gezeur altijd over de techniek in bed! Ik ben wel eens klaar gekomen van ergerlijk geknoei en soms onbewogen gebleven bij de verfijndste prikkelingen. Ik ben vast niet de enige die dat is overkomen, maar dat lees je nooit in dergelijke boeken. Daar staat alleen in hoe seks eigenlijk moet.

Sommige handleidingen zijn niet alleen ergerlijk, ze zijn zelfs een beetje fout. *Sex and Destiny* is er zo een. Het is geschreven door Germaine Greer, dezelfde Greer die, toen ze een jonge meid was seksuele vrijheid proclameerde en toen ze in de overgang raakte, meldde dat ze zo blij was dat ze geen mannen meer nodig had. In de tussenliggende periode heeft ze *Sex and Destiny* geschreven. In dat boek geeft ze hoog op over de erotische verrichtingen van de mannen in Toscane en andere natuurvolken, die geen voorbehoedmiddelen gebruiken en daardoor zo bedreven zijn geraakt in cunnilingus en coïtus interruptus. Tegen cunnilingus heb ik vanzelfsprekend geen enkel bezwaar, maar wel tegen coïtus interruptus!

Zoals Germaine Greer de methode proclameert, lijkt het wel de herontdekking van de tango, de terugkeer van de minirok, de opleving van een vergeten gebruik, maar het betreft iets veel minder onschuldigs. Voorbehoedmiddelen zijn belangrijk voor mensen die nog geen kinderen willen hebben, of niet meer of helemaal niet. Coïtus interruptus is een beproefd slechte methode. Heel wat mensen danken er hun onbedoelde bestaan aan, heel wat gezinnen hun ongewenste omvang en onvrijwillige armoede. Het lijkt me onverstandig liefdestechnieken en voorbehoedmiddelen door elkaar te halen. Wie geen kinderen wenst, moet zorgen dat hij ze niet maakt of niet krijgt. Een vrouw die een betere minnaar wil zal er een moeten zoeken, of samen met een geïnteresseerde man het een en ander bij moeten leren. Extase komt niet uit een boekje, niet uit een flesje, en niet uit de voorschriften van een dame, die het allemaal al eens gezien heeft, zoals Germaine Greer.

Nee

In het café werd ik aangesproken door een man. Hij stond naast me aan de bar, waar we tevergeefs de aandacht van de barkeeper probeerden te trekken om wat te bestellen. Die leek ons niet te zien of te horen. Hij stond voorovergebogen bij zijn muziekinstallatie en zocht langdurig tussen de cd's. De ene na de andere liet hij door zijn handen gaan.

'Ober!' riep ik zwak.

'Hij is doof,' zei de man naast me.

'En blind,' zei ik. We keken elkaar aan en glimlachten. Op dat ogenblik keerde de barkeeper zich om en vroeg: 'Staan jullie op mij te wachten?'

'Je had sjans!' zei de vrouwelijke collega met wie ik uit was, toen ik me even later met twee glazen bij haar voegde.

'Van die man naast me aan de bar?' vroeg ik lachend. 'Welnee, dat was geen flirt, die man zei gewoon iets.'

'Ze zeggen nooit zomaar iets,' zei ze stellig, 'als ze iets zeggen, willen ze wat.'

Ik haalde mijn schouders op.

'Daarom wil ik nooit in mijn eentje naar een café,' verklaarde ze. 'Je wordt altijd aangesproken en dan heb ik meteen zoiets van...' Ze maakte een afwerend gebaar en trok haar mondhoeken vol weerzin naar beneden. Dat zag er niet aantrekkelijk uit. Het leek me niet waarschijnlijk dat veel mannen bij haar in het gevlij wilden komen.

Ik liet mijn blik langs haar gestalte glijden. Ze droeg een wijde katoenen broek met daarover een losvallend hemd en een linnen jasje. Ze was bepaald niet voor de liefde gekleed. Bovendien had ze iets raars gedaan met haar kapsel. Van achteren was het kort en van voren lang, alsof ze een pruikje op had, dat voorover was gegleden.

'Ach,' zei ik, 'in dit café word je misschien nog net niet aangerand.' Ze haalde hoorbaar haar neus op.

We dronken onze glazen leeg en stonden op om weg te gaan. In het voorbijgaan groette mijn gedoodverfde minnaar ons met een opgestoken hand. 'Dag!' riep hij kameraadschappelijk. Ik groette terug. Mijn collega deed net of ze hem niet zag.

'Zie je wel,' zei ik toen we op straat stonden, 'hij deed niks.'

Eigenlijk doen mannen in cafés maar zelden iets. Ze solliciteren soms, maar als er geen respons is, doen ze verder geen moeite. Het gebeurt een enkele keer dat er een van geen wijken weet, maar ik heb nog nooit gehoord dat een vrouw daar geen verweer tegen had. Ze stapt op of maakt haar ongenoegen kenbaar. Andere mannen komen er dan meteen op af om hun seksegenoot tot de orde te roepen. 'Hé Jan, laat die dame met rust.' En ze verontschuldigen zich voor zijn gedrag. 'Let maar niet op hem hoor, Jan is wel eens vaker vervelend als hij een slok op heeft.'

In cafés ben ik nooit bezorgd dat een man meer van me wil dan ik van hem. Zelfs als ik per ongeluk de uitnodiging van een sukkel heb aangenomen, hoef ik niet bang te zijn dat ik niet meer van hem af kom. Na verloop van tijd pak ik mijn jas en zeg: 'Nu ga ik weer wat anders doen.'

Dat mag in een café. In een restaurant niet. Daar mag je niet zomaar je servet neerleggen en melden dat je maar weer eens op huis aangaat. Je moet dooreten tot het dessert erop volgt en dan komt de afrekening. Wie betaalt, is de baas.

Als twee mensen die iets zakelijks te bespreken hebben samen uit eten gaan, kun je dat duidelijk zien. Degene met de meeste macht pakt zijn portefeuille.

Vrienden delen de rekening of betalen om beurten, maar wanneer een man en een vrouw samen uit eten gaan, betalen ze allebei: hij met zijn creditcard en zij met een seksuele belofte. Daar kun je beter niet te lichtvaardig over denken.

Ik werd eens opgebeld door een man die ik van vroeger kende. 'Zullen we uit eten gaan?' stelde hij voor. Op dat punt ging het al mis. Ik kon moeilijk 'Hoezo?' antwoorden, of: 'Nee.'

'Gezellig!' zei ik beleefd en sprak een datum af. De man koos het restaurant. Het bleek een chique zaak te zijn, met een gerenommeerde chef in de keuken. Vanaf het ogenblik dat we de menukaart aangereikt kregen wist ik dat ik gevangenzat. Voor die prijs had hij beter naar de hoeren kunnen gaan.

'Zullen we het verrassingsmenu nemen?' vroeg de man feestelijk. Ik knikte stom. Hoe kon ik zorgen dat ik niet met hem naar bed hoefde?

Het verrassingsmenu bestond uit zes gangen, elk met zijn eigen glas wijn. Ik zou nog dronken worden ook. Terwijl we aten, vertelde de man welk cadeau ik mee naar huis ging nemen. Hij had succes in zijn werk, hij vond tederheid belangrijker dan prestaties in bed, zijn laatste vriendin was een poosje geleden vertrokken en wat was het leuk dat wij elkaar nu weer eens ontmoetten! Ik glimlachte charmant en een beetje droevig. Ik was er weer eens ingetuind.

Ik heb er mijn leven lang mee getobd. Ik kan geen 'nee' zeggen. Toen ik heel klein was, tilden volwassenen me vaak op. 'Zet me neer!' wilde ik dan roepen, maar ik durfde niet. Ze bedoelden het goed en het staat zo onhartelijk als je het op een blèren zet. Later waren er mannen met wie ik niks wilde, maar die ik dat op een of andere manier nooit duidelijk kon maken. Ik had het thuis niet geleerd. Mijn ouders waren zulke enthousiaste aanhangers van de NVSH dat ze vergeten waren uit te leggen dat vrije liefde niet betekende dat je altijd zin had in seks. Ze wilden hun dochters vooral niets verbieden en van de weeromstuit durfde ik zelf ook niemand iets te verbieden. Wat ik tegen een onwelkome vrijer had moeten zeggen is: blijf af!! Maar dat deed ik niet. Verslagen ging ik met hem naar bed en moest daarna nog lang douchen om het bezoedelde gevoel weer kwijt te raken.

Toen ik een jaar of twintig was, had ik een goede vriend, Peter heette hij en hij studeerde net als ik psychologie. Tijdens de colleges hield hij zich afzijdig van de andere studenten. Alleen tegen mij praatte hij, over de studie en over zijn hobby: fotografie. Op een dag vroeg hij mij voor hem te poseren. 'Gewoon een portret hoor!' voegde hij er ter geruststelling aan toe. Ik was gerustgesteld. Op de afgesproken dag ging ik met hem mee, zette een vriendelijk gezicht en liet me fotograferen.

Na het tweede rolletje veranderde er iets. 'Ach, zou je de boord van dat truitje iets lager...' Hij tuurde peinzend naar mijn hals. 'Vind je het heel erg om je trui uit te trekken? Die boord neemt precies het licht weg.' Hij maakte een vaag gebaar dat wees op een grote professionaliteit. Er was iets met het licht.

'Schuif de bandjes van je beha maar een eindje naar beneden. Hmm, dat helpt niet, dat zie ik al. Doe dat ding maar uit,' stelde hij resoluut voor. Ik durfde niet te protesteren. We waren immers vrienden?

Even later was ik halfnaakt en kuste hij me behoedzaam. 'Ik vind het een grote eer jou te fotograferen,' fluisterde hij en glimlachte me warm toe. Mijn keel zat dicht. Inwendig repeteerde ik zinnetjes, ontmoedigende zinnetjes die een eind zouden maken aan de plechtigheid. 'Ziezo, zal ik me maar weer eens aankleden?' of: 'Nou, ik hoop maar dat ik er leuk op sta.' Uiteindelijk wist ik er een benauwd: 'Is het al klaar?' uit te brengen. Geschrokken deinsde Peter terug. 'Je vertrouwt me toch wel?' vroeg hij gewond. Dat was het juiste moment om hem ferm toe te spreken, maar zo kordaat was ik op mijn twintigste nog niet.

Hij duwde me met zachte drang tegen de grond, terwijl hij iets mompelde. 'Laat me even,' verstond ik. Hij friemelde wat aan zijn broek en kwam op me liggen.

'Peter!' riep ik dringend, 'doe nou niet.'

Hij leunde op zijn armen en keek me diep in mijn ogen. 'Ik wil alleen maar even heel dicht bij je zijn,' fluisterde hij. 'Ik wil geen seks hoor. Voel maar, ik ben niet eens opgewonden.'

Hij drukte zijn onderlichaam tegen me aan. Inderdaad had hij geen erectie, uit beleefdheid ongetwijfeld, maar voor mij maakte het niet veel uit. Zodra het mocht, krabbelde ik overeind en maakte dat ik wegkwam. De foto's heb ik nooit gezien en hoe het verderging met de vriendschap herinner ik me ook niet goed.

De afloop van het dure etentje staat me nog wel helder bij. Toen de rekening arriveerde, heb ik hem snel naar me toe getrokken. 'Ik betaal,' zei ik met een stralende glimlach. Het was een astronomisch bedrag. Maar vrouwen kunnen toch niet naar de hoeren.

Praten

De strijd tussen de seksen begint al in hun hoofd, hun eigen hoofd wel te verstaan. In de hersenen loopt een kloof. Aan de ene kant van het ravijn zetelen de emoties en het ruimtelijk inzicht, aan de andere kant de ratio en het taalcentrum.

Mannen schijnen een sterker ontwikkelde rechterhersenhelft te hebben. Daar komt hun aanleg voor wiskunde en hun richtinggevoel vandaan, vrouwen hebben een dominante linkerhelft, ze kunnen beter praten. Tussen de hersenhelften zijn verbindingen, maar bij mannen zijn die niet zo goed. Een emotie, die in de rechterhelft ontspringt, vindt bij vrouwen gemakkelijk een uitweg in woorden, bij mannen niet. Daar komt veel narigheid van.

'Zeg toch eens wat!' roepen vrouwen tegen hun man, die met een broeierig gezicht uit het raam staart.

Hij kan het niet. Hij kan wel wat zeggen, maar dan gaat het over de auto, niet over zijn gevoelens. Dit klinkt natuurlijk als een verschrikkelijke generalisatie en dat is het ook. Er zijn heus wel mannen die praten, ze lullen je de oren van je kop en bij voorkeur over zichzelf, maar dat is niet waar de vrouw die van hen houdt het over wil hebben. Zij wil over de liefde praten, over hoe het gaat met de verhouding. Ze wil weten hoe hij over haar denkt. Maar hij denkt niet over haar, in ieder geval niet in woorden. Misschien vloeien er prachtige emoties door zijn rechterhelft, maar als zij hem vraagt waar hij aan denkt, zegt hij: aan mijn versnellingsbak.

Als je eenmaal weet dat het een kwestie van aanleg is, niet van onwil, kun je er rekening mee houden dat de meeste mannen hun gevoelens niet zo gemakkelijk onder woorden brengen, maar vrouwen geloven niet dat een man niet beter kan. Ze herinneren zich dat ene gesprek, misschien wel het mooiste dat ze ooit met hem hebben gevoerd. Dat was, toen ze het voor het eerst over hun liefde hadden, toen ze elkander bekenden dat ze van elkaar hielden.

'Wanneer wist je het voor het eerst?' vroeg zij.

'Toen ik je zag,' mompelde hij, 'je had kaplaarzen aan.'

'O mijn haar zat verschrikkelijk!'

'Je was zo mooi...'

'Ik dacht eerst nog dat je mijn vriendin veel leuker vond.'

'Die geit! Hoe kom je erbij. Ik zou nooit op haar vallen, zij heeft niet wat jij hebt, dat...'

'Ja??'

Dat gesprek komt nooit terug. Na die kaplaarzen heeft hij nooit meer gezien wat ze aanheeft en over hoe zij verschilt van alle andere vrouwen heeft hij ook niks te melden.

Sommige vrouwen leggen zich daarbij neer en bespreken de verhouding voortaan met vriendinnen, maar er zijn er ook die zich niet zo gemakkelijk laten afschepen. Sonja bijvoorbeeld. Sonja heeft het niet eens zo slecht getroffen. Haar man is maatschappelijk werker, dus hij heeft geleerd over gevoelens te praten. Als hem iets dwars zit, kan hij dat zeggen en hij luistert ook naar haar. Maar Sonja wil meer. Op ieder fietstochtje dat ze maken, bij iedere gelegenheid dat ze samen zijn, wil zij een relatiegesprek. Daar krijgt haar man een punthoofd van. 'We zijn acht jaar getrouwd, verdomme. Dan ga je toch niet op de bank zitten praten alsof je elkaar pas kent!'

Maar Sonja vindt dat het wel moet, zij ziet het als het behoud van de liefde. 'We moeten praten,' zegt zij, 'over ons.'

Af en toe laat haar man zo'n gesprek over zich heen komen. Over ons blijkt dan vooral over hem te gaan, niet over wat hij doet, maar vooral over wat hij nalaat. Hij toont niet genoeg belangstelling voor haar werk of haar vriendschappen, hij houdt geen rekening met haar cyclus of hij praat niet genoeg.

'Hij praat niet genoeg!' heb ik haar eens verweten, 'weet je wel hoe zeldzaam toegankelijk die man van jou is? Je zou eens een poosje bij Kees moeten gaan logeren, dan kom je op je knieën teruggekropen, uit pure dankbaarheid dat jij niet in de schoenen van die vrouw van hem staat.'

Nu is het eigenlijk zo, dat ik vooral Kees z'n schoenen niet benijd, want die vrouw van hem is iets verschrikkelijks.

Zij kwebbelt de hele dag over niets in het bijzonder en ze verwijt Kees zijn zwijgzaamheid. Kees zegt niks. Hij is meer een doe-mens. Hij is deskundig op het gebied van motoren. Uit het hele land komen mensen naar hem toe om zijn advies in te winnen over aggregaten, machines en landbouwwerktuigen. Hoe zo'n man verliefd heeft kunnen worden op een vrouw als Martine is mij een raadsel, maar hij woont al een jaar of vijf met haar samen, dus er zal wel een reden zijn.

Martine maakt iedere dag ruzie met Kees omdat hij niet voldoet aan haar droombeeld. Zij had een sterke, rustige man willen hebben en die heeft ze inderdaad, maar die sterke rustige man van haar dromen gaat gezellig met haar mee winkelen en op visite bij de buren. Dat doet Kees niet. Als hij meegesleept wordt naar een verjaardag, zit hij op een blocnootje berekeningen te maken van ampères of zoiets en als iemand het woord tot hem richt, zegt hij grmmpf.

'Waarom zou je almaar moeten praten?' zegt Kees, 'als ik iets te zeggen heb, doe ik het wel.'

'Ik wil samen gelukkig zijn!' huilt Martine. Omdat Kees veel van haar houdt, doet hij twee dagen zijn best om samen gelukkig te zijn, maar dan gaat hij toch maar liever weer een motor uit elkaar halen.

Ik had vroeger ook een Kees. Ik was op hem gevallen omdat hij de eerste keer dat we met elkaar naar bed gingen even had gehuild. Ik verkeerde in de veronderstelling dat hij er een prachtig gevoelsleven op na hield en misschien was dat ook wel zo, maar daar merkte ik verder niks van. Hij zei nooit wat. Er gingen dagen voorbij dat we niet met elkaar spraken, want van al dat 'ja' 'nee' en 'weet niet' raakte ik ook geblokkeerd. Zolang we alleen waren vond ik het niet zo erg. Het was misschien een beetje ongezellig, maar dat wende. Alleen als er mensen bij waren, geneerde ik me. In de voorkamer zat ik op de bank met de visite en in de achterkamer zat hij, een emotionele sta-in-de-weg. Het leek net of ik een demente opa in huis had: doe maar net of hij er niet is. Toen wij uit elkaar gingen, nam ik mij voor nooit meer een zwijgzame man te kiezen en dat is tot op zekere hoogte gelukt.

Mijn huidige verloofde is bepaald geen kletskous, maar hij is ook niet al te oorverdovend stil. En relatiegesprekken hoeft hij van mij niet te voeren. Als ik iets wil weten over zijn innerlijk, kijk ik naar wat hij doet.

Doordat ik veel met paarden omga, heb ik geleerd op signalen te letten. Een paard dat zich ergert, legt zijn oren in zijn nek. Mijn verloofde gaat in zo'n geval strak voor zich uit kijken. Als een paard je vriendelijk gezind is, wrijft hij met zijn neus tegen je aan, een man doet iets vergelijkbaars. Soms kijk ik naar mijn verloofde terwijl hij bezig is met zijn werk. Braaf zo! denk ik dan, maar dat zeg ik niet hardop. Dat kan hij geestelijk niet verwerken.

Spiegels

Toen Albert na tweeëntwintig dorre huwelijksjaren zijn vrouw verliet, huurde hij een etage in een oude stadswijk en richtte de achterkamer in als droomslaapkamer. Hij liet een bed timmeren waar ten minste drie mensen in konden en aan het plafond en tegen de lambrizering hing hij spiegels. 'Nu gaat het beginnen,' dacht hij, 'eindelijk ben ik vrij.'

Maar er begon natuurlijk niks. Albert ziet er niet uit als een man die je graag in een spiegel weerkaatst ziet terwijl hij erotische hoogtepunten aan het voorbereiden is. Hij is klein en dik, hij is tweeënvijftig en een beetje zweterig. Ik denk niet dat het erg druk gaat worden in zijn slaapkamer.

Mannen die weinig gelegenheid hebben met iemand te verkeren, voelen een razende lust. Ik hoorde laatst het verhaal van een vrouw die op haar zolder een wonderlijke ontdekking deed. Ze zocht iets tussen de oude spullen en toen ze een plank wegtrok om ruimte te maken, tuimelden er talloze seksboekjes naar beneden. Het waren ouderwetse afbeeldingen van vrouwen uit de jaren twintig of dertig, met grote witte onderbroeken aan en bustehouders. Iemand heeft kennelijk op die zolder zijn geheime seksuele leven gehad, vijftig jaar geleden of nog langer. Terwijl zijn vrouw dacht dat hij op zijn studeerkamer een boek zat te lezen, liet hij zich meeslepen in een bandeloze fantasie.

Op het feest dat Albert hield om zijn nieuwe huis in te wijden, zat de visite zwijgend op de sofa. Ze hadden een rondleiding gehad en waren gechoqueerd. Ze vonden het geen pas geven dat een man van middelbare leeftijd er zo'n zwoele slaapkamer op na hield.

'Als hij maar niet denkt, dat ik ooit in mijn eentje bij hem langsga,' zei een vrouw die vroeger best op Albert gesteld was, 'straks denkt hij nog...' Ze maakte haar zin niet af.

Ik vond het niet verstandig van Albert dat hij de mensen zo onvoorbereid deelgenoot maakte van zijn dromen. Ik ben niet verlegen, maar ik heb ook wel eens 'nee dank je' gezegd toen iemand aanbood zijn sm-kamer aan me te laten zien. Ik was heus wel benieuwd, maar ik wist niet goed hoe we weer uit die kamer weg zouden moeten komen. 'Leuk kruis, Wim, en fijne zwepen. Heb je hier veel bezoek?'

Albert heeft zich kennelijk op vurige nachten verheugd. In de armen van zijn voormalige vrouw heeft hij niet veel meegemaakt. Zij wou nooit wat. Zelf beschouwt hij zich als een vrijgevochten man. Hij heeft zich losgemaakt uit het gereformeerde milieu waarin hij is opgegroeid. Hij is al heel lang lid van de NVSH. Hij had de verenigingsavonden voor groepsseks willen bezoeken en aan partnerruil willen doen, maar zijn vrouw heeft altijd geweigerd. Hij denkt dat het aan haar ligt dat hij zoveel heeft gemist, vandaar dat hij er heel wat van verwachtte toen hij zijn slaapkamer inrichtte. Iedereen heeft seks, moet hij gedacht hebben, in alle bedden liggen mensen te rollebollen, mannen te hijgen, vrouwen te kreunen, alleen hij ligt nog met lege armen, behalve dan de schamele keren dat hij een bordeel bezoekt. Die gedachte vindt hij onverdraaglijk.

Mensen hebben wonderlijke ideeën over seks. Ze denken dat een ander het leuker heeft dan zij zelf, dat andere liefdesparen het vaker doen, op originele plaatsen en vrijwel nooit in de missionarishouding.

Toen ik nog psycholoog was, heb ik veel over seksualiteit gepraat. Ik weet dus, dat andere mensen het volstrekt niet leuker hebben dan ik, maar desondanks betrap ik me ook wel eens op die gedachte.

'George is een fantastische minnaar,' hoorde ik iemand op een terras zeggen. Ze boog zich over naar haar vriendin en vertelde op een fluistertoon verder, ongetwijfeld voorbeelden van Georges liefdeskunst. Na een poosje kwam er een man bij de twee vrouwen aan tafel zitten, dat was George, dat kon niet missen. Ik keek hem nieuwsgierig aan. Wat zou hij zoal doen? Hij had stevige benen, brede schouders en een snor. Ik hou niet erg van snorren, maar wie weet wat deze George met de snor wist te doen om het plezier in bed nog te verhogen. Het gezelschap bleef nog even op het terras zitten, toen wandelde George met zijn vriendin de zomeravond in. Ik keek ze afgunstig na.

Jonge mensen denken dat oude mensen geen seks meer hebben, vooral hun eigen ouders niet, volwassenen denken dat de jeugd geen taboes kent, en zo vergist iedereen zich in elkander.

Albert is, om een vriendin aan de haak te slaan, op modeltekenen gegaan en hij gaat drie keer per week naar de sauna. Een vrouw die uit de kleren gaat, wil wat, hoopt hij.

Zoals ik het nu vertel, lijkt het wel of vrouwen dat soort fouten niet maken. Dat is niet zo. Een man kan niks zeggen zonder dat een vrouw denkt dat hij er iets seksueels mee voorheeft en dat is lang niet altijd het geval. Hij is ook wel eens met iets anders bezig, zijn inkomstenbelasting of een mooi boek.

En zelfs in bed kan een man terughoudend zijn. Ik weet dat veel mannen zich rot schrikken als een vrouw al te voortvarend tegen ze doet. Ik ga af en toe uit met een vrouw van een jaar of vierendertig. Ze is heel mooi en alle mannen kijken naar haar, maar ze loopt te hard van stapel. Mannen deinzen terug voor al die seksuele appetijt. Ze vertelde dat ze eens iemand had versierd die nogal verlegen was. Hij liet zich meetronen naar de slaapkamer en protesteerde niet toen zij hem uitkleedde. Maar daarna wilde hij eerst wat praten en zijn glas leegdrinken en daar had zij geen geduld voor. Vooruit met de geit, dacht ze en om hem aan te moedigen, was ze een striptease gaan doen, een zwoel bedoeld dansje. De man was zo geschrokken dat hij met zijn kleren in zijn hand de badkamer was ingevlucht en er niet meer uit wilde komen.

Ik heb haar nog voorgesteld een voorstelling te gaan geven in Alberts paleis en ze zou het overwegen. Ik heb er maar niet bij verteld wat ze, behalve zichzelf, in de spiegels aan zou treffen: Albert, twintig maal weerkaatst: klein en dik en heel erg zweterig.

Nieuwe liefde

Ik kreeg een uitnodiging om bij een oude vriend te komen eten.

Wij kennen elkaar al heel lang, we hebben nog samen stage gelopen en af en toe praten we bij. Twee onderwerpen voeren daarbij de boventoon: seks en roddel.

'Heb ik jou al verteld van Evert?' vraag ik bijvoorbeeld.

'Nee,' antwoordt hij gretig. Evert is een schrijver die we allebei niet goed vinden. Ik zie hem af en toe in een café. Hij zuipt als een spons en maakt dan brokken. Als we Evert hebben besproken, vertellen we onze liefdesgeheimen. Omdat we elkaar niet mooi vinden, hebben we nooit met elkaar gevrijd, maar we praten altijd over seks.

Hij woonde vroeger samen met een vrouw die nooit wat deed in bed en daar hadden we het dan over. Toen die verhouding ontbonden was, was hij een tijdlang een hunkerende vrijgezel, maar nu had hij een prachtvrouw gevonden, zei hij. Ik werd uitgenodigd om kennis te komen maken.

Meteen toen ik binnenkwam, zag ik de verandering. Op tafel lagen niet de gebruikelijke placemats, maar een damasten kleed en linnen servetten. Op gouden onderborden stond roomkleurig servies. Die waren van haar, de nieuwe verloofde. Zijzelf was al even adembenemend als haar uitzet. Ze had halflang kastanjekleurig haar en een sensuele mond met lippenstift. Ze was klein en slank en ze strekte een smalle meisjeshand naar mij uit.

'Marie-Louise.'

Bij het voorgerecht ging de conversatie over Zeist, waar zij vandaan kwam, over autorijden en over leuke spulletjes die je op de veiling kon kopen. Ik verveelde me een beetje. Ik probeerde een verhaal over Evert te beginnen, maar mijn vriend was er niet echt bij. Hij vond Marie-Louise veel interessanter dan slechte schrijvers. Ik zag dat zij haar voeten onder tafel tussen die van hem had gestoken.

Op de terugweg voelde ik me terneergeslagen. Ik was natuurlijk blij dat mijn vriend zo verliefd was, maar dit was wel een grote verandering. Kregen we nu bij ieder diner onderborden en was zij er voortaan altijd bij? Waar moesten we het dan over hebben? Ik had aan die fraai gedekte tafel ook niet durven vertellen hoe het was afgelopen met de minnaar van mijn zuster. In dat verhaal kwam een heel rare voorhuid voor. Die paste niet erg bij de pasta met pesto.

Ik vond Marie-Louise verontrustend. Bij de tiramisu had ze zich laten ontvallen dat je dode takken moest wegsnoeien. Daar bedoelde ze familieleden mee, geen overbodige kennissen, maar ik was toch geschrokken. Voor je het weet ben je afgeschaft.

Ik sprak eens een jonge meid die vertelde dat ze haar voltallige vriendenkring had opgezegd toen ze trouwde.

'We zullen elkaar niet vaak meer zien,' had ze gezegd, 'want als ik getrouwd ben, heb ik daar geen tijd voor. Ik ga me aan Peter wijden.'

Ze wilde Peter met huid en haar, en vriendinnen kon ze daar niet bij gebruiken. Familie trouwens ook niet.

'Ik trouw met Peter, niet met zijn familie,' vond ze. Dat zeggen wel meer mensen, en later komen ze er dan achter dat het tweepersoonshuwelijk niet bestaat. Er staat een heel kordon familieleden, vrienden en kennissen argwanend toe te kijken wie de nieuwkomer is.

Ik was nog maar net met mijn vorige verloofde toen we een goede vriend van hem tegenkwamen in een café. We werden aan elkaar voorgesteld. 'Dag Ed,' zei ik, 'ik heb al veel over je gehoord.'

Hij nam me van hoofd tot voeten op. 'Hmm,' zei hij, 'ik over jou ook en we moeten nog zien of jij een blijvertje bent.'

Het kwam nooit meer goed tussen Ed en mij en hij heeft twaalf jaar moeten wachten tot ik weer weg was.

Maar helemaal ongelijk kon ik hem niet geven. Ik heb ook wel eens vreselijk mijn best gedaan om iemands nieuwe verloofde aardig te vinden en dan was je net aan die zeurkous gewend, ging het uit!

Nieuwe liefdespartners worden kritisch in ogenschouw genomen, want ze hebben veel invloed. Hij golft en ineens loopt je oude vriendin ook met zo'n zak stokken. Of hij is vegetariër en dan zie je iemand die jarenlang biefstukken at en geen haringkar voorbij kon lopen, met een angstig gezicht naar de lasagna wijzen die je hem voorzet: 'Er zit toch geen vléés in?'

Vooral vrouwen veranderen door de liefde. Carla heeft achtereenvolgens een soulliefhebber en een jazzmuzikant gehad. Dat kon je horen. Van Thérèse wisten we dat ze het met Kees deed doordat ze ineens ging joggen, en Monique werd katholiek. Zij geloofde nooit in een opperwezen, maar op een dag zei ze met een ernstig gezicht dat ze een speciale band met Maria voelde.

'Wat krijgen we nou, Monique?' riep ik verbaasd. 'Dat is toch niks voor jou?' Maar ze had zich bekeerd tot het hogere, ze had zich laten dopen. Ik vond dat een merkwaardige stap, maar toen we een tijdje doorpraatten, bleek er een simpele verklaring voor het raadsel: ze had een geheime verhouding met een pastoor.

Drie jaar duurde de liefde, toen ging het uit. Ik vroeg haar of ze ook een brief naar Rome had geschreven om haar relatie met het Vaticaan te beëindigen.

'De paus bekijkt het maar,' zei ze onverschillig. Ze was weer gewoon.

Ik was blij dat ze niet meer met de pastoor vrijde. Door de omgang met die vent zag ik haar bijna nooit meer. Hij kon haar niet van tevoren zeggen wanneer hij kans zag bij haar langs te gaan, dus zat ze avonden achtereen vruchteloos op hem te wachten en hield al haar tijd voor hem vrij.

Maar al had ze een openlijke liefdesrelatie met hem gehad, dan nog was er weinig tijd voor haar vrienden overgebleven. Zo gaat dat nu eenmaal. Liefdesgeluk is tamelijk ontoegankelijk. Andere mensen kunnen er maar weinig aan toevoegen. Daardoor raak je je vrienden soms kwijt in de amoureuze storm.

Ik had een collega op wie ik erg was gesteld. Ik zag hem niet vaak, want hij had een problematische vrouw, die hem aan huis kluisterde. Als hij het leuk had zonder haar, werd zij chagrijnig en maakte hem het leven zuur. Daarom bleef hij nooit langer in het café dan twee biertjes en haastte zich dan naar zijn augurk.

Toen hij van haar was verlost, ontmoette hij een nieuwe, een vrolijke meid die mee ging stappen. Aanvankelijk vond ik haar een aanwinst, maar op den duur verwelkte mijn enthousiasme. Ze was zo nadrukkelijk aanwezig. Wanneer hij een verhaal vertelde, onderbrak zij hem met uitweidingen en ondertitels om het allemaal nog leuker en geestiger te maken, en ze zei steeds 'wij'. 'Wij waren in Rotterdam, wij hebben een film gezien, wij vonden hem niet leuk.'

Ik vond haar niet leuk. Maar de kans dat wij ooit van haar af komen is klein. Hij wil nooit meer ergens naartoe zonder haar, verklaarde hij onlangs ferm. Als je hem uitnodigt, komt zij mee.

Ik zou mijn vrienden graag het beste toewensen, maar ik ben bang dat ik er niets van meen. De mooiste tijd voor hen is de periode dat ze dolverliefd in elkanders ogen turen en niemand nodig hebben. Ik wacht een poosje, tot ze uitgekeken zijn.

Tegen die tijd hebben we heel wat te bespreken.

'Ik ben heel gelukkig met Marie-Louise hoor! Ze is een geweldige gastvrouw en ze heeft enorm veel smaak. Maar ik heb ook wel eens moeite met de dingen die ze zegt. Haar mening over familie...'

Ik luister met gespitste oren. Die Marie-Louise is geen blijvertje.

Wastafelscheiding

Op een wandeling door de historische dorpskern van Thorn stuitte ik op een bruidspaar. Ze stonden in de binnentuin van de middeleeuwse kerk en poseerden voor de foto. De bruid had een roomwitte jurk aan met een lange sleep en een sluier van tule, die wapperde in de wind. De jongeman met wie ze de rest van haar huwelijksleven ging doorbrengen, zag eruit of hij met moeite zijn hoofd boven de boord van zijn jacquet wist te houden.

Hun mooiste dag.

Er wordt weer veel getrouwd in Nederland. Mensen die van elkaar houden, willen graag de plechtige belofte uitspreken dat het voortaan altijd zo zal zijn: jij en ik, wij samen. Het maakt niets uit of de economie floreert of krimpt. De traditie en de romantiek zijn sterker dan zakelijke overwegingen die berekenen dat je van de kosten van de trouwdag twee maanden op wereldreis kunt, of akelige statistieken die aantonen dat je – één tegen drie – niet zo heel lang gelukkig zult zijn.

De Thornse bruid glimlachte naar de fotograaf, haar echtgenoot zocht steun tegen de kerkmuur en ik keek naar de wolken die langs de hemel joegen. Zolang de straffe wind aanhield, zou het misschien droog blijven.

In het verleden wilde ik, wanneer ik na een verkommerde liefdesrelatie een nieuwe verloofde ontmoette, niets liever dan trouwen. Deze man is de beste van allemaal, dacht ik iedere keer. Ik heb vaak onvergetelijke bruiloften verzonnen, met een schitterende taart, veel genodigden en een huwelijksnacht op een bijzondere plek. Er schijnt in Harlingen een vuurtoren te staan die als hotelkamer wordt verhuurd, en laatst hoorde ik dat ze daar ook een hijskraan hebben waar je een nacht in kunt doorbrengen. Maar van dat trouwen van mij zal vermoedelijk nooit iets komen. De mannen van wie ik houd, zijn niet erg trouwzaam. Niet één verloofde heeft mij ooit gevraagd. Misschien roep ik geen huwelijksgedachten op in mannen.

Toch kunnen de verloofde van tegenwoordig en ik goed samenwonen. We doen het af en toe een poosje en dat gaat verrassend goed. We maken zelfs geen badkamerruzies.

Van alle beproevingen van het huwelijk schijnt het delen van een badkamer de zwaarste opgave te zijn. Echtparen die zich aan tafel en in bed hoffelijk gedragen, willen in de badkamer nog wel eens gaan snauwen. Het komt doordat badkamers klein zijn en de verrichtingen die er plaatsvinden tamelijk intiem. Bovendien moet je op gevoelige tijdstippen in de badkamer zijn, 's ochtends, wanneer de dag nog breekbaar is, en 's avonds, als je moe bent en kortaangebonden.

'Wij zijn al meer dan twintig jaar getrouwd,' vertelde een man, 'en wij maken vrijwel nooit meer echte ruzie. We moeten alleen niet samen in een badkamer staan, dan is het geheid mis.'

'O ja?' vroeg ik gretig, 'wat doen jullie dan?'

'We doen niks, maar we haten elkaar een beetje. In het vorige huis dat wij hadden, was maar één wastafel. We moesten dus samen met één tandpastatube doen. Ik schroefde het dopje er niet goed op, volgens haar en soms vergat ik het helemaal. Dan schreeuwde ze tegen me. Ze heeft me zelfs een keer een plaatje cadeau gedaan, met een lied dat daarover ging: "Doe het dopje op de tube van de tandpasta, anders droogt de pasta uit." Het dreunt nog wel eens in mijn hoofd. Tegenwoordig hebben wij twee wastafels.'

'Zonde van de ruimte,' zei ik.

'Hij is goed besteed,' antwoordde de man. 'We hebben nu twee tubes tandpasta en aparte zeep en potjes crème en zij heeft haar eigen scheermesjes. Vroeger jatte ze die van mij en daar werd ik dan weer des duivels om.'

'Slijten ze van vrouwenharen?' vroeg ik spottend, maar hij knikte heftig.

'Jazeker!' riep hij, 'de mesjes worden bot van jullie haar.' Hij keek mij dreigend aan.

Het scheelde niets of ik had badkamerruzie met hem en hij betekent niet eens wat in mijn liefdesleven!

Ik heb zo hier en daar rondgevraagd maar het schijnt inderdaad zo te zijn dat de dubbele wastafel huwelijken redt. In sommige gevallen zelfs maar ternauwernood.

'Wij staan zwijgend naast elkaar in de badkamer,' vertelde een vrouw. 'Ik sta zelfs een beetje met mijn rug naar hem toe, want ik wil niet zien hoe hij met sop kliedert als hij zich scheert. Het brandt op mijn lippen om te zeggen dat hij zijn wastafel moet naspoelen als hij zich geschoren heeft en na het tandenpoetsen, maar ik beheers me.'

'Hé, wat toevallig!' riep ik verrast, 'dat vieze sopje dat achterblijft, vind ik ook altijd zo hinderlijk.'

'Kijk maar uit,' antwoordde zij, 'het kan je je huwelijk kosten.'

'Ik heb geen huwelijk,' bekende ik.

Ik denk dat je dat ook aan mijn badkamer kunt zien. Op de planken staan alleen schoonheidsmiddelen voor de vrouw, make-up, shampoo voor meer volume, een ladyshave en een flesje hondenshampoo voor de hond. Voor mijn verloofde heb ik een tandenborstel en een wegwerpscheermesje. De andere toiletartikelen brengt hij mee in een toilettas. Hij komt logeren, niet wonen.

'Ik zou het liefst de badkamerdeur op slot doen,' zei een vriendin die sinds twee jaar samenwoont. Zij had enorme haast om bij haar geliefde in te trekken, maar nu ze eenmaal bij hem woont, heeft ze spijt. 'Hij heeft overal wat over te memmen,' zegt ze, 'bij alles wat ik doe geeft hij commentaar. Laatst zei hij dat ik mijn tanden op de verkeerde manier flos.'

Maar dat is niet de enige reden waarom ze hem niet kan velen in de badkamer. Ze heeft ook een hekel aan zijn naakte verschijning. 'Naakt is alleen opwindend in een erotische omgeving,' zegt zij, 'als wij in bed liggen, vind ik het lekker. Maar zo'n blote kont die heen en weer schudt omdat hij zijn tanden staat te poetsen, dooft alle lust in mij.'

Ik ben het niet met haar eens. Ik vind het juist leuk als een man zichzelf vergeet doordat hij het druk heeft met iets anders.

'Ze vergeten zichzelf veel te veel,' vindt zij. 'Wij hebben een wc in de badkamer. Daar gaat hij onbekommerd op zitten poepen terwijl ik in bad lig.'

Dat is wel erg schaamteloos.

'Misschien moet je een verbouwing uitvoeren,' raadde ik aan, 'dan laat je die wc eruit slopen en neem je twee wastafels. Dat schijnt heel bevorderlijk te zijn voor de goede verstandhouding.'

'Ik wil twee badkamers,' zei ze grimmig.

'Of twee huizen,' antwoordde ik.

'Dat is het beste,' gaf ze toe. Maar voor haar is het te laat, ze woont nu eenmaal samen. Met wastafel, toilet en bed is ze aan die man vastgeklonken.

In mijn eenpersoonsbadkamer vind ik af en toe een draadje tandflos op de rand van de wastafel. Dat is van hem. Met vinger en duim pak ik het liefdevol op en deponeer het in de afvalemmer.

Als je geen huwelijk hebt, kan het ook niet kapot.

Op maat

Ik zat met een vriend in een restaurant. Na het eten haalde hij een cederhouten kistje tevoorschijn en stak een sigaar op.

‘Hmm, een tuitknakje,’ zei ik peinzend, ‘eigenlijk is een tuitknakje meer een ochtendsigaar.’

Ik heb mij in het verleden een poosje verdiept in sigaren en sindsdien doe ik of ik er verstand van heb. Ik ken de namen van de modellen, ik weet hoe ze worden gemaakt en welke sigaar bij de verschillende gelegenheden past. Na de warme maaltijd rook je een corona of een longfiller. Een tuitknakje is als avondsigaar een beetje licht.

Sigaren zijn overwegend een mannenaangelegenheid, maar er zijn ook vrouwen die ze roken. Deense vrouwen staan erom bekend. Die doen het niet om de emancipatiegedachte kracht bij te zetten, maar vanwege de kosten. Op sigaren werd in Denemarken altijd minder belasting geheven dan op sigaretten.

Als een Nederlandse vrouw een sigaar opsteekt bedoelt ze dat als uitdagende daad. Dat zegt ze niet, ze zal met klem beweren dat ze de smaak zo lekker vindt, maar dat is natuurlijk onzin. Je gaat sigaren pas lekker vinden nadat je hebt geleerd hoe je ze moet roken en als je aan de smaak bent gewend. Dat duurt een poos. Niemand zegt na zijn eerste trek sigarenrook: ‘Is me dat smullen!’

Sigaren roken is net zoiets als biljarten of vissen. Het is verboden voor vrouwen, behalve als ze het lekker toch doen. Maar als ik zie welke sigaar ze kiezen, moet ik toch vaststellen dat vrouwen niet weten hoe het hoort. Ze hebben een voorkeur voor slanke sigaartjes, omdat ze denken dat die minder heftig smaken. Daar vergissen ze zich in. Juist die dunne sprieten zijn scherp. Een senoritas of een corona is veel zachter.

Die wijsheid kan ik ook nooit voor me houden, maar ik ontmoet geen dankbare ontvangst. Sigarenrooksters wijzen op hun voorhoofd als ik mijn goede raad uitserveer. 'Ik ga niet met zo'n veeboerenknak in mijn hoofd zitten,' zeggen ze.

Vrouwen willen graag kleine voorwerpen in hun handen houden, elegante tasjes, smalle aanstekers, liever een fluitje bier dan een pul of een vaasje. Mannen willen juist alles in het groot.

Ik zette mijn verloofde eens een schaaltje yoghurt met een dessertlepel voor. Hij bekeek de lepel alsof hij was overgeslagen bij de afwas, stond zwijgend op en bracht hem naar de keuken. Even later keerde hij terug met een soeplepel. Daarmee hevelde hij de yoghurt zijn mond in alsof hij een bouwvakkerskarwei klaarde.

Ik keek belangstellend toe. Hier werd een daad gesteld.

Mijn vader was een klein meneertje. Dat vond hij niet leuk. Het liefst was hij een vervaarlijke grote vent geweest. Van de weeromstuit omringde hij zich met grote spullen. In ons huis was alles groot. Voor de kasten had je een trapleer nodig, in de pannen kon je een maaltijd voor een jeugdherberg klaarmaken, onze kamerplanten leken wel bomen.

Die hang naar grootheid is geen uitzonderlijke eigenschap. Alle mannen zijn bang voor de kleine schepping. Als een man zijn auto moet parkeren, kost dat vaak veel tijd, omdat de chauffeur denkt dat geen plek groot genoeg is voor zijn slagschip.

Daar krijg ik hem nooit in, denkt hij.

Fabrikanten weten dat mannen zo zijn. Daarom hebben producten die zich op manlijke klanten richten stoere namen die duiden op een ferm formaat. Condooms zijn uitsluitend in Large, Extra Large en King Size te koop, wijnflessen dragen, naarmate ze groter zijn, ontzagwekkender namen. Een fles van anderhalve liter heet nog bescheiden een Magnum, maar daarna komt de Jeroboam, de Rehoboam en de Methusalem. Die bevat zes liter. Ik zou niet weten wie zo'n fles nog kan uitschenken, maar er zijn nog drie grotere flessen, de Salamanzar van negen, de Balthasar van twaalf en ten slotte de Nebukadnezar van zestien liter. Die kom je liever niet tegen als de nacht is gevallen.

Sigaren zijn mannenattributen bij uitstek en vanzelfsprekend bestaat ook daarin een oplopende reeks. Over de kleintjes hoef ik het niet te hebben, die zijn voor watjes. Het telt pas vanaf de corona. Dan komen de Robusto, de Torpedo en de Churchill.

Ik ken een man die dat formaat rookt. Hij is heel klein, maar hij heeft zijn leven lang gebokst. Dat zie je aan zijn neus en aan zijn sigaar. Daar zou je iemand mee tegen de vlakte kunnen slaan.

Wanneer hij het café binnenkomt, groeten de andere mannen hem eerbiedig. Want niet alleen zijn sigaar is groot, hij heeft ook een gulle hand waarmee hij breed uitdeelt als hij wat bestelt: 'Geef mij een pils en geef die jongens ook wat!' Zodra iedereen te drinken heeft, haalt hij een grote sigarenkoker uit zijn zak. Daar zitten longfillers in, die hij uit Midden-Amerika heeft geïmporteerd. Die rookt hij zelf op, want hij is de enige die het tegen zo'n grote sigaar durft op te nemen.

Ik dacht altijd dat deze man de grootste sigaren rookte die er bestaan. Maar het kan nog groter. Er bestaat een formaat Immenso. De importeur had hem eigenlijk bij wijze van grapje besteld, om zijn klanten aan het lachen te maken, maar de Immenso schijnt een kolossaal succes te zijn. Hij heeft een brandtijd van vier uur en hij past alleen in een wijdopengesperde mond.

Ik heb hem niet zelf gezien, de man van het tuitknakje vertelde me erover. Hij trok er een misprijzend gezicht bij, want hij dacht dat ik mij op grond van een feministische overtuiging zou ergeren aan zulke overdreven mannelijke symbolen. Maar ik kijk niet zo nauw. Het kan mij niets schelen welke capriolen mannen uithalen om er nog wat van te maken. Ik juich het zelfs toe als ze hun best doen.

Bovendien had ik een briljante inval: ik zou een reclameposter voor de Immenso willen maken waarop een beeldschone meid te zien is. Uitdagend kijkt ze in de camera, terwijl ze een Immenso tussen haar roodgeverfde lippen houdt. Wie durft? staat eronder. Het zou geen bijdrage zijn aan de vrouwenstrijd, maar die verhoudt zich nu eenmaal slecht met de reclame.

Ik vertelde aan mijn tafelgenoot wat ik had bedacht. Hij keek me verontrust aan. Om het goed te maken, vroeg ik de rekening. De man wendde zijn hoofd bescheiden af terwijl ik betaalde, maar ik zag dat het hem niet ontging dat ik een grote fooi achterliet. Bij de uitgang hield ik ook nog de deur voor hem open. Ik houd wel van grote gebaren.

De mooiste man

'Vrouwen, zijn dat niet de mooiste wezens die er bestaan?' riep de slijmerd in het café. Zijn metgezel trok een zuinig gezicht: 'Nou,' zei hij, 'olifantjes vind ik ook heel mooi.'

Mannen die beweren dat ze gek zijn op vrouwen zijn bijna altijd slijmerds. Ze lijken op enge ooms die precies weten waar kinderen van houden en dan moppen gaan vertellen waar veel vieze woorden in voorkomen. In het café zie je ze soms. Ze spreken iedere vrouw die geen boom van een kerel bij zich heeft aan, en laten daarbij de blik zakken tot borsthoogte. Lang geleden, toen alle mannen nog dachten dat het zo hoorde, ergerde ik me eraan, maar sinds het verschijnsel zeldzaam is geworden, moet ik erom lachen. Het ziet er wel komiek uit, zo'n man. Ik ben trouwens de enige die dat vindt, want smaken verschillen. Er zijn vrouwen die een rafelige snor-met-sik een sieraad voor het gezicht vinden, anderen zien graag pyjama's of lichtgele slip-overs.

Er is ooit een onderzoek gedaan naar de manier waarop vrouwen naar mannen kijken. Vinden ze brede schouders belangrijk? Stevige billen, sterke benen? Het bleek dat de meeste vrouwen zich niet veel aantrokken van de lichaamskenmerken van een man. Lijkt hij op de held uit de Bouquetreeks met zijn donkere haar, zijn grijze ogen, zijn rijzige gestalte en borsthaar, dan is dat mooi meegenomen, maar het hoefde niet. Ik denk dat de conclusies van het onderzoek juist zijn. Je ziet vrouwen inderdaad met de wonderlijkste vogelverschrikkers aan hun zijde.

Maar mooi of lelijk, er zijn een paar uiterlijke kenmerken die alle romantische gevoelens vermorzelen en doen omslaan in wanhoop.

Neusharen bijvoorbeeld. In de neus groeien haren. Dat hoort zo. Ze zorgen dat er geen ongerechtigheden in de ademhalingswegen terechtkomen. Inwendig scheren is dus niet raadzaam. Maar er is een goede reden om de haren die buiten de neus hangen af te knippen. Die haartjes klitten namelijk en gaan dan verdacht veel lijken op een stukje neusvuil. Een man met een vieze neus kun je niet serieus nemen, laat staan dat hij erotische gevoelens wekt.

Sommige mannen denken dat ze filmcowboys zijn. Ze lopen met grote onverschillige stappen, de benen iets uit elkaar, de armen losjes zwaaiend vanuit de schouders. Het is de bedoeling dat vrouwen daar opgetogen van raken. Dat doen we niet. 'Kijk, net het paard van de schillenboer,' zei een prachtig meisje in het park. Ze wees naar een bodybuilder die zojuist het beeld binnen kwam sloffen. In het algemeen worden bodybuilders trouwens wél gewaardeerd. Ik heb zelfs eens een vrouw horen zeggen dat je, als je één keer een bodybuilder hebt gehad, nooit meer iets anders wilt.

Niet iedereen heeft een postuur. Sommige mannen zien er zelfs meelijwekkend uit, zo droevig hangen hun smalle schouders, zo knokig steken de magere knieën door de pantalon. Maar hoe komt het toch dat juist dat soort mannen regenjasjes koopt, die iets korter zijn dan hun colbert? Waarom willen ze toch per se fietsklemmen om hun broekspijpen? Waarom zijn die broekspijpen altijd iets te kort en te wijd en wie vertelt mij wat toch de winkelier heeft bezield die hun een montuur voor hun bril heeft aangeraden?

Dikke mannen hebben ook zo'n vreemde eigenschap. Door hun pens zakt hun broek van hun billen. Daar zijn twee oplossingen voor te bedenken: een riem dragen of bretels. Dat doen ze niet. Wel kiezen ze heel wijde onderbroeken, die méézakken. Het uitzicht is even fascinerend als afstotend: een lange bilspleet klimt langzaam boven de broek uit, steeds verder, tot de dikke man sjort. Daarna begint het weer van voren af aan.

Onderbroeken vormen een hoofdstuk apart. Er zijn twee soorten onderbroeken, strakke en wijde. De ene man hangt graag een beetje los, de ander houdt van glad en strak. Beide standpunten zijn te rechtvaardigen, maar er zijn mannen die overdrijven. Die kopen een gigantische onderbroek, zo'n zeilschip met een gulp erin en ze kijken heel verwonderd als hun pas veroverde geliefde begint te schateren als ze die broek ziet.

De andere soort koopt tangaslips, een touw met een lapje ertussen om het zaakje in op te bergen. Dat staat niet mannelijk, maar tuttig!

Snorren. Het is mij een raadsel waarom mannen een kokosmat op zo'n gevoelige plaats willen dragen, maar ze doen het. Ze scheren hun bovenlip niet meer en hup, daar heb je hem, de snor. Dat is dan dat, denken de mannen en ze nemen nog een boterham met ei. Een zacht ei. Of een zakje friet met mayonaise. Als je een man met een snor moet zoenen, kan het dus gebeuren dat je een vette veeg uit de snor krijgt. Niet erg verleidelijk.

Mannen mogen het moeilijk hebben met hun verantwoordelijkheden in de wereld, op één punt hebben ze het veel gemakkelijker dan vrouwen. Ze hoeven niet veel moeite te doen om als lustobject acceptabel te zijn. Wat weerhoudt hen er dan van rekening te houden met de mening van vrouwen? Waarom zeuren ze altijd over de lengte, de dikte en de potentie van hun penis, waar niet één vrouw in geïnteresseerd is? Van een dikke buik, korte benen, schriele borst schrikken we niet zo gauw. Voortijdige zaadlozing, ondermaatse geslachtsorganen, seksuele zenuwachtigheid, niets is ons te dol. Maar neusharen, eisnorren, kruipende bilspleten, brrr!

Flosje

Toen Annie bij haar man wegging, heeft ze een poosje bij mij gewoond. Ik had begrip en een logeerbed, dus dat lag voor de hand. Annie was nog niet vertrokken of Gerdien besloot bij haar man weg te lopen. 'Kan ik bij jou, zo lang?' vroeg ze. 'Ja hoor,' zei ik, want ik vond het wel gerieflijk, zo'n vaardige huisvrouw als logée. Annie had bij wijze van arbeidstherapie mijn jaloezieën gezeemd en Gerdien hield van ingewikkeld koken.

Na Gerdien was het een poosje stil in huis, toen kwam Jan. Jan is vijf jaar getrouwd geweest met een vrouw die zich vergist had. Ze dacht dat Jan een sterke verstandige man was op wie ze kon leunen, maar Jan is helemaal niet zo'n ferme kerel. Hij is twaalf jaar ouder dan zij, vandaar dat hij heel wat leek. Toen ze Jan uit had, heeft ze hem weggedaan. Hij kwam zo lang bij mij.

'Moet ik in het logeerbed?' vroeg Jan de eerste avond.

'Ja,' zei ik, maar dat negeerde hij.

'Ik kom voor de gezelligheid naast je liggen,' zei hij, 'ik doe niks.' Hij deed ook niets, maar onder het laken groeide iets. 'Je krijgt toch geen erectie?' zei ik. 'Ik kan het niet helpen,' zei Jan, 'misschien moeten we het even over gekookte bloemkool hebben, dat wil nog wel eens helpen.'

'Of over lymfeklieren,' stelde ik voor.

'Slijmbeurs,' zei Jan.

'Vleesboom,' zei ik, en: 'Smegma.' Dat was afdoende.

Ik denk dat smegma wel het vieste woord is dat ik ken. Ik heb er ook een herinnering bij.

Ooit was ik verliefd op Jacques. Ik weet niet precies waarom, maar ik moest en ik zou die man hebben. Het bleek niet moeilijk te regelen. Hij haalde zijn agenda uit zijn tas en stelde een datum voor. Dat was niet erg bekoorlijk, maar nog niets in vergelijking met de schrik die me te wachten stond. Op de afgesproken dag meldde Jacques dat er van seksueel verkeer geen sprake kon zijn. Hij had fimosis. Door slechte hygiëne was onder de rand van de eikel een ophoping van smegma ontstaan. Dat zaakje was gaan ontsteken en de voorhuid kon niet meer teruggeschoven, die was als het ware vastgeslibd. Ik was niet meer verliefd op Jacques.

'Daarom doe ik het alleen met besneden jongens,' zei een homoseksuele vriend, 'Amerikanen zijn besneden, joden zijn besneden en islamieten ook.'

'Weet je wat ik zo moeilijk vind van besneden?' zei ik, 'ik kan zo'n man niet aftrekken. Je hebt geen houvast.'

'Dat is ook de bedoeling van de besnijdenis,' zei mijn vriend, 'hij is uitgevonden om zaadverspilling tegen te gaan.' Ik geloof hem, want hij is seksuoloog en gespecialiseerd in mannen. Als ik iets over mannen wil weten, vraag ik dat aan hem. Onlangs las ik in een tijdschrift dat onder homoseksuele mannen de penis met een flosje eraan tegenwoordig populair is, een onbesneden penis met een lange voorhuid die als een tuitje boven de eikel uitsteekt zolang er geen sprake is van een erectie. Mijn vriend keek bedenkelijk. 'Zo'n flosje is geen goed teken,' zei hij. 'Als een jongen in zijn jeugd niet heeft geleerd de voorhuid geregeld terug te schuiven, ontstaat een flosje. Het kan wijzen op onvoldoende hygiëne.'

Ik bleef erover nadenken, niet over de hygiëne, maar over de mode in penissen. Vrouwen ontmoeten in de regel zo weinig verschillende penissen, dat ze nooit op het idee zouden komen een voorkeur uit te spreken. Er zijn er wel die zeggen dat ze een kleintje niet goed genoeg vinden, maar tot een uitgebreide inventarisatie komen vrouwen niet.

'Ik zal eens kijken of Bert besneden is,' zei Fien, 'ik heb ook zo weinig houvast.'

Ik keek haar verbluft aan. 'Weet je dat niet eens?' zei ik, 'je eigen Bert!'

'Ik zie hem bijna nooit,' zei Jolanda verontschuldigend. 'In bed liggen we onder de dekens en na de seks gaat het licht uit.'

'In de badkamer dan, of voor hij in bed stapt?'

Fien maakte een hulpeloos gebaar. 'Ik heb er nooit zo op gelet,' zei ze. 'Doen andere vrouwen dat dan wel?'

Daar begin ik nu ook aan te twijfelen. Ik weet van een oud echtpaar dat ze elkaar zelfs nog nooit naakt hebben gezien, maar dat leek me meer iets van de jaren vijftig.

'Ik vind een man toch al een lelijk ding,' zei Fien, 'maar dat, eh, dat geval, daar kan ik echt niet naar kijken. Zo harig en rimpelig, zo paars en met aders erop. Ik draai mijn hoofd altijd om als Bert naar me toekomt.'

'Maar Fien toch!' riep ik, maar ze was niet meer te stuiten en beschreef die arme Bert zijn trots in de meest onsmakelijke geuren en kleuren.

'Ik dacht dat jij niet keek,' zei ik.

Zelf heb ik altijd goed gekeken. Je kunt ervan leren. Een propere penis is een goed begin van een romance en als hij ook nog fier overeind staat weet je in ieder geval dat de visite zich niet verveelt. Er bestaan korte, dikke, dunne, lange, rechte en kromme, maar erg belangrijk is dat niet. Ze kunnen lui zijn, veeleisend, schichtig of ontroerend.

Ik kan me de verschillende penissen die me in de loop der jaren gepresenteerd zijn nog wel herinneren. Niet allemaal natuurlijk, maar van de meeste modellen weet ik wel een voorbeeld. Ik heb er alleen geen smaak in ontwikkeld. Zolang ze me niet beledigden, vond ik ze allemaal wel aardig om te zien. Met of zonder flosje.

Uitmaken

Sommige vriendinnen heb ik al zo lang, dat ze me met vijf verschillende verloofdes hebben meegemaakt. Joke bijvoorbeeld. Die heeft Paul zelfs nog gekend. En Gré kwam in mijn leven toen ik met Hugo verkeerde. Ik heb al flink wat mannen versleten. Toch ben ik niet wisselvallig van aard, ik kies een verloofde met het oog op de eeuwigheid. Pas als hij begint te vitten of te slaan komt het in me op om met een paar jaar minder genoegen te nemen. De vrijgezellenperiode duurde nooit lang. Na een paar maanden van grote chaos ontmoette ik meestal een nieuwe man, een heel bijzondere van wie ik me afvroeg hoe het mogelijk was dat ik al die tijd zonder hem had kunnen leven. Na verloop van tijd wist ik daar het antwoord op en daarmee begonnen de problemen. Verkering krijgen is gemakkelijk genoeg, maar hoe kom je er weer van af?

De eerste keer dat ik het uitmaakte, deed ik het nog met zwier: Drank had de man onhandelbaar gemaakt. Iedere avond sloeg hij het interieur omver en toen er geen kopje meer heel was, begon hij aan het mijne. Ik was bang en nam op een ochtend de benen. Na een scène tot diep in de nacht, wachtte ik tot hij stomdronken in slaap was gevallen. Ik stond zachtjes op, dronk het halfvolle glas jenever dat er nog stond leeg en ging weg. Dat was dat.

Ik verbeeldde me al bijna dat mijn hart onbreekbaar was, maar de tweede keer viel tegen. Wel anderhalf jaar bleef ik aarzelen of ik nu wel of niet moest blijven en vroeg me de idiootste dingen af: waar moet ik met het aquarium naar toe als ik wegga, was het niet beter te wachten met uitmaken tot na de feestdagen in verband met de afspraken en hoe maak je het uit als je nooit ruzie hebt, omdat er altijd een beetje ruzie is? Het werd dus een vreselijke knoeiboel met veel verdriet en narigheid en toen ik de volgende eeuwige liefde tegen het lijf liep, dacht ik: wat zal dat een ellende geven als het uitgaat. Een juiste voorspelling.

Als je nog maar kort met elkaar omgaat, valt het uitmaken nog wel mee. Iedere hevige ruzie is goed genoeg om als aanleiding te dienen voor ontslag, maar als je wat langer met elkaar omgaat, wordt er meer verwacht. Dan moet je met goeie argumenten komen en het verbaast me niets dat aan een tien- of meerjarig huwelijk een jurist te pas moet komen. De moeilijkheid is dat de redenen waarom iemand weg wil zo futiel zijn. Een vriend vertelde dat hij tegen het eind van zijn huwelijk zich er niets van aantrok dat zijn vrouw er VVD-meningen op na hield, dat het hem koud liet als ze hem probeerde te pesten door andere mannen om de hals te vallen, maar dat hij razend van woede werd als hij het draadje Dental Floss waarmee ze haar tanden had schoongemaakt op de rand van de wastafel zag liggen.

Het uitmaken is een delicate kwestie, voor je het weet ben je verwikkeld in een drama. Daarom proberen sommige exen in spe er stiekem tussenuit te naaien. Door steeds onverschilliger te doen, steeds minder vaak beschikbaar te zijn, loopt de verhouding vanzelf af, denken ze. En tegen de tijd dat ik definitief niet meer op kom dagen wordt mijn afwezigheid nauwelijks meer opgemerkt, hopen ze. Een misvatting. Aanvankelijk wordt de koele behandeling toegeschreven aan de omstandigheden: hij is moe, zij werkt te hard, het is de tijd van de maand, het komt door het slechte weer. Ten slotte dringt het door dat de ander echt van plan is om weg te gaan. Iemand die op zo'n manier de bons krijgt is niet alleen boos en teleurgesteld omdat het gedaan is met de liefde, maar ook om de vernedering dat hij het al die tijd niet in de gaten had.

Wegsluipen is dus een beproefd slechte methode. De andere mogelijkheid is de Verlating met Toespraak. Die werkt ook niet. Ik heb het zelf nog geprobeerd. 'Als het zó moet, dat hóéf ik niet meer,' zei ik. 'Ik beschouw mijzelf vanaf heden als ont-loofd.' Dat heb ik geweten. Bittere verwijten en verongelijkte brieven kreeg ik.

De moeilijkheid is dat een verguisde geliefde precies al die dingen doet waar je van gruwt. Hij klaagt, hij lijdt, hij laat je goed voelen hoe onrechtvaardig het is dat je niet meer van hem houdt. Met een wit gezicht en het gebroken hart duidelijk zichtbaar wacht hij af of je hem misschien al een beetje begint te missen. Het is verschrikkelijk om aan te zien, maar het brengt je niet op liefdevolle gedachten. En steeds opnieuw gaat het zo; soms word je zelf verlaten, soms is het andersom. Er moet toch iets op te verzinnen zijn, een elegante manier om van iemand af te komen. Ik heb wel eens gedacht aan een ruilbeurs, een computercentrum voor tweedehands verloofdes. Als je genoeg van iemand krijgt, is dat meestal niet omdat de ander plotseling een slecht karakter blijkt te hebben. Het ligt meer aan de dagelijkse omgang die vervelend is geworden. In plaats van te wachten tot de ergernis is uitgegroeid tot een diepe afkeer van de ander, is het beter om hem ter overname aan te bieden. Dat kan buiten medeweten van de betrokkene. Bij het Centrum worden de gegevens genoteerd: aardige man, regelmatige gelaatstrekken, beetje vadsig aan het worden, mooie ogen, matige kaaklijn. Kan afwassen, eenvoudige maaltijden koken, belt op als het laat wordt, is lief voor kinderen. In bed nogal onbesuisd, maar staat open voor aanwijzingen. Lust geen kip. Vindplaats: twee keer per week in café Ome Jan, meestal op dinsdag en vrijdag. Op maandagavond bij de aquariumvereniging in de

Wilhelminastraat. Na het afrekenen van de administratiekosten ga je naar huis. Na verloop van tijd merk je de verandering. Hij heeft een binnenpretje, dat kun je duidelijk merken en als je geluk hebt komt hij al gauw met het nieuws: hij is verliefd. Misschien verwacht hij moeilijkheden, maar die komen niet. Vol begrip zeg je dat je hem zijn geluk van harte gunt en we kunnen toch goeie vrienden blijven? Er is maar één remedie tegen liefdesverdriet: een nieuwe liefde.

Het vrijheidsbeeld

Ik ben langeafstandswandelaar. Dat is een stom woord voor een plezierige bezigheid. Ik loop graag meer dan vijftien of twintig kilometer. Het is geen bijzondere liefhebberij, iedereen doet het. Op mooie dagen lijkt het op de Nederlandse wandelpaden wel de Kalverstraat, zo druk is het.

Vooral vrouwen van boven de veertig wandelen. Wanneer ik met mijn beste vriendin langs het Oeverloperspad, het Zuiderzeepad, het Pieterpad of de Mergelroute loop, zie ik om mij heen precies eendere vriendinnenparen, met hetzelfde gidsje dat wij hebben. Ze hebben allemaal grijs haar, geen make-up en stevige schoenen.

Ik draag ook geen make-up, ik loop op wandelschoenen en ik verf mijn haar niet, maar ik hoop toch van harte dat ik niet al te erg lijk op zo'n wandeltante. Ze zien er niet uit, vooral van achteren. Vaak lopen ze in een rare anorak en met een slordig kort kapsel. Ik kan woedend worden om dat haar. Misschien komt het doordat er een levensvisie aan ten grondslag ligt. Vrouwen die hun haar opscheren of af laten knippen zonder model, beschouwen hun lichaam als een luie stoel, waar alleen zij gebruik van mogen maken om er breed in uit te buiken.

Het zal ook wel uit jaloezie zijn dat ik zo kwaad word op die vrouwen. Ik sta drie keer per week in de sportschool mijn best te doen om er nog wat van te maken en zij laten de boel in de lap hangen. Het maakt ze niks uit of ze een dikke derrière hebben en pianopoten. Ze hebben vriendinnen die er net zo uitzien als zij. Ze gaan samen lekker wandelen en in de uitspanning halverwege de route bestellen ze koffie en een grote appelpunt. Met slagroom. Terwijl ik me al zoveel jaren beheers dat ik niet eens meer een appelpunt lust.

Op mannen kan ik ook kwaad worden vanwege hun uiterlijk. Je ziet soms heel jonge mannen, van even in de twintig, die een vlassik dragen of een ringbaardje. In gedachten scheer ik dat morsige ding van hun kin en stel me voor hoe hun gezicht ervan zou opknappen. Maar dan besef ik dat je daarmee de hang naar snorren en baarden niet hebt weggenomen. Die zit in het karakter en scheer je niet moeiteloos af.

Soms weet ik waarom een man een snor of een baard heeft laten staan. Dan is er sprake van een vlezig klein kinnetje of wangen die zonder zichtbare kaaklijn overgaan in een dikke nek. Ik laat een ringbaardje staan, dan valt het niet op, denkt zo'n man. In dat geval word ik niet kwaad.

Mijn vriendin heeft een verloofde die vlinderdasjes draagt. Hij is niet erg groot en heeft een energieke manier van lopen. Hij doet een beetje denken aan een vrolijk paasei.

Toen mijn vriendin pas met hem ging, heeft ze nog wel geprobeerd de strik te verbannen. 'Doe maar een gewone das, schat,' raadde ze aan, maar daar knapte de verhouding niet van op. Hij begreep niet waarom ze niet van vlinderdassen hield. Hijzelf vindt ze een teken van een vrijgevochten geest.

'Hij is ze na de scheiding van zijn eerste vrouw gaan dragen,' legde mijn vriendin uit. 'Hij had een akelig huwelijk en een kantoorbaan. In die tijd droeg hij gewone gestreepte dassen. Toen hij van dat mens af was, is hij ook heel ander werk gaan doen. Hij geeft nu les aan inburgerende buitenlanders.'

Volgens haar zijn de meeste mannen met vlinderdassen ooit gewone dassendragers geweest en hebben ze zich aan een of ander juk weten te ontworstelen. Van blijdschap doen ze een strik om.

Mannen hebben niet veel uitdrukkingsmogelijkheden in hun kleding. Als ze hun best doen om er mooi uit te zien, worden ze voor homoseksueel uitgemaakt en dat vinden heteromannen niet leuk. Daarom kleden ze zich zo formeel mogelijk en als ze willen laten weten dat ze anders zijn dan gewone mannen, trekken ze iets uit. Het eerste kledingstuk dat wordt weggeworpen, is de das. Er zijn mannen die hem vervangen door een sjaaltje. Het heet een choker, maar het is gewoon een sjaaltje. Een andere mogelijkheid is een coltrui of een T-shirt onder een overhemd. Als een man eenmaal heeft ontdekt dat hij van alles uit kan trekken, is er geen houden meer aan. De knopen van zijn overhemd gaan open, ook al puilt er een matrasvulling uit, het hemd gaat uit de broek en de mouwen worden opgestroopt. Dat is de bovenkant. Vervolgens gaat de broek uit. De grijze of blauwe broek, die ooit samen met een jasje is gekocht, verdwijnt in de kast en komt alleen nog tevoorschijn als er een begrafenis is. In plaats van een broek van gladde stof draagt een man die zich wil onderscheiden een spijkerbroek of een andere sportieve katoenen broek. Ik vind het altijd een wonderlijk gezicht, net of Ken maar half is aangekleed of dat tijdens het aankleden de telefoon ging en hij is vergeten waar hij ook alweer mee bezig was.

Maar de grootste stap naar de verlossing uit het keurslijf vindt niet overdag plaats maar 's nachts. Een bevrijde man draagt geen pyjama. Dat weet ik, want ze hebben het mij verteld. Soms deden ze dat uit zichzelf, maar ik hielp ook wel een handje. 'Slaap jij in een pyjama?' vroeg ik dan.

Als dat inderdaad het geval was, antwoordden ze nog wel eens dat het mij niks aanging, maar de mannen die naakt sliepen, vertelden dat met trots. Ze meldden het triomfantelijk, alsof het een mijlpaal betrof: op een dag plas je niet meer in je bed en een jaar of veertig later neem je je voor nooit meer een pyjama te dragen, behalve als je naar het ziekenhuis moet.

Het is een goed besluit, dat uitzicht biedt op onvergetelijke nachten. Een man die naakt slaapt, straalt daadkracht uit en seksuele verlokking. Een man in een pyjama niet. Die moet je eerst uit de verpakking halen als je iets met hem wilt. Ik denk dan al gauw: laat maar dicht.

Soms is dat ook de bedoeling. Geef een man een pyjama en hij dut vanzelf in.

Ik ken een vrouw die nog een stap verder is gegaan. Zij gebruikt haar echtgenoot uitsluitend als decor. Zij koopt de pyjama's van haar man in de kleuren van de dekbedhoes. Hij mag wel zelf zijn nachtgoed uit de kast halen, maar als hij de verkeerde pyjama kiest, een met een streep of een figuurtje dat niet bij de overtrek past, stuurt ze hem terug: Ga maar wat anders uitzoeken.

Hij is in aanleg geen onaantrekkelijke man. Hij heeft een mooie grijze haardos, een fiere kin en mooie handen, maar aan de uitgebluste blik in zijn ogen kun je zien dat hij alle hoop op liefkozingen heeft laten varen. Misschien ontdekt hij op een dag waar de uitgang is in dit katoenen huwelijk. Niemand kan hem die wijzen, hij moet er zelf achter komen. Ik stel me voor hoe bevrijd hij zich zal voelen. Nooit meer een pyjama! zal hij uitroepen en misschien koopt hij zelfs in dolzinnige vreugde een vlinderdas.

Gelukkig

Sinds mijn verloofde terug is van een lang verblijf in het buitenland vragen de mensen hoe het met ons gaat. 'Goed,' zeg ik dan en zet er een blij gezicht bij, anders geloven ze me niet. Het klinkt niet erg overtuigend, dat ene woordje, maar ik weet niet wat ik er verder over moet zeggen. We gaan graag samen wandelen, we maken geen ruzie en we hebben een bloeiend seksleven, maar daarover zeg ik liever niets in het openbaar want dat staat zo morsig. We bellen elkaar op en we bespreken van alles, maar waar onze gesprekken over gaan, zou ik niet kunnen zeggen. Over andere mensen die we kennen, waarschijnlijk, en over hoe het met hen gaat.

Geluk is geen groot gevoel. Het is een kalme tevredenheid, afgewisseld met kleine ergernissen. Om het echt te voelen moet je je even voorstellen dat het oorlog is of dat de dokter heeft gezegd dat hier sprake is van een ziekte die niet meer overgaat. Dan weet je dat je tevoren heel gelukkig was.

Je kunt het aan de buitenkant niet altijd goed zien of mensen samen gelukkig zijn. Van mijn broer weet ik het, want die is met de leukste vrouw van de wereld getrouwd, en van vriendinnen die mij op de hoogte houden van hun relatieproblemen kan ik ook zeggen of ze het getroffen hebben in de liefde of dat ze de poedelprijs mee naar huis hebben genomen.

Zo langzamerhand ben ik me gaan verbeelden dat ik verstand heb van de ware liefde. Toch gebeurt het geregeld dat echtparen van wie ik zeker meende te weten dat ze de gouden bruiloft nog wel zouden vieren, plotseling aankondigen dat ze gaan scheiden.

'Het ging niet meer,' vertelde een vrouw van wie ik dacht dat zij een toonbeeld van traditioneel huwelijksgeluk was. Ze woont in een grote villa in Oranjewoud, een dure wijk bij Heerenveen, haar kinderen zijn net de deur uit om te gaan studeren, ze doet de hele dag niet anders dan tennissen en bridgen en voor zover ik wist trok ze zich niets aan van haar echtgenoot. Die had ze voor de sier.

Dat klinkt niet erg romantisch, maar je kunt niet verwachten dat een echtpaar na bijna dertig jaar elkaar nog in de ogen kijkt alsof ze daar zojuist iets heel moois hebben ontdekt.

'Waarom nu ineens?' vroeg ik, maar het was geen plotselinge beslissing. Ze wilde al heel lang weg, al na de geboorte van haar tweede kind. Het kostte haar steeds meer moeite haar weerzin tegen de liefkozingen van haar echtgenoot te onderdrukken. Eerst dacht ze dat het aan de borstvoeding lag, maar toen het kind allang pap at en fruithapjes, had zij nog steeds geen verlangen naar het lichaam van haar man. In bed ging ze zo ver mogelijk van hem vandaan liggen en daar lag ze dan te luisteren terwijl hij snurkte. Uiteindelijk was ze apart gaan slapen, vanwege het gesnurk. Het was de eerste stap op weg naar de uitgang.

Het gebeurt heel vaak dat mannen hun vrouw de deur uit snurken. Ik vraag me wel eens af of het toevallig is. Ze kunnen er natuurlijk niks aan doen, het is een lichamelijk proces. De ademhalingswegen worden geblokkeerd doordat de tong naar achteren zakt. Wanneer een man op zijn rug ligt en veel alcohol heeft gedronken voor hij ging slapen, kun je rekenen op een geluid alsof er een kudde wilde zwijnen in de slaapkamer geparkeerd staat. Schoppen helpt niet en boze commando's al evenmin. Ik denk dat vriendelijker omgangsvormen overdag een betere remedie zijn.

Ik heb een verloofde gehad die in het huwelijk dat aan onze romance voorafging een geduchte reputatie als snurker had opgebouwd. Zijn vrouw schreeuwde 's nachts tegen hem, ze duwde hem het bed uit en timmerde op zijn hoofd. Het hielp niet, hij snurkte onverdroten verder, tot de scheiding volgde.

In mijn bed liet hij zich met een paar sussende woorden tot stilte manen. Daar was ik erg trots op. Zie je wel, echte liefde, dacht ik.

'Je weet niet waar je over praat,' zei een vrouw aan wie ik mijn theorie voorlegde. Zij heeft een man die wel zo hartstochtelijk snurkt, dat hij er voor naar de dokter is geweest. Die heeft medicijnen voorgeschreven en een apparaatje dat de man 's nachts op zijn neus kan zetten, maar hij kan het net zo goed op zijn kussen spelden, want het helpt geen fluit.

'Heb je het al eens met zachtheid geprobeerd?' vroeg ik met een zelfingenomen glimlachje.

De vrouw kneep haar ogen tot spleetjes. 'Weet jij wel wat er door een mens heen gaat als je naast zo'n ronkende onderzeeër ligt?' vroeg ze. 'Op geen enkele manier kun je jezelf voor dat vreselijke geluid afsluiten. Het is doordringender dan het gehuil van een baby, het boort zich in je ziel. En dan, net als je overweegt de man, met gesnurk en al in een kussen te smoren, houdt het op. Secondenlang is het doodstil. Hij is dood! denk je, hij is dóód!! En terwijl je afweegt of je daar blij om bent of juist niet, komt er weer een snurk, een diepe doodsrochel om de verloren ademtijd in te halen en dan begint het weer. Weet je wat ware liefde is? Dat je zo'n man niet verlaat, dat je bij hem blijft en geen hondenhok voor hem timmert in de achtertuin.'

Ik ken iemand die dat wel degelijk heeft gedaan. Ze heeft niet eigenhandig een kooi voor haar echtgenoot gebouwd. Ze heeft de schuur voor hem ingericht als verblijfplaats. Hij was niet geschikt voor huiselijk verkeer. Toen hij nog werkte, vond ze het ook niet gezellig als hij thuis was, maar dan ging ze na het eten afwassen of huiswerk overhoren, strijken of de hond uitlaten, terwijl haar man voor de televisie hing. Een jaar geleden ging hij met pensioen. Hij heeft geen hobby, behalve een beetje aan zijn auto prutsen en de voetbaluitslagen lezen in de krant. Hele dagen zat hij op de bank. Daar kon zij niet meer tegen. Ze heeft de schuur schoongeboend, er een televisietoestel neergezet, een ijskast met bier en een leunstoel. Zijn gereedschap stond er al en de man heeft zich er braaf als een schaap naar toe laten verbannen. Op gezette tijden krijgt hij koffie en thee en een bord boterhammen. Sinds kort slaapt hij er ook.

'Hij snurkt,' verklaarde zijn vrouw.

'Jij ook,' spartelde hij nog een beetje tegen.

'Ik snurk helemaal niet,' zei ze. Maar het is waar wat hij zegt. Zij snurkt ook. Ik heb met haar op een hotelkamer gelegen toen we samen een congres bezochten en ze maakt 's nachts geluiden. Ze snurkt niet hard, vast niet zo meedogenloos als die man van haar, maar ze heeft een heel repertoire van nachtelijk lawaai, waar je toch een beetje aan moet wennen. Ze smakt, ze grinnikt en ze praat in haar slaap.

'Wat zeg je, Els?' vroeg ik geschrokken toen wij samen op de hotelkamer logeerden en zij plotseling iets meedeelde. Ik kreeg geen antwoord, het was zeker een droom. Ik viel net weer in slaap toen ze heel hard riep: 'In de gang!!'

'Heb ik gesnurkt?' vroeg ze de volgende dag.

'Nee hoor,' zei ik vriendelijk. Het was mijn schuld dat ze de aantijging van haar man zo stellig van de hand wees. Zij weet niet wat ze 's nachts allemaal doet.

Ik slaap niet geregeld met vrouwen, maar mijn zuster, die haar vakanties met vriendinnen doorbrengt, zegt dat veel vrouwen snurken.

'Heel zachtjes toch,' weerlegde ik.

'Welnee,' zei mijn zuster, 'gewoon, keihard, net als mannen.'

Daar was ik wel even stil van. Ik dacht dat vrouwen een damesgeluid zouden maken, een zacht gezucht, de letter H, maar dan iets harder. Zo is het niet. Vrouwen zijn even erg. Niets nachtelijks is ons vreemd.

Versieren

'Zal ik je mijn berenklauw laten zien?' bood de man in het café aan. Hij had me even tevoren toevertrouwd dat hij André heette en toen ik daar niet erg van onder de indruk leek te komen, had hij ook nog verteld dat hij lid was van de Haagse Kunstkring. Dit was zijn derde en sterkste bod. Een berenklauw. Ik kende in die tijd nog geen plantennamen, dus keek ik even verwonderd naar zijn handen. 'Hij is enorm,' zei André, 'en ik woon hier vlakbij.'

In de tuin stond inderdaad een gigantische berenklauw, maar André vond dat hij nog meer kon laten zien. Enthousiast sloeg hij zijn armen om me heen en nam een duik. Ik ook.

André had zelden succes met zijn pogingen een vrouw te versieren. Een week later zag ik hem naast een meisje van een jaar of twintig zitten. Hij hield haar linkerhand gevangen en was kennelijk bezig haar toekomst te lezen. Het meisje verborg met haar rechterhand een verveelde geeuw.

Veel mannen zetten de eerste stap op weg naar bed door een zinnetje te zeggen, een wervend zinnetje waaruit moet blijken dat de aangesproken vrouw met een interessante gesprekspartner te doen heeft om nog maar te zwijgen over zijn kwaliteiten als minnaar.

Je zou verwachten dat er een rijkdom aan dergelijke openingszinnen bestaat, maar het tegendeel is waar.

De laatste jaren is wel iets veranderd.

'Wat doet een leuk meisje als jij in deze tent?' is uit de handel genomen, evenals 'Waar gaan die mooie beentjes heen?' 'Zo, helemaal alleen op stap?' hoor je ook niet meer sinds de mannen hebben gemerkt dat vrouwen die helemaal alleen op stap gaan niet gediend zijn van dergelijke opmerkingen. Maar 'Ken ik je niet ergens van?' doet het nog best en 'Is deze plaats vrij?' lijkt het eeuwige leven te hebben. En hier is een nieuwe: 'Zal ik eens lekker bij je komen inwonen?'

Op het station waar ik soms sta te wachten om een bezoeker van de trein te halen, hoor ik vaak het weerbericht als lokaas. 'Mooi weertje,' zeggen de mannen verleidelijk. Eerlijk gezegd heb ik daar niet van terug. Sprakeloos stond ik ook toen een moderne man mij meedeelde dat ik hem wel een leuke meid leek en dat hij graag eens met mij naar bed wilde. Het scheelde maar weinig of hij had gevraagd hoe laat het neuken begon.

Ik geloof niet in versieren.

Ik denk dat een man alleen iets moet zeggen als hij wat te zeggen heeft, anders wordt het toch zo'n radeloze opmerking die gedoemd is te verschrompelen in de honende stilte die erop volgt.

Ik ken niet één vrouw die aangenaam verrast opkijkt wanneer ze 'Is deze plaats nog vrij?' hoort vragen. Een man met een dringende vacature is nu eenmaal niet erg aantrekkelijk. Tegen sluitingstijd zie je hem wel eens aan de bar staan. Hij had zo graag meegewild, maar niemand is hem komen halen. Nog even kijkt hij fronsend in zijn glas, zijn schouders mooi breed, maar hij wordt overgeslagen. Dan zucht hij diep en betaalt de rekening.

Het geheim van een man met veel vriendinnen is dat hij niet hunkert. Hij heeft het naar zijn zin in het café of in de koffiepauze. Dat straalt hij uit.

Net zoals een muurbloempje door haar eigen wanhoop maakt dat niemand met haar wil dansen, zo zal de versierder zijn leven lang handen moeten lezen en praatjes ophangen.

Een leuke man hoeft dat niet. Als hij een vriendin zoekt gaat hij naar het museum of naar de supermarkt. Daar zijn een heleboel vrouwen met wie je zomaar kunt praten zonder dat ze denken: wat moet die engerd.

Als hij naar het café gaat, dan is dat voor de gezelligheid en niet omdat hij tekortkomt. Het is voor een vrouw veel aardiger een gesprek te beginnen met iemand die zich zonder haar ook al vermaakte dan met een vossenklem die bij de geringste welwillendheid toehapt.

Als een man met mij praat alsof ik ook een mens ben, voel ik me op mijn gemak. En als er al sprake is van een gedeelde nacht, dan hoeft er niemand versierd te worden. Met zo'n man wil ik wel uit. Of thuis.

Frans

Mijn eerste zoen kreeg ik van Eddy Becker, die van de televisie. Hij zat bij mij op school en ik vond hem knap. Ik geloof niet dat hij mij begeerlijk vond, ik was te jong en erg zenuwachtig, want van zoenen kende ik alleen de theorie. Mijn ouders waren lid van de NVSH en in onze boekenkast stond een dikke, uit het Zweeds vertaalde liefdesroman waar je veel uit kon leren. Het boek stond daar voor opvoedkundige doeleinden. Er werd precies in beschreven hoe een zeventienjarige jongeman met bevende handen het tot dan toe ongerepte lichaam van zijn vriendinnetje verkent.

Zoenen stond er ook in: 'Hij drukte zijn lippen op haar half geopende mond en liet zijn tong tussen haar lippen glijden. Zij sloeg haar armen om zijn hals en kreunde, terwijl haar tong met trage bewegingen om de zijne draaide. Lars hijgde en wreef zijn verhitte onderlijf tegen haar schoot.'

Zo moest het.

Tongzoenen heette Frans zoenen, want Fransen waren beroemd om hun erotiek. Eigenlijk heb ik dat nooit begrepen. Fransen zijn helemaal niet zulke goede minnaars en ik kan het weten, want Franse minnaars waren mijn specialiteit. Mijn hele middelbare schooltijd heb ik in Frankrijk gekampeerd, omdat mijn vader hoopte dat wij er mooie rapportcijfers voor Frans aan over zouden houden. 'Ze babbelen wat met andere tieners en spelenderwijs komt de taal ze dan aangewaaid,' dacht hij. Maar het ging anders. Inderdaad gingen mijn zuster en ik regelrecht op de Franse jongens af maar van praten kwam niet veel. We zoenden.

Frans zoenen, dat kon je maar het beste in het land van herkomst doen, vonden we. We hadden een broertje met een gitaar, die we op de camping aan het spelen zetten en al gauw kwamen er leeftijdgenoten. Als zusters van de gitarist hadden we een streepje voor en we konden kiezen wie we wilden. Als we op een jongen uitgekeken waren, zochten we een volgende uit om Frans mee te zoenen. De jongens boden nog andere technieken aan: Frans vrijen, soixante-neuf, een Franse coïtus.

Soixante-neuf heb ik nooit veel aan gevonden, het is me te wederkerig. Ik kan me niet concentreren op mijn eigen gevoelens als ik mijn mond vol heb. Ik kan niet twee dingen tegelijk. Alleen zoenen en trouwen kun je samen zonder dat het jammer is van de afleiding.

Soixante-neuf is uitgevonden om de democratie in de relatie te bevorderen: je krijgt allebei evenveel als je geeft. Er bestond in de jaren zestig een fotoverhaal over een partnerruil. Op de eerste foto zie je een echtpaar op de driezitsbank. Ze wachten op wat komen gaat. Daar gaat de bel. Een tweede echtpaar komt binnen. Ze drinken met zijn vieren koffie, dan pakt de man van het ene echtpaar de vrouw van het andere bij haar borst. Op de volgende foto doet de tweede man hetzelfde bij de vrouw van het eerste stel. De vrijpartij zet zich in stereo voort en mondt uit in een soixante-neuf à deux. Zo kan niemand klagen dat hij te kort komt en is er ook geen ongelijkheid in penissucces.

Een paar jaar geleden was ik in Amerika. Amerikanen raken heel opgetogen als ze horen dat je uit Europa komt.

'Nederland, is dat niet vlak bij Zweden?' vragen ze.

'Bijna,' zeg ik dan, want ze bedoelen het niet geografisch. Zweden is het land van de vrije liefde en voor Amerikaanse begrippen is Nederland net zoiets. Van Nunspeet of Staphorst hebben ze nog nooit gehoord en de Amsterdamse meisjes zien er in de zomer heel frivool uit. Zweden, Holland en het Franse oh la la, dat is Europa.

'Heb jij wel eens een Franse minnaar gehad?' vroeg een Amerikaan. Ik knikte.

'Ze zijn heel bijzonder, hè?' glunderde de Amerikaan.

'Och,' zei ik en dacht aan Jean-Claude, die me twee weken aan mijn kop had gezeurd over de verrukkelijke strelingen die hij me had toegedacht, over de zwoele nachten die hij met me zou doorbrengen, tot ik besloot een keer met hem naar bed te gaan. Het werd niks. Voor Jean-Claude was het de sport een vrouw over te halen en daarna was hij moe. Na een kwartiertje schrale seks trok hij zijn kleren weer aan.

'Aan Franse mannen heb je niks,' zei een vriendin die veel reist. Ze vertelde over een Fransman die ze in Japan had ontmoet. Hij maakte een wereldreis, de laatste grote reis in zijn leven. Hij was drieëntwintig en hij had trouwplannen met een meisje uit zijn geboortedorp. Dat was geen toeval, hij wilde geen vreemdeling. Daar krijg je maar narigheid van. Trouwen kon je het beste met iemand uit je eigen milieu, liefst iemand uit je eigen dorp en als het kon zelfs uit je eigen straat.

'Zo burgerlijk zijn ze en ze willen maar één ding: op tijd eten,' zei mijn vriendin en vertelde nog een gruwelverhaal over een Nederlandse vrouw die hals over kop met een Fransman getrouwd is en nu in een Parijse buitenwijk spijt als haren op haar hoofd zit te hebben. Hij werkt de hele dag en als hij thuiskomt weet ze niet hoe laat dat zal zijn, of hij dan al gegeten heeft en hoeveel gasten hij meebrengt voor het diner. Voor de zekerheid houdt ze dagelijks rekening met een viergangenmenu voor acht personen. Het scheen dat alle vrouwen in die buitenwijk zo leefden en dat niet één vrouw daarover klaagde.

Ik wil het best geloven. Op de Franse campings in mijn jeugd stonden de vrouwen ook de hele dag te koken aan echte fornuizen die ze in de aanhangwagen van huis hadden meegebracht. Want de Franse liefde mag dan niets om het lijf hebben, de Franse kookkunst bestaat echt.

Dik

Als iemand mij vraagt hoeveel ik weeg, zeg ik 50 kilo. Het is niet waar, ik weeg iets meer, een pond en soms een kilo, maar die lieg ik eraf. Iets anders kan ik er niet mee doen, want afvallen lukt niet. Dat vind ik heel erg. Vanwege die ene kilo denk ik dat ik dik ben en als ik in de spiegel kijk, zie ik een olifant. Dat hebben meer vrouwen. Ze dromen van een figuur dat ze nooit zullen hebben en vergallen hun leven door bij iedere hap die ze in hun mond steken te bedenken hoeveel calorieën erin zitten. 'Hier word ik dik van,' denken ze, 'dat weet ik best, maar toch eet ik alles op. Ik ben dus niet alleen dik, maar ook slap.' Dik en slap, dik en schuldig, dik en slecht, heel veel vrouwen denken zo over zichzelf. Radeloos worden ze ervan en er is maar één ding dat daartegen helpt: eten. Een bord aardappelpuree voor de krater in het zelfvertrouwen, een moorkop als troost voor de gebroken trots.

En als de laatste kruimel is verslonden komen de nieuwe voornemens. Vanaf morgen gaat ze echt afvallen, met het nieuwe brooddieet, het puntendieet, het fruitdieet.

Mannen zijn in dat opzicht anders. Er zijn wel mannen die zichzelf te dik vinden, maar dan zijn ze het ook. Ze hebben een veertigplusbuik of bolle wangen. Soms doen ze een poging hun figuur weer in het gareel te krijgen, maar als dat niet meteen wil lukken, laten ze het maar zo. Ze hebben geen talent voor onthouding. Ze vinden het leven niet leuk als ze geen bier meer mogen drinken en ze lusten geen sla. Daarom worden ze onbekommerd dik en niemand houdt ze tegen. Vooral hun vrouw niet. Die is diep in haar hart blij met zijn dikke buik. Naast hem lijkt zij slank en daarbij hoopt ze dat zijn omvang een belemmering is voor vreemdgaan. Die dikke van mij slaan ze over, hoopt ze.

Het zal niet helpen, vrees ik. Vrouwen zeggen wel dat ze dikke mannen weerzinwekkend vinden, maar ze vergeven hem zijn vet onmiddellijk als er iets aardigs tegenover staat. Een Cadillac of verstand van zaken. Het is verbazend hoeveel dikke lelijke mannen een vrouw aan hun zijde hebben die innig naar ze opkijkt. Of zelfs neer.

'Ik vind het niet erg als een man dik is,' zei een vrouw, 'zolang het boven de broekriem is. Maar een buik, zo'n slappe buik die in zijn broek wegzakt, met brede blubberbillen aan de achterkant en dunne benen...' Ze kon haar zin niet eens afmaken, zo'n vies gezicht trok ze.

'Maar een stevige bierbuik?' hielp ik. Ze klaarde zienderogen op. 'Die mannen zien er best goed uit en ze kunnen heel lichtvoetig zijn. Elegant bijna.'

Ik wist wat ze bedoelde. Ik heb eens een avond doorgebracht met een uitgesproken dikke man. Hij was architect en wilde me een gebouw laten zien dat hij ontworpen had. Het was een mooi gebouw, met vrolijke erkers en een bijzondere lichtinval. Terwijl de man voor me uit liep en aanwees wat ik mooi moest vinden, keek ik naar zijn zware dijen. Hij was dik, veel te dik, maar ook sterk. En hij had een verende tred, alsof hij danste. 'Kun je dansen?' vroeg ik. 'Ja,' zei hij verrast, 'hoezo?' Ik mompelde iets over het gebouw en de uitstraling, maar ik dacht: Als zo'n dikke man kan dansen, is hij vast ook goed in bed. Het was zo.

'Weet je wat erg is?' zei de vrouw, 'een slungelige man, die dik blijkt te zijn.'

'Hoe kan dat nou?' vroeg ik, want zo een heb ik nog nooit gehad. Zij wel. Hij was een lange man met een mager gezicht, vertelde ze. Magere benen had hij ook, smalle schouders en dunne armen. Het dikke begon onder de ribbenkast. Daar hing een vleesschort. Omdat hij meestal wijde kleren droeg, zag je het pas als hij zich uitkleedde. 'En weet je wat nou zo gek is,' zei ze, 'je zou denken dat zo'n man zich een beetje geneert over zijn figuur, maar dat deed deze helemaal niet. Hij was zo uit de kleren en ging met die slappe buik doodgemoedereerd op bed zitten kijken hoe ik me uitkleedde. Ik dacht nog, ik stuur hem weer weg, maar ik was toch een beetje verliefd op hem. Hij was heel geestig.'

'Hoe kwam hij zo dik?' vroeg ik.

'Wokkels,' zei ze somber, 'en pinda's en pretletters en stukjes worst. Taart en bonbons en voor het slapen gaan nog een dubbele boterham. Die man was de hele avond bezig zichzelf lekker vol te stoppen. Daar heb ik het om uitgemaakt op den duur. Ik kon niet tegen die zelfverwennerij. Zelfs als hij mijn dochter haar peuterprak zat te voeren, prikte hij een vorkje mee. Dan riep hij wel: "Bah wat een laffe smaak, dat baby's dat lusten!" Maar evengoed nam hij nóg een hapje. Hij is zelf een baby, een onverzadigbare zuigeling.'

Ik rilde en dacht aan een collega. Hij is ook dik, hij is vierkant. Dat weet hij heel goed. 'Ik ben vraatzuchtig,' zegt hij, maar daar lijkt hij zich bepaald niet voor te schamen. Ik heb eens op een feestje gezien hoe hij een kwarkpunt naar binnen harkte. Hij hield het schoteltje op zijn vlakke hand voor zijn opengesperde mond en schrokte de kwarkpunt in een paar seconden op.

Zijn voormalige vrouw heeft me eens verteld dat hij in bed ook zo onbeheerst is. Als hij klaarkomt schijnt hij enorm te schreeuwen. Ik moet er niet aan denken dat je zo'n man hebt. Eerst schrokken en dan schreeuwen. Misschien dacht zij dat hij daar nog wel mee op zou houden als ze het hem vriendelijk vroeg. Ze heeft ooit geprobeerd hem van het snoepen af te houden door alle koekjes en bonbons te verstoppen, maar dat hielp niet. Als een mol ging hij door het hele huis, tot hij ze gevonden had en dan at hij alles achter elkaar op.

Je kunt een man niet veranderen, hij werkt niet mee. Als je aanmerkingen op hem maakt, haalt hij zijn schouders op of hij wordt kwaad en loopt weg. De man van wie de ex-vrouw tegenwoordig houdt is ook dik, al is hij wat minder gulzig dan zijn voorganger. 'En hij is van boven breder dan van onder,' zei ze. 'Dan geeft het niet als een man een beetje dik is. Als hij maar niet op een peer lijkt.'

'En niet schreeuwt in bed,' beaamde ik, 'en niet smakt.'

Tafel- en bedmanieren komen vaker overeen, vooral bij mannen. Bij vrouwen ligt het een beetje anders. Een man die wil weten of een vrouw een plezierige liefdespartner zal zijn, kan beter niet op haar gedrag aan tafel afgaan. Vrouwen smokkelen. Als er toeschouwers zijn, doen vrouwen of ze frêle vogeltjes zijn. Ze treuzelen met hun eten, ze rollen eindeloos de spaghetti om hun vork en laten hem net voor ze toe zullen tasten terugglijden op het bord. Ze prikken lusteloos rond tussen de aardappels en spelen met de biefstuk. Maar ze zijn nog niet alleen of ze veranderen in de zuster van hollebolle Gijs. Grote stukken vlees, dikke proppen brood, vorken vol lasagna, alles gaat grif naar binnen.

En daarna zijn ze bedroefd.

Post cenam omne animal triste est.

Cijferen

Ik had twee tienermeiden op bezoek. De een was veertien, de ander vijftien. Ze rookten een ontstellende hoeveelheid sigaretten, hingen op de bank en ze keken televisie. Ze voerden gesprekken over jongens, kleren en spullen, waarbij ze gebruik maakten van niet meer dan twintig woorden:

'Hebbie die gast gezien?'

'Hee joh, vet gaaf!'

'En daar. Zo'n auto wil ik.'

'Hee, wat hebbie voor pocket?'

'Nieuw.'

'Die wou ik ook. Ga ik nog kopen.'

'Hee kijk es.'

'Zóóo hee!'

Om de drie zinnen riepen ze: 'Mááleh!' Dat was tienerbargoens voor: 'Doe normaal hé!'

Ze sabbelden op hun tongpiercing, friemelden aan hun navelpiercing en verveelden zich.

Ik verveelde me helemaal niet, integendeel! Ik had het gevoel dat ik in een terrarium met exotische reptielen zat te turen.

Na een tijdje merkten ze dat ik zat te luisteren. 'Mááleh!' gierden ze en vroegen toen of ik verliefd was op mijn verloofde.

'Heel verliefd,' beaamde ik.

'Zullen we het uitrekenen?' boden ze aan.

'Graag,' zei ik. Ik had geen idee wat ze gingen berekenen,

maar ze hadden een pen nodig en papier en schreven mijn naam op. Toen het woord love.

'Hoe heet jouw vriend?'

'Ad,' antwoordde ik.

'Hoe schrijf je dat?'

Na een poosje meldden ze de uitkomst: ik was voor 12 procent verliefd op Ad. Dat vond ik niet zo bemoedigend.

'Zou het helpen als je Adriaan opschrijft?' vroeg ik.

Het scheelde 135 punten, ik was ineens voor 147 procent verliefd.

'Dat kan hoor!' verzekerden ze mij ernstig, 'het gaat tot meer dan honderd.'

De berekening kwam tot stand door van iedere letter van de twee namen van de geliefden en van het woord love te noteren hoe vaak hij voorkwam. Dan moest je het eerste cijfer bij het laatste optellen en zo naar het midden toewerken tot je een getal overhield. Dat was je liefdespercentage.

Vroeger werden er geen percentages berekend. Je plukte een madeliefje en trok de bloemblaadjes er een voor een uit, terwijl je mompelde: hij houdt van mij, hij haat me, hij houdt van mij, hij haat me. Het laatste bloemblaadje bepaalde hoe de zaken lagen. Dat is voor een modern mens niet wetenschappelijk genoeg. Getallen moeten we zien, percentages.

Alle nieuwsfeiten en ontwikkelingen in de samenleving, alle krantenberichten worden ondersteund door statistieken. Daarin komt tot uitdrukking om hoeveel mensen, hoeveel criminelen, hoeveel ziektegevallen het gemiddeld gaat. Voor iemand die niet op de hoogte is van de achtergrond van het onderwerp hebben de cijfers niet veel betekenis. Ik weet niet of een wachtlijst van 30 procent een ontoelaatbare kwestie is of een hele verbetering. Maar als er statistieken bij een bericht worden gegeven, heb je het gevoel dat het gaat om een betrouwbare weergave van feiten.

Ik werd een poosje geleden opgebeld door een collega die

lezingen geeft over kunstgeschiedenis en erotiek. 'Weet jij hoeveel procent van de mensen vreemdgaat?' vroeg hij.

'Nee,' antwoordde ik peinzend, 'ik heb wel een paar boeken in de kast staan waar het in wordt vermeld. Er is een verschil tussen mannen en vrouwen, geloof ik. Hoe dat kan, vergeet ik steeds. Er is ook iets te zeggen over de percentages van vreemdgaan en zwanger worden. Zal ik het voor je opzoeken?'

'Nee, laat maar,' wimpelde hij af, 'ik dacht dat jij die dingen gewoon uit je hoofd wist. Verleden week vroeg iemand het. Ik heb maar wat gezegd, 40 procent of zo. Daar nam hij genoegen mee.'

'Doe maar 68 procent,' raadde ik aan, 'dat komt waarschijnlijk dichter bij de waarheid en het staat geleerder.'

Voor cijfers hebben de mensen ontzag. Getallen geven zekerheid. Soms is dat ten onrechte. Ik ken een jurist die arbeidsongeschikt is verklaard omdat hij niet kon ophouden met cijferen. In plaats van zijn werk te doen zat hij de dagen van het jaar te sorteren. Er waren mooie data en lelijke. Op de mooie mocht hij alcohol drinken van zichzelf. Dat waren bijvoorbeeld de dagen waarop alle getallen twee keer voorkwamen: 30-03-03 of 16-10-06. Op 30 maart 2003 was hij dus dronken en op 16 oktober 2006 zal hij het zijn. Intussen heeft hij dorst. Daarom heeft hij nog een andere categorie mooie dagen. Dat zijn de data waarvan je de cijfers kunt optellen tot een uitkomst van 7: 05-07-04 15-06-04. Daarvan zijn er veel meer. Misschien is de jurist niet alleen aan cijferdrift ten onder gegaan.

Rekenneurose is een tamelijk algemeen verschijnsel. Iedere psycholoog heeft er een paar in zijn cliëntenbestand en in het wild zijn er nog veel meer. Die leven min of meer aangepast aan de normen van de maatschappij. Een vriendin van mij had er een als verloofde. Als hij een poosje niets zei, wist ze dat hij aan het rekenen was. Dat deed hij de hele dag.

Ze logeerden een keer in een hotelkamer met een gaatjesplafond. Ze lagen te vrijen, maar ineens deed hij niks meer. Hij lag op zijn rug en staarde naar boven.

'Wat doe je nou man!' riep ze, want ze vond dat ze nog lang niet klaar waren.

'Ik tel de gaatjes,' zei hij, 'en daarna ga ik daar de wortel uit trekken.'

Dat worteltrekken nam op den duur zulke bizarre vormen aan, dat de vriendin de verkering heeft uitgemaakt. Ze is nu heel gelukkig met een man die maar een beetje in cijfers doet. Dit jaar werd zij tweeënveertig en hij achtenvijftig, samen honderd. Dat vieren ze nu al maandenlang, want honderd word je maar één keer.

Bij alle bezweringen horen getallen. Mijn verloofde, die van de 12 en de 147 procent, denkt dat hij dik is. Dat is hij helemaal niet, maar zoals alle mannen van zijn leeftijd en met zijn dranklust dreigt hij wat minder rank te worden om zijn middel. In plaats van minder glazen wodka en wijn te drinken, telt hij ze. Ik heb maar vier glaasjes genomen,' meldt hij trots. Ik zucht dan en geef geen antwoord. Ik heb gezien hoe groot die glaasjes van hem zijn. Behalve glazen telt hij de dagen waarop hij naar de sportschool is geweest. Dat doen alle sportschoolbezoekers. Het is daar toch al een paradijs voor getallen. Alle oefeningen worden in setjes van acht of tien getraind. Terwijl iedereen trapt, tilt en zwoegt, hoor je de binnensmondse mantra's: zes, zeven, acht...

Laatst vroeg mijn verloofde of ik een rekenmachine had, want hij wilde zijn Quetelet Index uitrekenen. De Quetelet Index laat zien of je te zwaar bent. Het is een tamelijk ingewikkelde som, je moet je gewicht delen door het kwadraat van je lengte. Het kan ook zijn dat het andersom is, ik vergeet het steeds. Dat is geen kwestie van onverschilligheid, ik ben ook erg bang dat ik te dik ben, maar ik kan de procedure niet onthouden.

Ik ken weer andere getallen uit mijn hoofd. Ik weet precies hoeveel calorieën er in een appelpunt zitten.

Alle vrouwen weten dat. Dertig jaar geleden heeft de industrie geprobeerd de berekening in calorieën te vervangen door joules. Nog steeds staat op alle verpakkingen van levensmiddelen het aantal joules vermeld, maar niemand kijkt daarnaar. We tellen in calorieën, net zoals we nog steeds over guldens praten als we willen laten weten hoe duur iets is. Van calorieën tellen val je geen gram af, van afspraken maken met jezelf over de dagen waarop je wel of niet drinkt, word je nooit een matige drinker.

Het helpt allemaal wel tegen de stuurloosheid. Als je weet wat je Quetelet Index is, hoeveel je zou willen wegen en wat je in werkelijkheid weegt, als je je liefdespercentage kent en je cholesterolgehalte, sta je met meer zelfvertrouwen in het leven. Ik weet waar ik aan toe ben: 22, 48, 51, 12 of 147, en 5.

Zeuren

Mannen kankeren. Als de auto niet wil starten, als het doe-het-zelfboekenrekje dat hij heeft getimmerd op een hangmat lijkt, als hij in de file staat, dan begint een man te kankeren. Dat doet hij uit machteloosheid. Mannen houden van vaardigheden. Auto's moeten rijden, machines moeten draaien, de techniek staat voor niks, waarom zou hij dan blijven zitten met een dooie accu, een rood stoplicht en een mislukt boekenrekje? Zijn kop loopt paars aan, hij balt zijn vuisten, maakt zijn schouders breed en zet een keel op. Daar trekken machines en boekenrekjes zich weinig van aan, de enige die zich eraan stoort is zijn vrouw. 'Hè toe nou,' zegt ze verdrietig, 'vloek nou niet zo.' Het is goed dat ze dat zegt. Nu krijgt zij de volle laag. Dat lucht lekker op en zij kan er wel tegen. De zak, denkt ze, hij kan niks en heeft nog een grote bek ook.

Vroeger dacht ik dat het een kwestie van temperament was. De ene man werd nu eenmaal wat sneller boos dan de andere. Ik heb eens een romance gehad met een man die steeds ontplofte. Elke dag gebeurde er wel wat waarover hij razend werd. De pasgekochte parasol woei bij de geringste bries om en sleepte het bijbehorende tuintafeltje mee in zijn val. De belasting bleef dwangbevelen sturen, ook nadat het verschuldigde bedrag was gestort, de bushalte was verplaatst zonder bericht te sturen en alle knopen vielen van zijn nieuwe overhemd.

In het begin probeerde ik zijn woede te temperen door hem kalmerend toe te spreken, maar dat hielp niet. Ten slotte begreep ik dat er niks aan te doen was. Die man voelde zich nu eenmaal belaagd door levenloze voorwerpen en hij had maar één antwoord: kankeren. Het voordeel van kankeren is, dat het luid en duidelijk gebeurt. Het is dus niet moeilijk een aardige man van een zenuwelijer te onderscheiden. Een man die veel en hard kankert is een machteloze en de vrouw die iets met hem wil beginnen, moet het dus verder zelf maar weten.

Vrouwen kankeren niet, vrouwen zeuren. Zeuren is een vechtsport. De tegenstander is de man. Tegen machines en elektronische apparaten is het lang niet zo gerieflijk vechten als tegen een man, vinden vrouwen. In de primitiefste vorm zeuren vrouwen over achterstallige beloften. Je zou in de herfstvakantie met mij naar Parijs gaan en moet je nu alweer vergaderen. Dat is een klassiek thema. Het is een doeltreffende manier om ontevredenheid te laten zien, maar het richt verder weinig uit. Er zijn betere methodes.

Een vriendin van mij heeft een cursus assertiviteit gedaan. Zelf denkt ze dat ze van een bedeesd meisje in een ferme vrouw is veranderd, maar ik zie het anders. Ze heeft haar zeurtechniek verbeterd. Vroeger zuchtte ze af en toe even. 'Is er wat?' vroeg haar vriend dan. 'Nee hoor, laat maar,' zuchtte ze. Het droevige was dat hij dat inderdaad deed. Dat zou hij nu niet meer durven. 'Wat gaan we tegenwoordig zelden uit, hè,' zegt zij vriendelijk. 'Hoezo?' vraagt hij, 'wil jij uit?' 'Nee hoor,' zegt zij. 'Als je uit wilt moet je het zeggen,' zegt hij geprikkeld. 'Nee zo hoeft het voor mij niet meer,' zegt zij. 'Als jij het met tegenzin doet, vind ik er niks aan.'

Ze weet ook heel wat te bereiken met het stellen van vragen. Als hij een lompe opmerking maakt, zwijgt zij even. Dan vraagt ze wat hij precies bedoelde met zijn woorden. De kunst is, hem ertoe te brengen een uitvoerige toelichting te geven. Hoe langer hij aan het woord blijft, hoe meer het gaat lijken of hij een mop probeert uit te leggen.

De keuze van het tijdstip is ook belangrijk. Sommige vrouwen beginnen te zeuren als het gezellig is. Dat deed ik vroeger ook. Op een rustige zondagochtend of na een mooie film begon ik over problemen. Heel voorzichtig om de stemming niet te bederven. Dat was natuurlijk knoeiwerk! Hij versomberde meteen en het gesprek liep steevast uit op het soort ruzie waarin ik altijd verloor.

Om goed te kunnen zeuren moet je veel weten over de tegenstander. Vrouwen zijn uitermate deskundig op het gebied van mannen. Ze weten niet alleen alles over hun eigen man, zijn gewoonten, zijn voorkeuren, zijn malle ideeën en zijn zwakke plekken, ze zijn ook goed thuis in de theorieën omtrent de man in het algemeen. Ze lezen de vakliteratuur.

Iedere week staan in de modebladen, naast de mode en de recepten voor de slanke lijn, bespiegelingen over de man. Er worden indringende vragen gesteld als: waarom tonen mannen nooit begrip? Waarom houden ze geen rekening met de premenstruele spanningen van hun vrouw? Mogen mannen huilen?

Geen wonder dat vrouwen experts zijn. Relatietherapeuten weten er alles van. Als ze aan een man vragen zijn vrouw te beschrijven, zegt hij: 'Uh, tja, wel een goeie vrouw. Zeurt een beetje.'

Als een vrouw dezelfde vraag krijgt voorgelegd, begint ze een lange verhandeling over het karakter van haar man. Ze heeft er flink op gestudeerd. Mannen proberen soms ook te zeuren, maar ze zijn er niet erg bedreven in. Het blijft op het niveau van jengelen. Ze klagen over de levensomstandigheden thuis, ze drenzen over vroegere minnaars van hun vrouw. Dat lijkt nergens naar. Zeuren moet klinken als een geanimeerd gesprek, zeuren moet ontregelen, de ander doen twijfelen en in ieder geval moet zeuren door de ziel snijden als een rapier.

Eten

Toen mijn vriendin haar man de deur uit had gedaan omdat hij niet van andere vrouwen kon afblijven, heeft ze een week niet warm gegeten.

'Ik had bloemkool voor mezelf gekocht,' vertelde ze, 'Harry hield daar niet van, die vond dat bloemkool naar burgermansfatsoen rook. Daarom kookte ik dat nooit. Maar toen ik de pan had opgezet en het in de keuken naar bloemkool begon te ruiken, kreeg ik zo'n verschrikkelijke huilbui, dat ik het gas heb uitgedraaid.'

Na een week droog brood besloot ze dat Harry het niet waard was om voor te verhongeren en ze nam zich voor voortaan lekker te koken, zodat ze nu nog steeds iedere dag iets smakelijks eet, met een voorgerecht, een hoofdgerecht en een glas wijn bij iedere gang.

Ik ben niet zoals zij. Ik ben dol op koken, maar alleen voor publiek. Als ik geen man had, zou ik nooit meer in de keuken staan. Voor hem snij ik nauwgezet de groente in juliennereepjes, maar als ik voor mijzelf kook, heb ik niet eens genoeg geduld om te wachten tot het water heet is. Erger nog, ik eet een potje spinazie koud op omdat ik geen zin heb om het op te warmen. Dat vind ik nog lekker ook.

Vrouwen eten de gekste dingen en bij voorkeur in het geniep. In het openbaar zitten ze precieus in een bordje sla rond te prikken alsof ze nergens trek in hebben, maar thuis geven ze zich over aan hun intieme lusten.

Lang geleden logeerde ik bij Tieke. Zij was toen nog vrijgezel en woonde in een bouwvallig huisje in de Amsterdamse Jordaan. Ik had in die tijd geen eigen woning en sliep zolang bij haar op zolder. Als Tieke van haar werk kwam, riep ze: 'Joehoe!! Wil je wat lekkers?' Met 'wat lekkers' bedoelde ze drank. Eten deden we zelden.

'Heb jij honger?' vroeg Tieke.

'Nee,' zei ik.

'Ik ook niet,' zei Tieke, 'maar ik heb zin in Completa.'

'In wat?!' vroeg ik verbijsterd.

Als antwoord hield Tieke een pot poeder-koffiemelk omhoog.

'Vind je het erg gek?' vroeg ze. Ik vond het krankzinnig, maar niet veel gekker dan wat ik zelf deed. Ik at cornflakes. Hele pakken gingen erdoor in mijn huishouden.

'O, dat heeft mijn collega ook,' zei Tieke blij, 'alleen houdt zij meer van Crispies. Eet jij ook broodkorstjes?'

'Nee,' zei ik, 'juist niet. Ik hol af en toe een wit casino uit.'

Tieke nam nog een hapje Completa.

'Ik heb een collega die noedels eet,' vertelde ik, 'Chinese Instant Noodles. Het zijn eenpersoonsporties en je hoeft ze niet te koken. Je giet er een kopje heet water overheen en ze zijn klaar. En een andere collega eet instantpuree.'

Tieke knikte. Zij kende weer iemand die weerloos was tegenover blikjes suikermaïs en ik wist er een die hagelslag snoept. Chocolademuisjes.

Tieke schudde meewarig haar hoofd. 'Dat is erg ongezond,' zei ze. Toen dwaalde haar blik af naar de fles op tafel. 'Wil jij nog wat lekkers?'

Ik ken vrijwel geen vrouwen die gewoon doen over eten. De meeste vinden zichzelf te dik en proberen uit alle macht af te blijven van dingen die ze lekker vinden, en de paar vrouwen die zich niet van alles ontzeggen om te vermageren, zijn vegetariër en eten uitsluitend gras en noten.

Damesbladen maken misbruik van de eetstoornissen van

vrouwen. Wanneer er een dieet wordt aangekondigd op het omslag schijnen de verkoopcijfers astronomisch toe te nemen. Daarom verzint de redactie telkens opnieuw een revolutionaire methode om af te vallen, ook al weet iedereen dat je van dieet houden aankomt omdat het lichaam op schaarste reageert met hamsteren en dus extra kilo's aanmaakt.

Ik heb vanaf mijn zestiende aan de lijn gedaan. Ik beweer altijd dat het niet zo is, maar ik ben als de dood om aan te komen. Om op gewicht te blijven sla ik alle etenswaren over die je van een maaltijd kunt missen: vlees, saus, aardappelen, toetjes. Wat je dan overhoudt is groente. Die eet ik uit een potje en dan ben ik nog te beroerd om de magnetron aan te zetten.

Dat schrappen van franje heb ik van thuis. Mijn ouders hielden er een meedogenloze soberheid op na. Eten was een noodzakelijke, wat beschamende aangelegenheid, waar je zo weinig mogelijk ophef over diende te maken. Eetlust was hun een gruwel. Het gold bij ons thuis als een teken van volwassenheid als je geen suiker meer in je thee hoefde, en toen het jongste kind tien was, schafte mijn moeder het dessert af. Twee jaar later verdwenen de aardappelen van het menu. Van aardappelen werd je dik. Vet wees op vraatzucht, op vadsigheid, op wellustig smakkend slobberen, op het verslinden van voedsel. Mijn vader kon het woord 'voedsel' uitspreken alsof hij de tafelmanieren van een hond in gedachten had. Als je in onze familie iets wilde verslinden, dan pakte je maar een boek, *De gebroeders Karamazov* van Dostojevski.

Ik herinner me dat ik eens met een vriend langs een flatgebouw liep waar uit een keukenraam de geur van sudderlapjes walmde. 'Mmm,' snoof hij genietend, 'dat ruikt lekker!'

Ik kromp in elkaar! Etenslucht snuiven en daarover een mededeling doen was in het licht van mijn opvoeding ongeveer even onbeschaafd als een wind laten en daar je neus even boven houden.

'Jullie waren gek,' constateerde de vriend, en daar moest ik hem gelijk in geven. Mijn vader was gek, maar mijn moeder was nog veel gekker. Zij at hersenen in azijn en oud brood dat ze in melk opwarmde. Broodpap, noemde ze dat. Ik geloof dat mannen dat soort rare dingen niet eten, en zeker niet stiekem. Ze hebben hun eigen cultuur en verbergen die voor niemand.

Mannen eten vlees.

Geen balletje met jus, geen benauwd bieflapje van iets meer dan een ons, maar een maat 42 T-bone, een hele kip half, een kwartponder bij de hamburgergigant en een braadworst voor tussendoor. Zo eet een kerel.

Ik heb een man gekend, Jan Grootenboer heette hij en hij at een kilo vlees per dag. Als je hem zag schoot je in de lach, want hij had het postuur van een gup, maar wanneer hij vertelde van zijn vleeszucht, dwong hij het respect van andere mannen af. Die Jan kon goed eten!

In landen waar mannelijkheid een belangrijke plaats inneemt, wordt veel vlees gegeten. Argentijnen eten biefstukken zo groot dat ze over de rand van het bord hangen, Australiërs eten lamsbout, Amerikaanse cowboys roosteren hun zelfgeschoten wild boven een zelfgestookt vuur op de prairie, en wanneer van al die ruwe mannelijkheid alleen de cowboyhoed nog over is, barbecuen ze hun biefstuk in de achtertuin. Zelfs mannen die in de keuken nog geen keteltje water kunnen koken, die ternauwernood hun eigen brood kunnen smeren, gaan prat op hun vaardigheden bij de barbecue. Al is de barbecue niet meer dan een elektrisch verhit rooster, al staat dat ding op een stadsbalkon, de man braadt het vlees.

Ik heb me er vaak over verwonderd dat mannen zo goed weten welke culinaire bezigheden tot eer strekken en aan welke gerechten ze voor geen prijs hun handen vuilmaken. Er zijn natuurlijk mannen die uitstekend kunnen koken, maar die kunnen vermoedelijk ook een wasmachine aanzetten en misschien zelfs stofzuigen. In de ogen van andere mannen zijn dat eigenlijk verraders, overlopers. Een echte man heeft drie kunststukken op zijn repertoire: de barbecue, pannenkoeken en spaghetti. Waarom ze allemaal spaghetti maken, is me een raadsel, maar ik heb het nu al een paar keer meegemaakt dat een man aanbood voor me te koken. 'Wat leuk,' riep ik dan, 'wat ga je maken?'

Steevast was het antwoord: spaghetti. Het kan beslist niet zijn omdat het zo gemakkelijk klaar te maken is. Als je ziet welke boodschappen eraan te pas komen en wat voor helse toeren hij vervolgens uithaalt in de keuken, denk je dat hij op z'n minst gevulde gans op tafel gaat zetten.

Misschien is spaghetti romantisch omdat het Italiaans is, misschien moet ik de spaghetti eigenlijk opvatten als een culinaire serenade. Als dat klopt, is er al vaak voor mij gezongen, en vooral veel.

Want mannen koken nooit kleine porties.

Flinke hoeveelheden moeten het zijn, met veel vlees en weinig groente. Tegen groente koesteren ze wantrouwen omdat er vitamines in zitten en goede raad, een gezond leven met matigheid. Konijnen en vrouwen knabbelen groente. Dat is geen eten voor een man.

Een journalist vertelde me dat hij met een paar collega's in een restaurant zat. 'Hé jongens,' riep een van de mannen plotseling uit, 'er zijn geen vrouwen bij. Nu hoeven we onze sla niet te eten!'

Echte mannen eten geen sla.

In sommige landen waar strenge regels voor masculien gedrag gelden, eten ze ook geen soep. Mijn beste vriendin is met een Australiër getrouwd. Haar man eet beslist geen groente of soep. Wanneer het regent, neemt hij ook geen paraplu mee, want hij is geen watje. Hij is een man van het zuidelijk halfrond, en die worden liever nat.

Ik vroeg aan mijn vriendin wat Australische vrouwen snoepen wanneer er geen mannen bij zijn.

'Bubbelwijn,' zei ze.

Als ik het niet dacht! Wat lekkers.

Sjans

Sinds kort heb ik sjans. Daar sta ik nogal van te kijken, want ik ben nooit bijzonder in de smaak gevallen bij de mannen. Ze vinden mij niet uitgesproken onaantrekkelijk, maar aan de blik in hun ogen zie ik dat ze liever even wachten of zich misschien een betere aanbieding voordoet. Ik ben geen buitenkansje.

De mannen met wie ik vaste verkering heb gehad, hoefden niet te vechten om mij te veroveren. Er was geen toeloop. Ik heb nooit hoeven kiezen uit meer dan één man. Maar ineens is het zover. Twee mannen willen met me uit.

'Leuk!' zeggen mijn vriendinnen terwijl ze me bemoedigend toelachen. Maar ik ben niet blij. Ik heb al een man. Hij zit voor lange tijd in het buitenland, dus is hij niet daadwerkelijk in functie, maar ik heb evengoed geen vacature. Ik verlang niet naar een ander.

'Je moet niet zo zeuren,' vinden mijn vriendinnen, 'je gaat gewoon gezellig uit.'

Ik ga gezellig uit.

Ik ga met de ene man uit eten en met de andere naar het theater. We zullen genoeglijk over van alles praten en al die tijd zal ik stilletjes piekeren: Als hij nou maar niet denkt dat ik iets wil.

Natuurlijk heb ik al meteen bij de kennismaking verteld dat mijn hart verpand is.

De ene man knikte me blij toe en zei dat hij zelf ook zo gelukkig is. Hij houdt van zijn vrouw en van zijn kinderen.

Wat moet je dan met mij! had ik hem willen toeroepen, maar ik heb mijn mond gehouden, want ik was bang voor het antwoord. Hij had me al terloops laten weten dat zijn vrouw niet zo zwaar tilt aan een beetje overspel, zolang het de harmonie van het gezinsleven niet in de weg zit.

Ik heb hem ontmoet in de supermarkt waar hij bij de blikken soep zachtjes voor zich uit stond te zingen. Ik had natuurlijk net moeten doen of ik het niet hoorde, maar ik schoot in de lach en vroeg: 'Zingt u voor de soep?'

Zo is het begonnen. Hij vertelde dat hij muzikant is en dat hij een wijsje in zijn hoofd had dat er maar niet uit wilde, maar dat zich ook niet liet bewerken tot een echt lied.

Ik knikte begrijpend, want dat soort wijsjes ken ik wel en ik liep verder. Een paar dagen later zag ik hem weer, op een receptie.

'Is het lied al af?' vroeg ik.

Het was af en we stonden een poosje te praten. Toen ik aanstalten maakte om weg te gaan, vroeg hij of hij mijn e-mailadres mocht hebben.

'Ja hoor,' zei ik, want nee leek me zo'n raar antwoord, helemaal niet in de lijn van de welwillende conversatie van zoeven.

Een week later zat ik met hem in een restaurant mijn hersens te pijnigen hoe ik op een elegante manier van hem af kon komen zonder zijn gevoelens te kwetsen.

De moeilijkheid is dat ik al weet wat me te wachten staat, maar niet bij machte ben de gebeurtenissen een andere wending te geven. Ik weet dat de man mij in de loop van de avond heel voorzichtig, om maar vooral geen aanstoot te geven, zal aanraken met een gebaar dat toenadering betekent.

'Nou en?' zeggen mijn vriendinnen, 'dan zeg je gewoon dat je daar niet van gediend bent.'

Ze beseffen niet hoe lelijk dat staat. Je zit geanimeerd met een man te praten, hij schenkt je glas nog eens vol. Hij blijft met de fles in zijn ene hand aandachtig naar je luisteren en legt de andere vriendelijk, bijna achteloos, even op jouw hand. En dan zou ik moeten kijven dat hij zijn poten thuis moet houden? Dat is toch heel grof!

'Nee hoor,' zeggen de vriendinnen, 'je moet het zelfs extra hard doen, zodat iedereen in het restaurant opkijkt. Dan heeft ie het meteen voorgoed afgeleerd.'

Wat ik zo wonderlijk vind is, dat alle andere vrouwen schijnen te weten hoe je zoiets aanpakt. Het is dus een gebruikelijke manier van optreden. Hoe komt het dan dat ik steeds mannen tegenkom die de les tot nu toe zijn misgelopen?

Een paar jaar geleden was ik een poosje vrijgezel. Dat wist de man die mij had uitgenodigd en hij wist ook dat ik gek ben op lange afstanden wandelen. 'Ga je mee naar Katwijk lopen?' stelde hij voor. Ik kon hem onmogelijk weigeren, al leek het mij niet verstandig dat hij de dag met mij wilde doorbrengen. Ik vind hem aardig. Hij is scherpzinnig, geestig en hij houdt van dieren, maar hij brengt mijn hart niet op hol, nog niet op een sukkeldrafje.

De kustlijn was eindeloos en er stond een harde wind, zodat we alleen schreeuwend konden converseren. Het duurde niet lang of ik voelde zijn hand die, nauwelijks merkbaar, op mijn schouder kwam meeveren met mijn stappen. Ik had de grootste moeite om gewoon te blijven lopen. Het leek wel of ik ieder gevoel voor ritme had verloren, of de hand mij bij elke stap uit mijn evenwicht duwde. Ik probeerde te bedenken hoe ik mij kon bevrijden.

Ik zou kunnen doen of ik plotseling een bijzondere schelp aan mijn voeten zag liggen. Dan kon ik bukken en wegduiken. Maar ik had tevoren geen moment belangstelling voor de schelpen getoond. Het zou een raar gezicht zijn als ik ineens in het zand ging wroeten.

De man was uitgesproken. Het was mijn beurt om een bijdrage aan ons gesprek te leveren, maar ik kon nog alleen aan de hand denken. Ik zweeg. De hand was het middelpunt van ons samenzijn geworden. Ik moest reageren, iets zeggen, laten merken dat ik liever los liep. Maar ik kreeg er geen woord uit. Als een stijve paljas stapte ik voort.

Zou de man zich straks verklaren, vroeg ik mij af, gaat hij zeggen dat hij verliefd op mij is? In dat geval wist ik wel wat ik moest zeggen: 'Ik hoop dat je niet ongelukkig van deze gevoelens wordt, want dat zou ik jammer vinden. Je bent een aardige man.' Maar hij zei niets. Al die tijd zei hij niets over zijn hand en niets over zijn hart.

Toen we aan het eind van onze wandeling waren gekomen, namen we afscheid. Aan de teleurstelling in zijn blik zag ik dat hij zich meer had voorgesteld van het uitstapje.

Hij heeft mij nooit meer opgebeld. Het heeft drie jaar geduurd voor ik hem weer zag, op een feestje van wederzijdse kennissen. Hij had een vrouw bij zich. Ze was wat jonger dan hij, even in de veertig, en ze keek met stralende ogen naar hem op. Hij was gelukkig met haar, dat kon ik zien. Van opluchting liep ik met uitgespreide armen op hem af en gaf hem een zoen.

Ik ben het gezelligst als niemand wat in mij ziet.

De eerste keer

Aan mijn handtekening zit een haaltje met een betekenis. Er staat vJ, voor Jaime, en het is een opdracht. Ik had het idee gepikt van een jongen uit een hogere klas, die vE achter zijn naam schreef: voor Ellen. Ik was ook verliefd, maar mijn liefste hield niet van mij. Het leek me niet geschikt een ongelukkige liefde in mijn handtekening te verankeren, dus heb ik mijn naam opgedragen aan de eerste man met wie ik naar bed ben geweest. Jaime heette hij.

Maagdelijkheid heeft nooit een grote indruk op me gemaakt, ik vond het net zoiets als te jong zijn voor je rijbewijs, maar ik had me wel voorgenomen iets aardigs te maken van het afscheid ervan.

De eerste keer moet leuk zijn, had mijn moeder gezegd, 'want die vergeet je nooit.' Van de weeromstuit heb ik alle eerste keren onthouden, de eerste zoen, het eerste orgasme, de eerste keer dat ik een erectie zag. 'Kijk eens!' zei de eigenaar en ik keek. Het was een bleke penis en er hing een druppel aan. Wat ik ermee moest, wist ik niet goed. In de voorlichtingsboeken stonden verschillende voorspelen beschreven ten behoeve van de man, maar ik kende geen openingszetten. De jongen nam mijn hand en legde uit wat de bedoeling was. Mijn bedelarmbandje rinkelde mee op de maat.

In Zwitserland heb ik mijn maagdelijkheid weggegeven, in een zomervakantie aan het Lago Maggiore. Op de camping had ik een vriendje met wie ik 's avonds wel eens vrijde. Overdag verveelde hij me en zat ik liever in de snackbar van

Jaime, een oudere man van vierentwintig, die me aquavit liet proeven en die Frans sprak met een Spaans accent.

'Is dit geen volmaakt moment voor ons beiden?' zuchtte het vriendje in zijn éénpersoonstent terwijl hij mij tegen zich aanklemde. 'Jij bent zestien, ik achttien, we zijn voor elkaar geschapen.'

Nee, dacht ik en maakte dat ik wegkwam. Diezelfde avond ging ik naar Jaime. Hij had op me gerekend, deed de snackbar op slot en zei: 'We doen het staande, dan heb je geen pijn.' Het deed geen pijn.

'Ben je met die vent naar bed geweest?' vroeg mijn moeder later. Ik knikte en zij knikte terug. Dat was alles.

'Wat een heerlijke opvoeding heb jij gehad!' zei een vriendin. 'Dat ging bij ons op het dorp wel anders. Zelfs als je ouders niet streng waren, moest je je aan de fatsoensregels houden, anders was je een slet en kreeg je later nooit een man. De jongens probeerden van alles met je uit te halen en de meisjes moesten hen dan op hun handen slaan. Als je niet sloeg, omdat je het wel leuk vond wat ze deden, hielden ze op. Dan was je een vieze meid, want je sloeg niet.'

Volwassenen bewaken hun kinderen om te verhinderen dat ze uit het paradijs ontsnappen. Lopen, eten, fietsen, alles willen ze je leren, zelfs waar de baby's vandaan komen, maar een rustige omgeving waarin jonge mensen wat kunnen oefenen, kan er niet af. 'Ik vergeet het nooit,' vertelde Judith. 'Die eerste keer. Mijn vriendje z'n ouders waren een dag de stad uit en we lagen op het grote tweepersoonsbed te vrijen. Van het een kwam het ander en toen was er ineens een grote plas bloed. We schrokken ons dood en zijn toen dat enorme tweepersoonslaken gaan uitwassen in het fonteintje. Later kwamen zijn ouders thuis en ze waren woedend. Ze zagen hun laken in het trapgat hangen en wisten natuurlijk precies wat er gebeurd was. We mochten elkaar nooit meer zien, maar dat gaf niet, want we waren toch niet echt verliefd. We wilden alleen allebei van die maagdelijkheid af. We waren al zeventien.'

De hoogste tijd, dat is zo. Als je op je twintigste nog nooit met iemand naar bed bent geweest, ga je er te veel van verwachten. Een fraai orgasme bijvoorbeeld en dat is niet voor iedereen weggelegd, zelfs niet voor mannen.

'Ik masturbeerde al een hele tijd, toen ik voor het eerst met een meisje naar bed ging,' vertelde een man. 'Ze hadden me gezegd dat neuken het allerlekkerste was dat er bestond, maar ik vond er niks aan. Het was gewoon klaarkomen. Ik begreep niet waarom ze daar nou zo'n ophef over maakten.'

Ik dacht aan Thea. Lang geleden logeerde ik bij haar, omdat ik tijdelijk geen woning had. Op een avond gingen we naar het café, zochten een minnaar uit en bezorgden hem samen een onvergetelijke nacht. Toen hij weg was, vroeg ik: 'Was dit leuk?'

'Ach, het gaat,' zei Thea. Ze zette thee en kwam op de rand van het bed zitten.

'Kwam jij nou klaar?'

'Welnee,' zei ik, 'waarvan?'

'Ik kom nooit klaar, geloof ik,' zei ze. 'Het moet iets heel bijzonders zijn. Kun je het beschrijven?' Ik vertelde van aanzwellende golven, krachten die zich bundelen, suizende oren en een samentrekkende vagina.

'O, dát!' zei Thea. Ze had zich er meer van voorgesteld. Het komt doordat ze te lang maagd is gebleven, wel tot haar drieëntwintigste. Dat is niet goed voor de realiteitszin en daarbij is het geen gezicht. Iets te oude maagden glimmen zo verwachtingsvol.

Toen ik mijn problemenrubriek in het relatietijdschrift nog had, waren er een paar vaste briefschrijvers, waaronder een jongeman van drieëntwintig die vergeefs op zijn verlossing wachtte. De jaren gingen voorbij, maar hij bleef maagd. Hij irriteerde me mateloos, niet omdat het geen aardige jongen was, maar door zijn maagdelijkheid. Hij was net een schilderij dat een beetje scheef hangt en mijn vingers jeukten om hem recht te zetten. Het is maar goed dat ik dat nooit heb gedaan. Ik hou niet van maagden, ik zou de ervaring voor hem bedorven hebben. En de eerste keer moet leuk zijn.

De kus

Zoenen doe je nooit alleen. Het kan alleen met iemand anders, dus kun je niet oefenen voor je eraan begint. Ik was dertien toen ik voor het eerst zoende, met een jongen uit de vierde klas. Hij was zeventien en ik had waarschijnlijk geen grote begeerte in hem opgewekt, want na de zoen veegde hij zijn mond af en ging verder met zijn leven.

Ik stond nog even stil bij de gebeurtenis. Had ik het goed gedaan, vroeg ik mij af. Ik kon het nergens nakijken. In de voorlichtingsboeken stonden geen aanwijzingen voor de geslaagde uitvoering van een kus. Seks is wat voorlichters betreft alleen de geslachtsdaad en het voorspel. Zoenen telt niet. Dat is raar, want iedereen vindt een kus intiemer dan de coïtus. Zelfs prostituees die nergens voor terugdeinzen zolang er maar wordt betaald, willen niet zoenen met een klant, want zoenen doe je niet uit lust, maar omwille van de liefde.

De liefde begint met een kus. Dat lees je in damesromans en dat zie je in de film.

Ik vind een filmzoen vaak onsmakelijk. Dat ligt aan het geslobber. Als filmsterren elkaar zoenen, lijkt het wel of ze kip kluiven. Maar van de seks die erop volgt hoor je niks, alleen een beetje zuchten en kreunen. Vooral de vrouwen maken geluid, de mannen bonken in stilte.

Dat zou een wettelijke verordening kunnen zijn. Er schijnen regels te bestaan over seksuele handelingen in films. Ik weet niet in hoeverre die nog steeds gelden. Een zoen mocht vroeger maar een bepaald aantal seconden duren en de man moest zijn ondergoed aanhouden bij de seks, anders waren zijn geslachtsdelen zichtbaar. Dat was verboden, maar er was ook een praktische reden voor: de aanblik van de penis zou de illusie van werkelijke seksuele opwinding kunnen verstoren. Die was toch al niet erg geloofwaardig.

Ik herinner mij een film met Marlon Brando waarin hij de panden van zijn regenjas opzij vouwt, even friemelt aan zijn gulp en dan een filmnummer uitvoert met Maria Schneider, die tegen een muur geleund staat. Zij houdt haar ogen gesloten en hijgt. Het is niet duidelijk waar ze zo van in vervoering raakt.

Eigenlijk valt er voor vrouwen maar zelden iets te hijgen. Zo heel erg spannend is het doorgaans niet. Toch hijgen we erop los.

Het is een gewoonte die ik mij jaren geleden heb aangeleerd, om de mannen met wie ik vrijde niet te laten merken dat ik mij verveelde. Ik dacht dat het aan mij lag, dat ik er niks aan vond in bed en om het plezier niet te bederven, deed ik net of ik buiten adem was van opwinding.

Als je al een paar keer hebt liggen hijgen kun je daar niet van de ene dag op de andere mee ophouden. Daardoor werd het een gewoonte. Ik hijg al als een man nog ligt te zoeken hoe het ook alweer moest. Ze zijn niet allemaal even bedreven.

Sommige mannen kunnen ook niet zoenen. Ze duwen te hard en verpletteren je bovenlip of ze stoten hun voortanden tegen je gebit. Anderen doen hun mond te wijd open, zodat je gevangen zit in een grote natte val. Na zo'n zoen wil ik geen vaste verkering. Er zijn ook mannen die de bewegingen van een penis willen nabootsen met hun tong. Ze hebben de bedoeling van zoenen niet begrepen. In zijn oervorm schijnt de kus een soort verkennend ruiken te zijn. Je proeft hoe de ander smaakt. Als het bevalt, ga je verder.

Dat is ook wat een kus zo intiem maakt. Iedereen is bang dat zijn adem, van dichtbij geroken, tegenvalt. Alleen wanneer mensen verliefd zijn, kan het ze niks schelen. Ze kunnen de ander wel opvreten en zonder aarzelen steken ze van alles in hun mond. Pas wanneer de eerste vlammen van het liefdesvuur zijn gedoofd, worden ze kieskeuriger.

'Ik houd niet van zoenen,' zei een vriendin, 'ik vind het eigenlijk vies. En het is een gek gezicht.'

'Alle seks is vies en een gek gezicht,' weerlegde ik.

'Jawel,' antwoordde ze, 'maar dat andere dient nog ergens voor.'

Het lijkt me niet leuk om een vrouw te kussen die tijdens de omhelzing jesses denkt. Volgens mij proef je het.

'Ik merk het meteen,' zei een man, 'dan houdt ze haar lippen strak of je voelt dat ze je tong terug probeert te duwen in je eigen mond.'

Een andere man vertelde me dat hij eens een meisje had gekust dat niks terugdeed. Dat was ook geen plezierige ervaring.

'Wat deed ze dan?' vroeg ik nieuwsgierig, want ik kon me niet voorstellen hoe je niks kunt doen terwijl iemand zijn mond op de jouwe drukt. Doorgaan met praten kan niet, verder lezen of televisiekijken lijkt me ook niet goed mogelijk.

'Ze zoende niet terug,' legde de man uit, 'ze deed haar mond niet open. Haar tong deed niks.'

Dat is inderdaad niet goed. Een tong die oversteekt naar een andere mond verwacht daar een andere tong aan te treffen, die antwoord geeft. Omgekeerd, moet de tong die binnenkomt daar ook wat verrichten. Eentje die zomaar wat stil hangt, wordt uitgespuugd.

Er bestaat een tamelijk nauw omschreven scenario voor een kus. Daar kun je je maar beter in schikken, anders mislukt de onderneming. De man steekt doorgaans zijn tong uit, de vrouw ontvangt hem. Ik draai de rollen ook wel eens om voor de afwisseling, maar daar kunnen mannen erg van schrikken. Dan valt het mechaniek stil.

Zelf word ik zenuwachtig als een man een liktocht langs mijn tanden gaat beginnen. Zo'n tong is niet te volgen en misschien zou hij zijn inspanningen ook beter op een andere plaats kunnen uitvoeren.

Een goede zoen is een belevenis. Dit gaan wij voortaan altijd doen, denken verliefde stellen. Jammer genoeg gaat het zo maar zelden. Het animo verdwijnt na een paar jaar verkering. De tijd ontbreekt of de aanleiding en misschien vergeten de mensen hoe leuk het was om te zoenen. De kussen van geliefden die lang bij elkaar zijn, gaan steeds meer lijken op een verjaarsfelicitatie en sommige echtparen houden er helemaal mee op. Die happen maar zo'n beetje in de lucht. Ik heb dat altijd zonde gevonden en ik heb me voorgenomen altijd te blijven zoenen met de man van wie ik hou. Tot de dood ons scheidt.

Liegen

Een vriend van mij heeft een vriend. Om de twee weken komt hij uit Zutphen gereisd om de romance voort te zetten. Dan gaan ze samen naar het museum, samen naar het theater en samen naar bed. Het is een mooie relatie, maar er zit weinig voortgang in. Dat vindt mijn vriend ook, daarom heeft hij nog een minnaar. Een wilde, met wie hij ruzie maakt en in nichtententen gaat rellen. Daar weet die uit Zutphen niks van. 'Een man moet alles eten, maar hoeft niet alles te weten,' zegt mijn vriend als verklaring. 'Dat is een oude wijsheid.'

Ik vraag me af of hetero mannen op de hoogte zijn van die oude wijsheid. Ik heb het vermoeden van niet. Vol vertrouwen slikken ze alle onzin die hun vrouw ze vertelt. Ze denken er niet over na of het waar is wat ze zegt. Misschien denken ze zelfs dat hun vrouw in alle gevallen de waarheid spreekt. Dat is niet zo.

Vrouwen vallen graag in de smaak. Als de werkelijkheid niet overeenstemt met de wensen van meneer, doen we er wat aan. Make-up, facelift, een cursus, geen moeite is ons te veel. En voor de losse eindjes verzinnen we leugens.

Ik ken een man die op een booreiland werkt. Dat betekent dat hij tien dagen van huis is en dan weer tien dagen thuis.

In de periode dat hij thuis is, doet hij mee met het gezinsleven. Hij helpt in het huishouden, haalt de kinderen van school en gaat mee naar de supermarkt. Heerlijk vindt hij dat en hij denkt dat zijn vrouw een moordleven heeft. Daar heeft hij gelijk in, maar het leven dat zij leidt als hij op zijn eiland zit, is heel anders dan hij denkt.

Overdag rommelt zijn vrouw zo'n beetje in het huishouden, maar als de kinderen naar bed zijn, hangt ze de babyfoon bij de buren en gaat op stap.

Ze heeft een vrolijke vriendenkring en een paar cafés waar ze bij voorkeur komt.

Tussen tien en elf zorgt ze dat ze thuis is, want dan belt haar man vanaf het booreiland. 'Wat ben je aan het doen,' vraagt hij. 'Ik ben aan het strijken,' zegt zij. Of ze zegt dat ze naar de televisie kijkt. Soms belt hij te vroeg, dan is ze nog niet thuis. 'Waar was je?' vraagt hij. 'Naar de bibliotheek,' zegt ze. 'Ik heb zulke mooie boeken geleend! Wil je weten welke?' 'Nee,' zegt hij, want hij houdt niet van lezen. Als hij opgehangen heeft, trekt zijn vrouw haar jas weer aan. Ze gaat – voor zover ik weet – nooit vreemd.

'Waarom zeg je niet gewoon de waarheid?' heb ik eens gevraagd. 'Dan gaat hij zich van alles in zijn hoofd halen,' zei ze. 'Daar hebben we toch geen van beiden wat aan. En trouwens: een man hoeft niet alles te weten.'

Mannen liegen natuurlijk ook, maar zoals alles wat een man presteert op het gebied van de menselijke omgang, doen ze ook dat een beetje primitief.

Mannen liegen over drank en seks. 'Als ik bij wijze van spreken met jou naar bed zou gaan, zou ik dat niet aan mijn vrouw vertellen, ook niet als ze het vraagt, want dat is nodeloos kwetsen,' meldde een man trots.

Ik zuchtte verveeld. Knudde meneer! Liegen moet je móói doen. Het gaat niet om een uitspraak die al dan niet naar waarheid is, maar om een heel theater dat zich daarbij achter de rug van de ander afspeelt.

Ik heb zelf altijd veel gelogen. Mijn eerste verloofde was een tiran. Hij wilde niet dat ik een eigen leven leidde. Als hij 's ochtends uitsliep – en dat deed hij elke dag, want hij was artiest – moest ik thuisblijven. Alleen voor de boodschappen boog hij zijn steile hoofd, anders kreeg hij niks te eten. Ik mocht dus voor twaalf uur een uurtje weg.

Ik had natuurlijk mijn vrijheid te vuur en te zwaard moeten opeisen, maar als actiegroep in je eentje begin je niet veel. Ik deed het anders.

Om acht uur stond ik op en zette de wekker naast hem een uur vooruit. Om negen uur kwam ik me afmelden. 'Ik ga even boodschappen doen,' zei ik en ging uit wandelen. Als ik na een paar uur terugkwam, lag hij weer te slapen. Zachtjes zette ik de klok terug en wekte meneer. Hij keek onmiddellijk hoe laat het was, mopperde dat ik wel anderhalf uur was weggebleven en vroeg waar de koffie bleef. Het feminisme was in die tijd nog niet uitgevonden.

Tegen latere verloofdes loog ik mezelf een paar graden uithuiziger dan ik in feite ben, zodat ze niet te veel huiselijke gezelligheid van me zouden verwachten.

Ik zei dat ik niet kon koken en als ik de hele dag in het park de krant had zitten lezen, zei ik dat ik naar het café was geweest en had zitten pokeren of dat ik de bus naar IJmuiden had genomen. Eén verloofde had het door.

Eens in de twee maanden vroeg hij wat ik de laatste tijd zoal voor hem had verzwegen. Dat vond ik zo verrassend dat ik hem antwoord gaf. Maar niet het hele antwoord. Want dat is niet goed voor een man.

Onager

Er stond een grote kring mensen om het hok van de wilde woudezels. Ze keken deels nieuwsgierig, deels gegeneerd naar de enorme erectie van de hengst en mompelden hun verbijsterde commentaar. Had je er maar zo een! De oppasser, die in het zebraperk ernaast stond te vegen, hielp de bewonderaars uit de droom: hij kon er niks van, die hengst. Telkens wanneer de merrie bereidwillig was, stond hij er zo fier bij, met zijn grote tampeloeris, maar er was nog nooit een jong van gekomen. De oppasser pakte zijn bezem en liep hoofdschuddend weg.

De mensen bij het hek bleven staan. Was het wel zo'n mislukking, als er geen nageslacht van kwam? Zo'n mooie erectie was toch al heel wat, zag je de mannen denken.

Potentie is een klemmende zaak. Mannen die in bed hun penis niet in de juiste stand weten te brengen, voelen zich een mislukking. Ook al zijn ze een briljant boekhouder, een knappe dokter, een zakenman eerlijk als goud, als ze impotent zijn, voelen ze zich over de hele linie een slap dingetje. Alles hebben ze ervoor over om een erectie te produceren.

Vrouwen begrijpen die drang meestal niet. 'Geeft niet schat,' zeggen ze vergevingsgezind, wanneer de penis waarmee ze iets van plan waren omvalt. Dat is geen verstandige opmerking. Nu lukt het helemaal niet meer. Je moet nooit 'schat' tegen een man zeggen als hij iets verkeerd doet. Daar kan hij niet tegen.

Vroeger, toen ik nog psycholoog was, kwamen echtparen

op het spreekuur voor relatietherapie. Het ging niet goed met hun huwelijk, maar ze zeiden wel vaak 'schat' tegen elkaar.

'Nee, schat, zo was het niet,' verbeterden ze, wanneer een van de twee wilde uitleggen wat eraan schortte. Thuis zeiden ze ook 'schat'.

'Hè schat, nu heb je nóg de vuilniszak niet buitengezet!'

Huwelijken die er zo aan toe zijn, eindigen vaak in beddendood. Soms is het de vrouw die er de brui aan geeft, maar het kan ook de man zijn die geen animo meer heeft. Dat is niet zijn bedoeling, maar op een dag wordt hij impotent. Zelf denkt hij dat het alleen zijn penis is die het niet meer doet. Hij denkt dat het een technische storing is en hij is hevig verontrust.

'Dat gebeurt me nooit!' roept hij zenuwachtig. Zijn vrouw ziet de ernst niet. Haar overkomt het zo vaak dat ze niet klaar kan komen of dat ze haar belangstelling voor de vrijpartij halverwege verliest. Ze begrijpt niet waar hij zich druk over maakt. Ze is anders dan hij.

Manlijke opwinding verloopt tamelijk rechtlijnig. Wanneer een man iets ziet dat hem op seksuele gedachten brengt, krijgt hij aandrang om te copuleren. Als hij eenmaal bezig is, wordt hij niet graag onderbroken. Het liefst gaat hij door tot hij een orgasme heeft gehad en als hij is klaargekomen, is hij ook klaar. Dan gaat hij de televisie aanzetten of een boterham eten. De opwinding is weg.

Voor een vrouw is het anders. Zij begint met zin in een zoen of ze wil dat hij haar schouders masseert. Ze wil dat hij haar borsten streelt, maar als hij denkt dat hij weet wat de volgende stap is, kan hij zich danig vergissen. Hè nee, denkt ze, ik heb helemaal geen behoefte aan klaarkomen, dat is weer zo'n gedoe.

En al probeerde ze het toch, dan nog kan het gebeuren dat ze er ineens niks meer aan vindt. Daar maakt ze geen drama van. Volgende keer beter, denkt ze en soms is de volgende keer ook beter. Dan kan ze zomaar twee of meer keren achter elkaar tot een orgasme komen of ze blijft nog lang in de stemming voor andere erotische handelingen. Ze is gewend aan haar eigen wisselvalligheid en daarom zegt ze tegen haar plotseling falende bedgenoot dat het niet geeft. Maar een man vat haar woorden heel anders op. Hij hoort berusting in haar stem, alsof ze toch al niet veel van hem had verwacht, de sukkel. En dan zegt ze ook nog 'schat'.

Het is lang niet altijd de teloorgang van de relatie waar een man impotent van wordt, of het verlammende feminisme. In veel gevallen is het gewoon de leeftijd. Na het vijftigste levensjaar hapert het mechaniek wel eens. Dat is een grote schok voor een man. Hij is bang dat het begin van het einde is aangebroken en dat het nu voortaan altijd zo zal zijn: Slabberdewatski in plaats van Casanova, en van de weeromstuit verliest hij zijn zelfvertrouwen.

'Als ik alleen maar denk aan impotentie, val ik al slap,' zei een vriend van wie ik weet dat hij het wel eens laat afweten. 'Soms ben ik heel genoeglijk aan het vrijen en gaat alles goed, tot ik wil neuken. Als het maar lukt, schiet het door mijn hoofd en dan is het mis.'

Een impotente penis draagt natuurlijk niet bij aan de seksuele gezelligheid, maar veel vrouwen nemen beslist genoegen met een vlijtige tong of vaardige vingers. Zij hoopt dat haar geliefde ophoudt met zich mislukt te voelen en verdergaat met het voorspel, want dat is voor haar vaak het aardigste gedeelte van de seks. Maar met dat argument hoef je bij een man niet aan te komen. Hij wil niet fijnzinnig vrijen, hij wil een paal.

Als ik maar een begin heb, denkt hij, dan komt de rest vanzelf. Om zijn onwillige lid aan de gang te krijgen, pakt hij het vast tussen vinger en duim en begint het wanhopig in zijn vrouw te proppen. Dat is geen plezierig gevoel. Een fiere penis die binnendringt maakt een verovering, een opgerold flensje niet.

Bovendien is er een verandering opgetreden in de intimiteit. Zojuist voelde zij zich nog begeerlijk. Hij werd duizelig van haar vormen, hij hijgde van opwinding. Alles wat ze deed joeg hem op tot hogere extase, zij was zijn minnares.

Nu ligt ze als een bekommerde toeschouwer af te wachten of het nog wat wordt. Ze kan niets toevoegen, want hoe meer zij haar best doet, des te dieper zinkt zijn moed. Hij is haar trouwens allang vergeten, want hij is met zichzelf bezig. Hier is een ontwrichtend mankement dat onmiddellijk verholpen moet worden.

Ik vraag me wel eens af welke fantasieën een impotente man in stelling aan het brengen is, als hij daar ligt te prutsen. In ieder geval hebben ze niets te maken met de vrouw die naast hem ligt, want van haar krijgt hij hem niet overeind.

Een vriendin heeft een man met erectieproblemen. Ze houdt veel van hem en als het wil vlotten met de seks is er niets aan de hand. Maar soms valt de energievoorziening uit. Het zou goed zijn als hij op zo'n moment zijn aandacht op haar zou richten, maar dat doet hij niet. Er verschijnt een diepe frons tussen zijn wenkbrauwen en hij gaat verbeten aan de slag om het geslonken geslachtsdeel te reanimeren. Daar wordt zij woedend om.

'Dat ligt daar maar te sjorren,' klaagt ze, 'en ik lig er voor Piet Snot bij.'

Ik word ook niet mild van impotentie. Het kan me niks schelen dat het feest wordt uitgesteld of afgelast, maar ik voel me, net als die vriendin, uitgerangeerd als de man het probleem gaat liggen verhelpen alsof zijn fiets een lekke band heeft. Het liefst heb ik dat een man met erectieproblemen monter vaststelt dat het niet lukt en dan iets anders gaat doen, praten of strelen, een kopje thee zetten voor mijn part, maar dat doen ze maar zelden.

Terwijl hij worstelt, lig ik stilletjes te wachten. Komt er nog wat van? denk ik, en stel me voor hoe geschokt hij zou zijn als ik dat hardop zou zeggen.

Soms komt er warempel nog iets van. Nu zou de opwinding weer toe moeten nemen en de vervoering van zo-even terug moeten keren in het liefdesbed.

Maar hij is weg. Ik heb geen vertrouwen meer in de goede voortzetting. Gespannen tast ik inwendig af hoe het gesteld is met de erectie. Zou hij het houden?

Ik vermoed dat de man dat zelf ook denkt.

Tegen de tijd dat hij tot een orgasme komt, zijn we allebei opgelucht. Klaar is Kees.